街邊文學

三邊文學之三

—徐訏文集—

散文卷

導言　徬徨覺醒：徐訏的文學道路

陳智德

「個人的苦悶不安，徬徨無依之感，正如在大海狂濤中的小舟。」[1]

——徐訏〈新個性主義文藝與大眾文藝〉

在二十世紀四、五十年代之交，度過戰亂，再處身國共內戰意識形態對立夾縫之間的作家，應自覺到一個時代的轉折在等候著，尤其在當時主流的左翼文壇以外，被視為「自由主義作家」或「小資產階級作家」的一群，包括沈從文、蕭乾、梁實秋、張愛玲、徐訏等等，一整代人在政治旋渦以至個人處境的去與留之間徘徊，最終作出各種自願或不由自主的抉擇。

1 徐訏〈新個性主義文藝與大眾文藝〉，收錄於《現代中國文學過眼錄》，台北：時報文化，一九九一。

一

一九四六年八月，徐訏結束接近兩年間《掃蕩報》駐美特派員的工作，從美國返回中國，直至一九五〇年中離開上海奔赴香港，在這接近四年的歲月中，他雖然沒有寫出像《鬼戀》和《風蕭蕭》這樣轟動一時的作品，卻是他整理和再版個人著作的豐收期，他首先把《風蕭蕭》交給由劉以鬯及其兄長新近創辦起來的懷正文化社出版，據劉以鬯回憶，該書出版後，「相當暢銷，不足一年，（從一九四六年十月一日到一九四七年九月一日），印了三版」[2]，其後再由懷正文化社或夜窗書屋初版或再版了《阿刺伯海的女神》（一九四六年初版）、《烟圈》（一九四六年初版）、《蛇衣集》（一九四八年初版）、《幻覺》（一九四八年初版）、《四十詩綜》（一九四八年初版）、《兄弟》（一九四七年再版）、《母親的肖像》（一九四七年再版）、《生與死》（一九四七年再版）、《春韮集》（一九四七年再版）、《一家》（一九四七年再版）、《海外的鱗爪》（一九四七年再版）、《舊神》（一九四七年再版）、《成人的童話》（一九四七年再版）、《西流集》（一九四七年再版）、潮來的時候（一九四八年再版）、《黃浦江頭的夜月》（一九四八年再版）、《吉布賽的誘惑》（一九四九再版）、《婚事》（一九四九年再版），[3]粗略統計從一九四六年至一九四九年這三年間，徐訏在上海出版和再版的著作達三十多種，成果

2 劉以鬯〈憶徐訏〉，收錄於《徐訏紀念文集》，香港：香港浸會學院中國語文學會，一九八一。

3 以上各書之初版及再版年份資料是據賈植芳、俞元桂主編《中國現代文學總書目》、北京圖書館編《民國時期總書目，一九一一－一九四九》。

可算豐盛。

《風蕭蕭》早於一九四三年在重慶《掃蕩報》連載時已深受讀者歡迎，一九四六年首次結集成單行本出版，沈寂的回憶提及當時讀者對這書的期待：「這部長篇在內地早已是暢銷一時的名著，可是淪陷區的讀者還是難得一見，也是早已企盼的文學作品」[4]，當劉以鬯及其兄長創辦懷正文化社，就以《風蕭蕭》為首部出版物，十分重視這書，該社創辦時發給同業的信上，即頗為詳細地介紹《風蕭蕭》，作為重點出版物。徐訏有一段時期寄住在懷正文化社的宿舍，與社內職員及其他作家過從甚密，直至一九四八年間，國共內戰愈轉劇烈，幣值急跌，金融陷於崩潰，不單懷正文化社結束業務，其他出版社也無法生存，徐訏這階段整理和再版個人著作的工作，無法避免遭遇現實上的挫折。

然而更內在的打擊是一九四八至四九年間，主流左翼文論對被視為「自由主義作家」或「小資產階級作家」的批判，一九四八年三月，郭沫若在香港出版的《大眾文藝叢刊》第一輯發表〈斥反動文藝〉，把他心目中的「反動作家」分為「紅黃藍白黑」五種逐一批判，點名批評了沈從文、蕭乾和朱光潛。該刊同期另有邵荃麟〈對於當前文藝運動的意見——檢討‧批判‧和今後的方向〉一文重申對知識份子更嚴厲的要求，包括「思想改造」。雖然徐訏不像沈從文般受到即時的打擊，但也逐漸意識到主流文壇已難以容納他，如沈寂所言：「自後，上海一些左傾的報紙開始對他批評。他無動於衷，直至解放，輿論對他公開指責。稱《風蕭蕭》歌頌特務。他也不辯論，知道自己不可能再在上海逗留，上海也不會再允許他曾從事一輩子的寫作，就捨別妻女，

4 沈寂〈百年人生風雨路——記徐訏〉，收錄於《徐訏先生誕辰100週年紀念文選》，上海：上海社會科學院出版社，二〇〇八。

離開上海到香港。」[5]一九四九年五月二十七日，解放軍攻克上海，中共成立新的上海市人民政府，徐訏仍留在上海，差不多一年後，終於不得不結束這階段的工作，在不自願的情況下離開，從此一去不返。

二

一九五〇年的五、六月間，徐訏離開上海來到香港。由於內地政局的變化，其時香港聚集了大批從內地到港的作家，他們最初都以香港為暫居地，但隨著兩岸局勢進一步變化，他們大部份最終定居香港。另一方面，美蘇兩大陣營冷戰局勢下的意識形態對壘，造就五十年代香港文化刊物興盛的局面，內地作家亦得以繼續在香港發表作品。徐訏的寫作以小說和新詩為主，來港後亦寫作了大量雜文和文藝評論，五十年代中期，他以「東方既白」為筆名，在香港《祖國月刊》及台灣《自由中國》等雜誌發表〈從毛澤東的沁園春說起〉、〈新個性主義文藝與大眾文藝〉、〈在陰黯矛盾中演變的大陸文藝〉等評論文章，部份收錄於《在文藝思想與文化政策中》、《回到個人主義與自由主義》及《現代中國文學過眼錄》等書中。

徐訏在這系列文章中，回顧也提出左翼文論的不足，特別對左翼文論的「黨性」提出質疑，也不同意左翼文論要求知識份子作思想改造。這系列文章在某程度上，可說回應了一九四八、四九年間中國大陸左翼文論的泛政治化觀點，更重要的，是徐訏在多篇文章中，以自由主義文藝的

5 沈寂〈百年人生風雨路——記徐訏〉，收錄於《徐訏先生誕辰100週年紀念文選》，上海：上海社會科學院出版社，二〇〇八。

觀念為基礎，提出「新個性主義文藝」作為他所期許的文學理念，他說：「新個性主義文藝必須在文藝絕對自由中提倡，要作家看重自己的工作，對自己的人格尊嚴有覺醒而不願為任何力量做奴隸的意識中生長。」[6]徐訏文藝生命的本質是小說家、詩人，理論鋪陳本不是他強項，然而經歷時代的洗禮，他也竭力整理各種思想，最終仍見頗為完整而具體地，提出獨立的文學理念，尤其把這系列文章放諸冷戰時期左右翼意識形態對立、作家的獨立尊嚴飽受侵蝕的時代，更見徐訏提出的「新個性主義文藝」所倡導的獨立、自主和覺醒的可貴，以及其得來不易。

《現代中國文學過眼錄》一書除了選錄五十年代中期發表的文藝評論，包括《在文藝思想與文化政策中》和《回到個人主義與自由主義》二書中的文章，也收錄一輯相信是他七十年代寫成的回顧五四運動以來新文學發展的文章，集中在思想方面提出討論，題為「現代中國文學的課題」，多篇文章的論述重心，正如王宏志所論，是「否定政治對文學的干預」[7]，而當中表面上是「非政治」的文學史論述，「實質上具備了非常重大的政治意義：它們否定了大陸的文學史論述」[8]，徐訏所針對的是五十年代至文革期間中國大陸所出版的文學史當中的泛政治論述，動輒以「反動」、「唯心」、「毒草」、「逆流」等字眼來形容不符合政治要求的作家；所以王宏志最後提出《現代中國文學過眼錄》一書的「非政治論述」，實際上「包括了多麼強烈的政治含義」。這政治含義，其實也就是徐訏對時代主潮的回應，以「新個性主義文藝」所倡導的獨立、

6 徐訏〈新個性主義文藝與大眾文藝〉，收錄於《現代中國文學過眼錄》，台北：時報文化，一九九一。

7 王宏志〈心造的幻影——談徐訏的《現代中國文學的課題》〉，收錄於《歷史的偶然：從香港看中國現代文學史》，香港：牛津大學出版社，一九九七。

8 同前註。

自主和覺醒，抗衡時代主潮對作家的矮化和宰制。

《現代中國文學過眼錄》一書顯出徐訏獨立的知識份子品格，然而正由於徐訏對政治和文藝的清醒，使他不願附和於任何潮流和風尚，難免於孤寂苦悶，亦使我們從另一角度了解徐訏文學作品中常常流露的落寞之情，並不僅是一種文人性質的愁思，而更由於他的清醒和拒絕附和。一九五七年，徐訏在香港《祖國月刊》發表〈自由主義與文藝的自由〉一文，除了文藝評論上的觀點，文中亦表達了一點個人感受：「個人的苦悶不安，徬徨無依之感，正如在大海狂濤中的小舟。」[9]放諸五十年代的文化環境而觀，這不單是一種「個人的苦悶」，更是五十年代一輩南來香港者的集體處境，一種時代的苦悶。

三

徐訏到香港後繼續創作，從五十至七十年代末，他在香港的《星島日報》、《星島週報》、《祖國月刊》、《今日世界》、《文藝新潮》、《熱風》、《筆端》、《七藝》、《新生晚報》、《明報月刊》等刊物發表大量作品，包括新詩、小說、散文隨筆和評論，並先後結集為單行本，著者如《江湖行》、《盲戀》、《時與光》、《悲慘的世紀》等。香港時期的徐訏也有多部小說改編為電影，包括《風蕭蕭》（屠光啟導演、編劇，香港：邵氏公司，一九五四）、《傳統》（唐煌導演、徐訏編劇，香港：亞洲影業有限公司，一九五五）、《痴心井》（唐煌導演、

9 徐訏〈自由主義與文藝的自由〉，收錄於《個人的覺醒與民主自由》，台北：傳記文學出版社，一九七九。

王植波編劇，香港：邵氏公司，一九五五）、《鬼戀》（屠光啟導演、編劇，香港：麗都影片公司，一九五六）、《盲戀》（易文導演、徐訏編劇，香港：新華影業公司，一九五六）、《後門》（李翰祥導演、王月汀編劇，香港：邵氏公司，一九六〇）、《江湖行》（張曾澤導演、倪匡編劇，香港：邵氏公司，一九七三）、《人約黃昏》（改編自《鬼戀》，陳逸飛導演、王仲儒編劇，香港：思遠影業公司，一九九六）等。

徐訏早期作品富浪漫傳奇色彩，善於刻劃人物心理，如〈鬼戀〉、〈吉布賽的誘惑〉、〈精神病患者的悲歌〉等，五十年代以後的香港時期作品，部份延續上海時期風格，如《江湖行》、《後門》、《盲戀》，貫徹他早年的風格，另一部份作品則表達歷經離散的南來者的鄉愁和文化差異，如小說《過客》、詩集《時間的去處》和《原野的呼聲》等。

從徐訏香港時期的作品不難讀出，徐訏的苦悶除了性格上的孤高，更在於內地文化特質的堅守，拒絕被「香港化」。在《鳥語》、《過客》和《癡心井》等小說的南來者角色眼中，香港不單是一塊異質的土地，也是一片理想的墓場、一切失意的觸媒。一九五〇年的《鳥語》以「失語」道出一個流落香港的上海文化人的「雙重失落」，而在《癡心井》的終末則提出香港作為上海的重像，形似卻已毫無意義。徐訏拒絕被「香港化」的心志更具體見於一九五八年的《過客》，自我關閉的王逸心以選擇性的「失語」保存他的上海性，一種不見容於當世的孤高，既使他與現實格格不入，卻是他保存自我不失的唯一途徑。[10]

徐訏寫於一九五三年的〈原野的理想〉一詩，寫青年時代對理想的追尋，以及五十年代從上

10 參陳智德《解體我城：香港文學1950-2005》，香港：花千樹出版有限公司，二〇〇九。

海「流落」到香港後的理想幻滅之感：

多年來我各處漂泊，
唯願把血汗化為愛情，
遍灑在貧瘠的大地，
孕育出燦爛的生命。

但如今我流落在污穢的鬧市，
陽光裡飛揚著灰塵，
垃圾混合著純潔的泥土，
花不再鮮豔，草不再青。

海水裡漂浮著死屍，
山谷中蕩漾著酒肉的臭腥，
潺潺的溪流都是怨艾，
多少的鳥語也不帶歡欣。

茶座上是庸俗的笑語，

市上傳聞著漲落的黃金，
戲院裡都是低級的影片，
街頭擁擠著廉價的愛情。

此地已無原野的理想，
醉城裡我為何獨醒，
三更後萬家的燈火已滅，
何人在留意月兒的光明。

「原野的理想」代表過去在內地的文化價值，在作者如今流落的「污穢的鬧市」中完全落空，面對的不單是現實上的困局，更是觀念上的困局。這首詩不單純是一種個人抒情，更哀悼一代人的理想失落，筆調沉重。〈原野的理想〉一詩寫於一九五三年，其時徐訏從上海到香港三年，由於上海和香港的文化差距，使他無法適應，但正如同時代大量從內地到香港的人一樣，他從暫居而最終定居香港，終生未再踏足家鄉。

四

司馬長風在《中國新文學史》中指徐訏的詩「與新月派極為接近」，並以此而得到司馬長風的正面評價，[11]徐訏早年的詩歌，包括結集為《四十詩綜》的五部詩集，形式大多是四句一節，隔句押韻，一九五八年出版的《時間的去處》，收錄他移居香港後的詩作，形式上變化不大，仍然大多是四句一節，隔句押韻，大概延續新月派的格律化形式，使徐訏能與消逝的歲月多一分聯繫，該形式與他所懷念的故鄉，同樣作為記憶的一部份，而不忍割捨。

在形式以外，《時間的去處》更可觀的，是詩集中〈原野的理想〉、〈記憶裡的過去〉、〈時間的去處〉等詩流露對香港的厭倦、對理想的幻滅、對時局的憤怒，很能代表五十年代一輩南來者的心境，當中的關鍵在於徐訏寫出時空錯置的矛盾。對現實疏離，形同放棄，皆因被投放於錯誤的時空，卻造就出《時間的去處》這樣近乎形而上地談論著厭倦和幻滅的詩集。

六七十年代以後，徐訏的詩歌形式部份仍舊，卻有更多轉用自由詩的形式，不再四句一節，隔句押韻，這是否表示他從懷鄉的情結走出？相比他早年作品，徐訏六七十年代以後的詩作更精細地表現哲思，如《原野的理想》中的〈久坐〉、〈等待〉和〈觀望中的迷失〉、〈變幻中的蛻變〉等詩，嘗試思考超越的課題，亦由此引向詩歌本身所造就的超越。另一種哲思，則思考社會和時局的幻變，《原野的理想》中的〈小島〉、〈擁擠著的群像〉以及一九七九年以「任子楚」

[11] 司馬長風《中國新文學史（下卷）》，香港：昭明出版社，一九七八。

為筆名發表的〈無題的問句〉，時而抽離、時而質問，以至向自我的內在挖掘，尋求回應外在世界的方向，尋求時代的真象，因清醒而絕望，卻不放棄掙扎，最終引向的也是詩歌本身所造就的超越。

最後，我想再次引用徐訏在《現代中國文學過眼錄》中的一段：「新個性主義文藝必須在文藝絕對自由中提倡，要作家看重自己的工作，對自己的人格尊嚴有覺醒而不願為任何力量做奴隸的意識中生長。」[12]時代的轉折教徐訏身不由己地流離，歷經苦思、掙扎和持續的創作，最終以倡導獨立自主和覺醒的呼聲，回應也抗衡時代主潮對作家的矮化和宰制，可說從時代的轉折中尋回自主的位置，其所達致的超越，與〈變幻中的蛻變〉、〈小島〉、〈無題的問句〉等詩歌的高度同等。

＊陳智德：筆名陳滅，一九六九年香港出生，台灣東海大學中文系畢業，香港嶺南大學哲學碩士及博士，現任香港教育學院文學及文化學系助理教授，著有《解體我城：香港文學1950-2005》、《地文誌——追憶香港地方與文學》、《抗世詩話》以及詩集《市場，去死吧》、《低保真》等。

12 徐訏〈新個性主義文藝與大眾文藝〉，收錄於《現代中國文學過眼錄》，台北：時報文化，一九九一。

目次

輯二、散文

《三邊文學》序

這本集子是雜湊的集子，無以為名，名之曰「三邊文學」，因為集分三編，每編一名，第一編曰「場邊文學」，第二編曰「門邊文學」，第三編曰「街邊文學」。

一

自從科舉廢止以來，已經有半世紀以上的時間，可是科舉頭腦似乎始終留在我們「文學家」的靈魂裡。科舉時代，大家寫八股文，寫好八股文，中了進士、狀元去做官，這在想做官的人原未可厚非，但他往往以為天下文章已盡於八股文，場闈以外的文章，認為都是引車賣漿之流的俚語俗言，不值一顧。

現在許多大學裡或研究院裡一些學生，也就除不了這套頭巾。他以為天下文章，不在大學英文系中文系中，也一定在美國大學的寫作專修班裡，覺得自己生來就有一身絕技，才能進門入堂，留學上國。忽聽校外也有文學，不免大為驚異，初則抓手挖耳，再則將信將疑，最後則叱之為偏門左道，魔經邪說。從此天下太平，文學定於一尊。

這二者都認為文學為高高在上之物。錦繡文才，豈能流落平常人家。字字璣珠，必賴帝皇或上國品題。他們因此要把文學說成高超神祕，好像文學是不染一點泥土氣息，或煙火姻緣的東西。

這種意識形態，前者可說是遺老，後者則是遺少。以前帝皇考選才子，欽定狀元、探花。現在老闆選認才幹，專送留美進修。形式不一，性質相同。被選者揚揚得意，原是人之常情，但以為主子選「才」，其「才」乃唯「我」所有，此「才」必是與生俱來，與世無涉。這就有點可笑了。

因為，事實上，文學起源於民間，生根於生活。文學家創作的泉源是生活，一個作家有生活才能寫作，死了就不能寫作。這是說，生活原是人的心智的來源，沒有生活就沒心智，正如沒有營養，就沒有生命。可是遺老遺少們不承認這一點，他們認為「文學」才能是天生的，與生活無涉，如說依賴生活，顯然是寫實主義的舊調。

可是我竟認為「寫實」、「象徵」、「表現」、「印象」……不過是表現的方法與方向的名詞，這與文學的源泉是生活是毫無關係的。

近幾十年來，藝術上文藝上流派很多，如意象派、達達主義、惡魔派、未來派、現代派，在小說上有意識流，有反小說的小說，在戲劇上有荒謬劇，有迷幻藥文學藝術……趨勢所及，似乎都是遠離生活的姿態，可是按之實際，正是反映真實人生的另一面。從忠於自己觀察力的繪畫，走到忠於畫幅的繪畫，從忠於客觀世界的小說，到忠於內心流動變幻的小說，從邏輯的推理的世界，到紛亂無意義的現實，都是隨著時代的發展以及科學注釋的變易的自然趨勢。這些文藝上的表現只是多方面的不同角度不同層次的現實的表現，這也正是人間的，而不是非人間的。最想逃避現實的思想與情感，正是對現實最有反應的思想與情感。

我是一個凡人，所說明的是凡人的意見。文藝上千紅萬紫的花果，正是人間的千變萬化的人與人生，其創作動機與意義，都是根植於生活的泥土之中，藝術之可貴，就在它出於淤泥而不污。藝術家是人，是必須呼吸空氣，吃糧食，穿衣服，追求異性的人。他一定是他的父母所生，有一個隨時病倒隨時死去的肉體，而他是在人類生活中生長的人，所以他的作品永遠逃不出他的生活。

但這些話竟是場闈文學家所不願聽也不願接受的，因為它揭穿了他們的「狀元」、「探花」的紙面具。他們只有把文學說成神祕高貴，高不可攀，才顯得自己的異乎常人。現在聽到文學是與人間的生活在一起，並不是雲端的亭台樓閣，這自然是有損於他們的尊嚴與面子，自不免詫異慌張痛恨起來。這沒有別的，這只是因為欽定的「高超」、「華貴」與自認神祕的都被拆穿，仙骨照成骷髏，廟堂變成了市廛，拍胸捻鬚的天才，還原成母親或母牛的奶汁，而奶汁不過是「性生活」的現實。

本來場外的人很多，有的遠在階下，以為場闈之中都是英豪，高調必有根據，文藝豈敢亂碰。而我偏在場邊，看清楚闈中慌張恚恨面紅耳赤的嘴臉，不免寫了些閑文雜學，因此名之為《場邊文學》。

二

世上好像有不少「文學入門」的書，我年輕時因為要入文學之門，也讀了不少，但似乎越讀越在門外。多年以後，才恍然大悟，原來根本上天下並無「文學之門」。「門」是有的，但不是文學之門，而是文字之門，是技術之門。

這不但是文學。一切藝術都是如此，老師能教的是技術與形式，是表現的方法。藝術則是從感受而來，感受是從生活而來，我們要表達感受，就要通過媒介——文字、聲音、顏色、線條與通過我們的技術——寫實，象徵，暗示，解剖……

這些工具，這些技術，都有門可入。而藝術則是無門之門，是四通八達的原野，是到處是路的海洋，只要有誠意有勇氣有愛好有興趣，它怎麼摸也就摸進去了。

但是我看到成撮的人搭起牌樓，高掛文學藝術招牌。為首者，頭戴博士帽子，腰纏文學字典，打鑼敲鼓高呼：「欲進文學之門，『沿此路過』。」

於是我又看到一群年輕人在那些門口排隊：他們想進文學之門。

「你有讀過《文學入門》麼？」

「讀過。」

「是不是讀我所編的？」

「不是吧。」

「那麼買一本去讀去，十二元八角，學生八折優待。」

於是我看見果然有人「入門」了。

兩年後，有不少書出來。

有名的兩本，一本是：《莎士比亞悲劇中所借用的中文、意文、法文、丹麥文、荷蘭文的研究》，另一本是：《紅樓夢裡林黛玉的眼淚的分量與曹雪芹的文學天才》。這兩書的作者馬上成「文學家」，分任中西文學協會正副會長。

這也就是所謂「門內文學」。
而我偏在門邊，也竟有在門外的人以為我從門內出來。他們要同我談談文學，我說：
「我能談的恐怕只是門邊文學。」
「門邊是不是旁門左道的意思？」
「也許是的。因為我看不見文學的『正』門『右』道。」
「那麼你就談談門邊文學吧。」
因此，我的第二編，稱之為《門邊文學》。

三

魯迅曾經說他的雜感文集是深夜街頭擺著的小攤，所有的無非是幾個小釘，幾塊瓦礫。但他希望並相信有些人會從中尋出合於他用的東西。我這裡收集的文章，自稱為《街邊文學》，自有仿效先賢之嫌疑。實則我的街邊文學的意思並不是如此。

我想文學中最高貴的當然是廟堂文學。第一等的廟堂文學是嵌在廟堂的高牆厚壁上的石碑文學，有的是對於先聖先賢的讚美，有的是先帝先皇的傳略、先烈先傑的紀載，有的對於列祖列宗的表揚。第二等廟堂文學是壽屏壽幛掛在中堂上供人欣賞的，或者是碑文墓銘，雖是石刻在山野之間，但拓本則傳流於名人之手。

低於廟堂文學的是客廳文學，那如有錢人周遊世界以後，回來寫了卅四國遊記，裡面有各地風光的紀錄，各地實業的考察，還有許多照相圖片，包括他在好萊塢與艷星一同照的，在英國皇宮前與御林軍在一起照的，在希臘與前甘尼地夫人握手的，……精印精裝，出版後放在客廳裡，任人翻閱，以收美譽。

客廳文學以外，則是課堂文學。內容雖常東抄西襲，外表則是富麗堂皇，名人題簽，同事寫序，上獻已故祖宗，下傳入門弟子，或標大學講義，或標博士論文。印刷費來自基金會津貼，派作課本，買主年年難卻。

課堂文學以次，則是沙龍文學，「沙龍」雖似「客廳」，但新舊大小有別。沙龍中往還都是文學家、詩人，電影導演、明星，以及大家閨秀、小家碧玉……大家都會點洋文，嘰嘰一室，喳喳有聲。這裡的文學則印成書本，或刊在文學刊物上，一本出來，互相饋贈，你說我是Henry James第二，我說你是T. S. Elliot再世。咖啡一杯，香煙一支，天才橫溢，笑容滿面。

沙龍文學之外，則是書店文學，這些作者，無黨無派，自寫自印，求知己的顧客，尋讀者於陌生。

最低等則街邊文學，那是文章刊在報屁股上，報紙冷落地躺在街邊的攤上。有人買了一張報紙，在等情人的路角，翻了一翻，既不覺痛，也不覺癢；有人看看新聞，讀讀「馬經」，視「大作」於無睹，覺「廢話」之多餘。還有人專讀武打與愛情小說，覺得雜感短文，不外是破銅爛鐵，絕不會是高爐煉鋼之結晶或女媧補天的餘滴。而我竟也身躋街頭，耳染目濡，有時不免東寫西寫，現在集在一起，故名之曰《街邊文學》。

輯一、詩

又一年

如今該送走那已老的歲暮，
迎接那即將降臨的年紀。
因為今年的生活已無法再過，
是苦是樂都該重新做起。

燕子每年都在遠遊，
但從不忘舊日梁上春泥。
堆積在歷史上是因果，
你所得的也正是你所失的。

今年也還有嬌花與芳草，
但它不會開在已腐的根蒂。
失敗常是成功的搖籃，
希望都來自你未死的心底。

莫抱怨你的好運未來，
莫錯怪你的時命不濟。
因為今年收穫的是你去年的耕種，
明年收穫的才是今年的你。

一九五四。

紅黑曲

東方紅，
東方出了個大英雄，
西方黑，
西方出了個大豪傑。

一將成名萬骨枯，
兩王相爭多殘殺。
天下哪有一定的紅黑，
成者為王敗者賊。

你提倡民主自由，
還拖著家規國法；
我捧著馬列主義，
硬掛著一套辯證法。

大家都說為國為民，
想爭的不外民財民帛，
大好的江山人人都愛，
可惜英雄的生年也不滿百。

竊鈎者誅，竊國者王，
你不患失，我可患得，
嘴裡不妨說和平共存，
心裡大家想拼你死我活。

最可憐
是億兆人民吃草根樹皮，
還相信：
遠景裡餐餐有雞有鴨。

一九五四。

歷史的奔騰

我曾在天涯海角奔波，
我還在高山大川間流浪，
那甜酸苦澀的果子，
我大大小小的都已遍嘗。

我看過多少的奇花凋謝，
多少的綠葉萎黃，
還有如仙的美女老去，
無數如龍的英雄死亡。

那何必再叫我相信：
世上有不倒的山與不乾的海洋，
星月會永恆在太空運行，
太陽有無盡的熱與光。

我也從未信渺茫的天帝，
聖經與神話都是美麗的大謊，
因果報應不過是愚人的傳說，
人間已存在不公平的地獄天堂。

良善的人民在飢餓中慘斃，
奸佞的英雄自尊為帝皇；
安份守己的淪為奴隸，
狡猾強暴的長據著廟堂。

那麼說什麼紅綠的主義，
是多麼燦爛與多麼輝煌，
什麼美麗的遠景閃耀著：
人民的飽暖自由與健康。

我已經無力搖旗吶喊，
更無能編寫讚美的歌唱，
因為我不信宗教的安慰，
黑暗中難想像光明的希望。

靜看牆上領袖主席的肖像，
在風吹曰曬中漸漸霉黃，
時間竟是如此冷酷與無情，
歷史的奔騰是後浪推前浪。

一九六二，十二，二十一。

錯誤

在悠長日子，對著工作，
你每天總是抱怨餓肚。
我說在社會主義國家裡，
挨餓才算是為人民服務。

你說你並不想吃山珍海饈，
只希望偶而吃點鹹菜豆腐，
我說如今到處吃草根樹皮，
不吃才算是服從多數。

你說如果下級該服從上級，
那麼你該跟我共灶同爐，
我說服從並不是「跟從」
你概念裡有資本主義毒素。

一切平均主義的說法，
祇表示你脫離群眾、思想落伍。
你例應重新將自己改造，
才可以使你立場堅定、頭腦清楚。

你說你因為要加緊生產，
才為你清瘦的健康叫苦，
年前你也是勞動英雄，
竟成了英雄末路。

我說你還是英雄主義思想，
最有害工人階級的民主。
於是你自願進勞動營學習，
因為你已經知道了自己錯誤。

一九五四，八，七。

贈

多年前你用不少錢買進了阿拉司卡，
如今你無條件的出讓了大陳島，
人說你滿肚子都是智勇，
我看你祇是兩口袋裝著美鈔。

許多人當你是他們的朋友，
但也親眼看到了越南的同胞，
在自由的口號中跟著你走，
你把他們留給了敵人的屠刀。

金錢買不到真實的愛情，
信義才可以交到契合的友好，
如今你的朋友都怕被你出賣，
要命的人們再不敢同你打交道。

但竟有傻瓜在為你宣傳說：
「他既肯無條件讓給敵人一個要島，
也許也肯在貴國談出一州，
專供愛民主的朋友向那面躲逃。」

一九五四。

包袱

我想裡面不像是黃金白銀，
也不見得有珠寶古玩與玉器，
請解下你沉重的包袱吧，
大熱天何苦背著這個東西。

你說金銀珠寶算不了什麼，
你包袱裡有起死回生的藥劑，
還有返老還童的秘訣，
同殺人不見血的巧妙武器。

那麼裡面一定是原子公式，
或者是高貴的愛情與友誼，
否則該是銀行存摺，
同一些股票與田契。

於是你說我思想裡有毒素，
一腦子是落伍的夢囈；
我說那麼請你把包袱打開，
讓我看看你前進的玩意？

於是我看到人民的血汗，
同一些黨綱與黨紀，
還有是四張古舊的照相，
同一本薄薄的主義。

我看了不覺哈哈大笑，
我說這些東西有什麼稀奇，
裡面沒有麵包與饅頭，
也不是什麼大炮與飛機。

你說血汗是勞力的來源，
綱紀是組織的關係，
還有那本薄薄的小書，
滿載著鬥爭的奇計。

又說最神奇的是那四張照相，
到哪裡都要把它們掛在一起，
哪一天你打定了一個天下，
第五張照相就將是你自己。

一九五四，六，二。

三個總統

第一號總統是一個衣架，
掛了一身漂亮的禮服，
他最怕有人把他衣服脫去，
露出他空心的竹片的骨骼。

第二號總統是一根手杖，
整天等人家帶他走路，
如果沒有人去爬山過嶺，
他休想出去到門外散步。

第三號總統是一隻鬧鐘，
到時候就會叫號一陣，
但如果鬧針撥到八點零五分，
他不准在八點零三分作聲。

這三個總統碰到一個橫蠻的敵人，
衣架總統說：「我們是和平的力量，
我難道還怕同人比武打架，
我只怕衣服撕破難作競選演講。」

第二號總統說：「打架的事情我來，
你只要給我一點力量。」
可是衣架總統笑笑說：
「你斷了，我難找第二根拐杖。」

第三號總統不免焦躁，
說：「不打架也難保衣服乾淨。
我們家裡有的是汽油，
洗洗揩揩又會簇新。」

第一號總統聽完了哈哈大笑，
說：「我只提倡力量的和平和平的力量，
如果說真要輪到動手動腳打架，
那我老家還隔著一個遼闊遼闊的太平洋。」

一九五四。

關關雎鳩

關關雎鳩，
在河之洲；
熙熙攘攘，
都有所述。

呦呦鹿鳴，
在河之濱，
家求飽暖，
國求太平。

邱翁西飛，
艾公東遊，
合縱連橫，
各有千秋。

既談攻勢，
又言和平，
節衣縮食，
富國強兵。

芸芸眾生，
如河之鰍；
為餌東歸，
怕鈎西遊。

旱災求雨，
水災求晴，
台灣大陸，
異夢同命。

求存殺人，
求榮賣友，
冷戰熱戰，
無時能休。

百歲人老，
千載山青，
一霸成功，
骨枯萬民。

一九五四，九，三。

悼胡風

我許久來想問你可別來無恙。
人人都說你已登袛席，
如今才知道你還未爬進絳帳。
是額上的兩角不能彎屈。
還是臃腫的尾巴太長？

長長的年頭你也讀過馬列ABC，
為何仍未了解什麼是共產主義？
長喙短嘴都該歌功頌德，
大小腦子都應改造成機器。

亂世的文章本不值錢，
你也曾拾得雞毛當令箭。
既知長短的八股都該順口接屁，

為何未造廟，先想在尾上豎旗？
最可笑是一群反共專家，
說你也是在幕後起義，
機械的統治下有辯證的恭維，
你尚存，將有嘴難辯。
你已死，將有目難閉！

一九五五，九，二十五，夜。

心理戰

有一隊心理的戰士到了東方，
勸人家不要再相信共產主義，
他說：「共產主義並不能解救苦難，
它要把人民造成新的奴役。」

「我們從來都沒有做過主人，
冗長的歷史祇是殖民地，
即使我們的共黨執政，
至少也是自己管自己。」

於是這隊戰士報告政府，
說我們先該反對殖民地。
可是政府想：「如果東方沒有殖民地，
勇敢的心理戰部隊又該派往哪裡？」

於是政府趕快同葡萄牙共同聲明，
說果亞是葡萄牙的本土，
因為將來可派遣心理戰部隊，
到那邊可以就近說服印度。

一九五四。

原猴篇——猴年應《熱風》囑題大千居士畫猴

一隻猴子去，一隻猴子來，
人世本是小小的舞台。
有些猴子扮皇帝，
有些猴子扮奴才。

西方的猴子爭果園，
東方的猴子搶冠蓋，
一隻紅猴逛佛國，
西岸猿猴大驚駭。

圈中的猴子肥如瓜，
圈外的猴子瘦如柴，
失去主人的猴子叫苦，
搶到外援的猴子喝彩。

唐僧西天去取經，
全賴猴子孫行者，
如今仙骨歸中華，
惜無聖猴護法來。

猴子本是人類的祖先，
上帝何曾為人類設世界，
總有一天樹倒猢猻散，
就有別種動物來登台。

一九五六。

沉默

兩歲時我咿呀學語，
父母誇我超人聰明，
七八歲我講東講西，
老師說我太不正經。

十一二歲我演說比賽，
二十省小學我是第一名，
十七八歲我去學外交，
前輩後輩都說我長於辭令。

後來為革命到處演講，
頭頭是道總能叫人相信，
有人說我口才能說活死人，
幹政治就靠這副本領。

於是我到處撥弄是非，
造謠生事還借刀殺人，
不用說我還善於吹牛拍馬，
紅綠的官位做到一品二品。

但就因為我口才太好，
一開口就會動搖人心，
於是遭人妒忌暗算，
終於我被送入了勞動營。

幸虧我還有三寸不爛之舌，
把罪狀洗得一乾二淨，
此後我就流亡異地，
用謊話為人看相算命。

如今我已垂垂老去，
對這些都已不再相信，
只恨世上都在教人說話，
沒有人教人沉默寧靜。

一九五五。

「費賓」的信徒們

如今談主義學說不過是自解自嘲，
到處講信義友情也是自作多情，
大江南北浮沉著屍山屍海，
會場的席間還是高呼為人民。

讀過馬克斯列寧痛罵黃色國際的話，
何顏再在紅色國際的招待會上喝香檳，
穿著囚衣的犯人也不少是費賓的信徒，
「阿德禮同志呀！
你倒是有一對勢利的眼睛！」

參觀了監獄，參觀了學校，
還參觀大好山水間的勞工營，
如果我們的社會主義是個運動，

「貝萬同志呀！
你總該有個演講表示些公道與同情。」

可是你談的是些進出口的生意，
硬誇說這也是國際的和平，
社會主義學說裡沒有大魚吃小魚，
但你們互祝的酒杯裡都是「小魚」的血腥。

一九五四，八，二十一。

原子的和平

以前你說我們到了新時代，
大家都有福在天空飛行，
早晨在哈爾濱吃火鍋，
夜裡可到菲律賓吃冰淇淋。

但還未等我看到飛機，
我已經先聽到飛機的聲音，
它帶著大小的炸彈，
炸毀了千千萬萬的家庭。

無數舊友的四肢飛到天空，
許多新知一生患著神經病，
而我一年四季逃警報，
到處聽人喊救命。

如今我住在九龍城，
天天還聽飛機的聲音，
一清早我就無法安眠，
到夜半又常常驚醒。

現在你又告訴我原子時代，
不久我們可有原子文明，
每人每天只要工作一小時，
就可以坐享天堂的清靜。

那時候夏天不會熱如火，
冬天也不會冷如冰，
四季的花常鮮艷，
男女都有千年的青春。

我問你可也聽到原子彈，
它會毀滅世上一切的生命，
沒有等你我看到新時代，
我們怕早已在天堂享受清靜。

你說你正在發明原子藥丸，
吃了這藥丸就會變成原子人，
原子人將不怕原子彈，
可以穩享原子的和平。

我說那麼你為什麼要提倡原子，
為什麼你不乾脆提倡原始的和平。
我只想同父母妻子過原始的生活，
並不想享受飛機原子的文明。

一九五四，五，十八。

虱子

虱子以為自己也會飛跑，
只要寄生在千里馬身上；
如果是獅子身上，虱子
也會覺得自己就是獸王。

你說旅行家身上的虱子，
足跡也會遊遍天下四方，
還有胖子身上的虱子，
總也有機會飽食脂肪。

那麼在美人身上的虱子，
難道也自以為一身芳芬，
或者在歌手領間的虱子，
也會誇說自己善於歌唱。

如果這些件件都是事實，
那麼民主社會的虱子該會選舉，
而寄生在獨裁國家的虱子，
該個個都打算爬到元首頭上。

無題

過去群蝗過境，
你總疑傘兵落地；
如今蒼蠅撞玻窗，
你又誤作火箭升天。

昨天群蚊亂飛，
你說飛機成隊；
今晨臭蟲落痰盂，
你又說潛艇下水。

這世界如真是如此，
問天下究竟將屬誰？
民主的刻薄狡獰，
獨裁的貪婪暴戾。

你說你只希望戰爭，
把整個的地球搗毀，
那時如上帝還望有世界，
祂可以重新製造人類。

一九五五。

談

讓多情的人談情，
讓有愛的人談愛，
讓好賭的朋友們，
聚談馬狗與紙牌。

但對女友請莫談婚姻，
對男友請莫談錢財，
對和尚不應譏賊禿，
對走狗尤忌咒奴才。

如今大家指鹿為馬，
多言易被疑為指桑罵槐，
須知人間的禍多從口出，
多少的張冠都由李戴。

如有人請我飲茶吃飯，
我最怕主人談及誰好誰壞，
還有我實在膽小如鼠，
一聽到政治我就魂飛魄散。

一九五七，三，二。

小龜

是一隻初出洞的烏龜，
無法了解花草的清香，
也無法認清一個顏色，
更無從知道什麼鳥兒歌聲嘹亮。

從一堆泥爬上一塊石頭，
它以為已登上人家的門牆，
大鵬在天際振翅萬里，
它以為在對它衡量。

有一次馬兒踏過它背脊，
它縮進頭假裝不痛不癢，
滿以為天地不過是一個龜背，
石子打著背就以為是雷響。

哪一天有人把它翻一個身，
讓它伸出頭看看太陽，
那時它也許會知道天有多大，
而它爬了三年才離洞三丈。

一九五三，十，一。

寄語

飛蛾無從認識太陽，
誤認光明只是燈光，
流螢迷戀自己的尾巴，
以為有星斗同樣的光芒。

青蛙在田間大聲極嘶，
恨無人對他的聲音鼓掌，
因此怪夜鶯夜來的低吟，
創造了林間無數的歌唱。

守門的小犬長日狂吠，
架上的鸚鵡整天模仿，
說不理它的人是怕它聲勢，
理它的人是對它欣賞。

如果你懂得這些，
你在井底不會如此荒唐，
以為昊天蓋在你的井口，
而星月不許你爬進天堂。

一九五三，十，三，晨。

善意的批評

在你認識的自由國度裡，
請保留別人善意的批評，
請彼此尊敬高貴的友誼，
還請彼此珍貴神聖的愛情。

請不要用政治的尺度，
來衡量倫理的道德的人心，
更不要戴牛皮的眼鏡，
說繁星沒有你見過的光明。

不要在和暖的爐邊忘去風雪，
不要在平安的岸上說海平浪靜，
莫憑熱帶的天氣笑寒帶的衣服，
莫依自己的興趣量別人的年齡。

個人的信仰絕非整個的真理，
一己的偶像也難為萬人的神明，
民主的力量不在思想的統一，
文化的基礎還在理智的澄清。

一九五三，九，十三。

不是情詩

你似笑非笑的面貌我難道還不認識，
你閃紅耀綠的衣裳我也早已看厭，
你故作含羞的表情我也已一一熟稔，
你自作多情的故事我也聽了千遍萬遍。

你長長短短的信札我都已讀過，
那千篇一律肉麻的稱呼有誰不會，
賣空買空的情話原是逢場作戲，
天長地久的盟誓也都是虛偽。

那麼何必還重提多年前的四月十六，
皎潔的月光照著我灰白的臉，
晶瑩的淚珠染溼了你的衣襟，
長吻代替了我們應說的語言。

如今即使我們重新假作相愛，
也只是寬解你良心上的悔與罪，
我在長長的期望中已經懂得，
那寧靜的孤獨裡有我純潔的美。

一九五三，六，二十九，九龍。

五一節有感

在廢墟上豎起銅桿，
如今且讓我們重新造起。
不必再留戀那已腐的棟梁，
也不必怕那已崩潰的基地。

莫怪春天裡時冷時熱，
漫漫的夏日有如火的天氣，
還有秋來時萬花都要枯萎，
嚴寒的冬令有冰雪滿地。

如許的歲月都待我們負擔，
無盡的路程也何止萬里，
莫說穿過荊莽，還有山峰，
蒼茫的世界都是待墾的田地。

天下沒有速成的文明，
也沒有僥倖的科學與文藝，
人類的歷史是血汗的歷史，
勤勞忍耐中才能產生真理。

一九五四，五一節。

哀吳越

昨天還在朝上發號施令，
今年已在宮外壽終「正」寢，
八年的天下不過是一場春夢，
人間的哀榮待蓋棺論定。

念兵戈風雲中稱雄一時，
哥哥做總統，弟弟掌特警，
姐夫外子分掌司法與財政，
弟媳婦還領了一隊娘子軍。

但幾年來花盡了千萬美援，
一家男女都滿懷珠寶金銀，
對紅色大敵空喊限期肅清，
徒戕殺了千萬無辜的生命。

如今樹倒了大好的江山，
驕奢的猢猻也將散盡，
讓艷婦細看垂老的眼皮，
睜眼時容再找碧眼的夫君。

一九六三，十一，三。

有贈

請不要掀起古舊的笑話，
哪一個人的童年不拖過鼻涕，
也無需高唱南腔北調，
因為這些八股都已聽膩。

五十年前姑娘們都在深閨，
出門時誰不打扮著衣冠整齊，
現在海灘上芸芸的女性，
三角的衣褲何曾蔽體？

三十年代不脫幼稚的革命，
總不能算進步的青年，
但如今再相信紅綠的主義，
總顯得你學識與見聞太淺。

我們的前輩並不怕人查看，
他舊照相裡都拖著時髦的小辮，
難道這也是所謂反革命的證據，
祇因他生在七十年前。

一九六二。

讀報雜感

老大哥小兄弟一翻臉也是吵架，
親熱的日子算起來並不太長，
史托史赫一代一代的鬥爭，
如今又有人要對老赫算帳。

雖說無產階級祇有一個共同的意識，
而普羅的領袖偏有不同的主張。
想如果他們也經過了勞動改造，
彼此總可有唯一的思想。

甲說教條主義是革命的偏差，
乙說修正主義是理論的改良，
誰都承襲了列寧的衣鉢，
而社會主義竟有千百種花樣。

你說和平遙寄於世界的革命，
但新舊的同志還是免不了打仗，
冷眼靜聆宣傳中的鑼鼓，
東風西風又是一番消長！

一九六二，十二，九。

對白

你說這世界早不是以前的世界，
人造的黑雲已掩去太陽的光明，
人造戰爭的空氣正彌漫全球，
人造的恨已抹殺了天賦的愛情。

我說那麼你就該致力於改良社會，
使人間能有自由博愛與和平，
自由會使痛苦的人間有歡笑，
博愛會使冷酷的社會產生同情。

你說獨裁國家裡大家在被奴役，
民主制度下人人都利欲燻心。
今日的兄弟是明天的仇敵，
同室在操戈，同床在火拼。

我說歷史本是不斷的鬥爭與創造，
在激衝中調和，在掙扎中行進，
文化與文明是人類智慧的累積，
宇宙的建立與運行也是上蒼的愛情。

你說這混亂的世界看不出有神在主宰，
良善的慘死溝壑，凶殘的奢逸終身，
勤苦守法的守窮屋，貪妄無恥的寓高廈，
強權霸占著真理，金錢蒙蔽了人性。

一九六二，二，十四。

即景

一個人是獵艷，
兩個人有祕密，
三個人開會有多數，
四個人就可以聚賭。

五個人是一個團體，
一個正，一個副，
為文但求損人利己，
談論不外打倒擁護。

要是有了十個人，
那就要分成兩組，
甲向東方領津貼，
乙向西方求補助。

於是茶室裡嘉賓滿座，
滿桌子是蛋糕與茶壺，
晨評男女的私事，
晚論統戰與特務。

一九五六。

勢成

勢成東德西德，
家分台北北京，
昨談南韓北韓休戰，
今傳南越北越火拼。

日前抱病橋頭，
偶遇過河小兵，
苦訴戰場炮火，
慘死了無數生命。

前晚渡海就醫，
恰逢顯要過境，
暢談日內瓦風光，
大花美鈔黃金。

你說貧富窮達，
都由八字注定，
同為人民服務，
也靠自已命運。

我說世事雖多變化，
階級與官位還是人定。
若說天下偶分東西，
過了百年也會太平。

一九五四，七，一。

冷戰中的小熱門

在這蓬蓬勃勃的冷戰中，
前線往往爆出小小的熱門，
這裡湧來無數的難民，
每個難民都有心得的學問。

這裡有敗兵失地的將軍，
在外援的報紙上談兵，
有尚無黨員的黨魁，
專寫宣言與政治綱領。

還有失業的大小官員，
回憶無數次的宦海浮沉，
炒金失敗的公子少爺，
一夜間變成了天才詩人。

古代有魔術可以點石成金，
如今文字與照相可以使人成名，
只要小姐們腰軟先生們臉厚，
龐大的預算年年待領。

於是新型的印刷機日夜不停，
五彩封面印著肉感的明星，
大小的開本堆滿了書市，
沿街的買賣三文一斤。

一九五七，五，十二。

觀二蟲爭雄記

黑臉的蟲兒爬高，
白臉的蟲兒爬低，
爬高的蟲兒靠東，
爬低的蟲兒向西。

靠東的蟲兒用嘴咬，
靠西的蟲兒用腿踢，
被咬的蟲兒流血，
被踢的蟲兒放屁。

為兩只蟲兒爭雄，
滿街站滿了紅男綠女，
有人為東邊的蟲兒叫好，
有人為西邊的蟲兒打氣。

不少文人雅士在周圍打賭，
說西邊的蟲兒一定勝利，
有人說東邊的蟲兒力長，
西邊的已經上了年紀。

賭輸賭贏都好玩，
反正拚命的不是自己，
人類愛看殘酷的場面，
因為全部的歷史都在那裡。

一九五七。

輯二、散文

小學生的負擔

陳康先生在談到今日的小學教育，舉出四點：一、兒童在校時間太長；二、小學科目太繁多；三、應廢止用毛筆寫大、中、小楷；四、應廢止做日記。另外，他提出最嚴重的問題是「惡性補習」，但因為在台灣已有很多人評論過，他略而不談了。我並不完全同意他所論的各節，然而小學教育對於小學生的苛求，直接傷害小學生的心身健康，即應改進，那是決無問題的。

在台灣，小學生功課之忙碌與辛苦，可以說是全世界所沒有的，當然除了大陸，那裡的小學生有勞動任務等的折磨，但那是另一個問題。

台灣的學生，從早晨七時到學校，到五時返家。這樣長的時間在學校裡，如果不像陳康先生所說的太長，至少也是足夠。可是放學以後還是要趕做做不完的功課，這些功課之機械枯燥無聊，真是出人意外，如寫生字多少遍之類，即使一個成人來做，都要打瞌睡，不要說是對一個兒童了。小學功課之所以弄得如此繁重與枯燥，其原因很多，但最重要的是：

（一）社會上把學校的程度當作教育優劣的標準，以為一個學校程度越高，就是教育上越成功。因此一個學校要被譽為優越，就極力提高水準。教科書雖有規定，但教員在教科書外又加以補充的筆記，要小學生強記。

其實小學的程度就是小學的程度，不及小學的程度固然不對，但提高到中學的水準，也遠遠違背了教育的原則。

（二）小學生進中學的競賽。學校當局要顯示自己學校的小學生考中學的成功，就加強小學生各種課外的負擔。自然，家長以自己的兒童能進第一流中學為榮，而教育當局也以某小學畢業生每年升第一流中學之成績為譽。

這一方面當然是有關中學教育制度設施上的問題，另一方面也即是小學校的虛榮的問題，班級的面子問題。

這些問題，談起來牽涉太廣，不是這篇小文篇幅所能及。但有一點可注意的事實，則是學校因為學校的名譽與虛榮，不惜鞭策小學生作危害身心的努力；級任老師因為要顧全自己的聲譽與面子，不惜誘逼小學生做健康所能負擔以外的功課，大家都沒有為脆弱的兒童的身心著想。當然，其所以如此，責任並不完全在學校與教師，而也是在整個教育的制度與乎台灣的教育當局的施政上。

香港小學校的情形，各別不同，似乎沒有像台灣這樣的現象，有之，也不是這樣嚴重。可是我看到許多中上階級的家長們，他們對於子女的教育，往往也是在為滿足自己的虛榮而逼誘兒童。他們過早地要兒童進學校，沒有理由地要孩子們在課外學芭蕾與鋼琴，有的還「惡性補習」幼小的子女，要他們講流利正確的英語。這些現象自然也有它社會背景，可是家長們為滿足自己的虛榮與彌補自己的自卑心理，不惜使兒童們負擔過重的任務，則是鐵一般的事實。

自然，香港兒童之作為殖民地父母之點綴品，與台灣兒童之用作學校與教師之廣告樣品，頗不相同，但是有一點是一樣的，就是都沒有站在兒童的立場，看到他們真正的需要。也沒有顧全兒童們身體與心理的健康。

一九五九。

民族間的了解

看了《六福客棧》，感慨甚多。最覺得不解的就是到現在美國竟完全沒有弄清楚中國。民族間的了解固然很不容易，但像拍一部《六福客棧》這樣的電影，既不是明、清以前的歷史故事，也不是牽涉太多的文化傳統心理背景的題材，許多事情，隨便找一個活在這個抗戰前後的中國人都可以知道，沒有理由要弄得錯誤百出，令人噴飯。如果這種電影在三十年前攝製，我們還可以原諒，因為那時美國人同中國人接觸太少；現在，經過了共同對德、日作戰，多少年文化交流，兼之美國軍民與台灣的關係，怎麼竟會拍出這樣一個對中國無知的電影，這實在是無法令人相信的。

如果美國人有意侮辱中國，把娶姨太太、殺頭、纏腳當作新奇的現象放在電影裡展覽，我也沒有話說，但大可把故事放在滿清的時代裡去。現在，時代放在抗戰前幾年，電影裡所說的一切就離事實實在太遠了。以為中國的一個縣長就一定是有好幾個姨太太，而縣政府或縣長公館就一定是豪奢闊綽如此，大概是根據《聊齋志異》的木板圖而來的知識。在抗戰前後，到中國的美國人不少，隨便找一個問問就可以知道，一個即使在富庶之區的一等縣的縣長過的是什麼樣的生活？不要說是窮鄉僻野一個像樣的街道都沒有的小縣了。

《六福客棧》在台灣攝製之時，曾經為纏腳鏡頭問題，有人反對。如果這個電影，在故事結構或主題上必須有「小腳」鏡頭，那麼攝製者為電影藝術而要堅持，這原是未可厚非的。可是看了電影，這纏腳鏡頭可以說完全是一個多餘的鏡頭，有沒有，於故事、主題與結構都毫無影響。這可見攝製者只是故意要展覽纏腳而已。不用說，所謂大足運動反纏腳教育也是民初的事情。民國七、八年以後，纏腳的事情早已絕跡，電影製作者為要展覽纏腳，不惜安置於抗戰前幾年，這至少是不尊重客觀的事實，如果不是有意要譏笑中國。

我並不想在這裡作影評，而且這部片子也早已演過，我所感到的是民族間的了解，正如人與人之間的了解一樣，最主要的是謙虛。

人與人的往還，往往因風俗不同，而有隔膜，但尊敬別人的風俗，不以異己的風俗就是野蠻，自然慢慢會進於了解。往往因言語不同，而生隔膜，但尊敬別人的言語文字，不以因異己而認為野蠻。即使無心學習，請人翻譯也總可以漸趨了解。也往往因信仰不同，而有隔膜，但尊敬別人的信仰，不要以為人家所信仰的一定是魔鬼，那麼日子長了，彼此也一定可以了解。這裡所需要的是謙虛。民族間的了解也是一樣，如果因為自己袋裡一點金元，看到異己的言語文字就認為落後，聽到異己的信仰就認為是迷信，動不動以救世主自居，那麼雖是好心好意的救人，人家往往會覺得被救者自己人格的墮落呢。

自然，受過賄賂或獲得金援的人不需要你謙虛而自己先會自卑。他們永遠會覺得你是對的好的。對於《六福客棧》，於是也在一些領金元津貼的刊物上看到推薦與歌頌的文字。他們甚至以為台灣反對攝纏腳鏡頭是不應該的。

人物與神話

于斌到了台北，關於于斌的文章一時甚為流行。但多數都是極盡幼稚無知的能事，不是把于斌寫成一個護國法師，就是把于斌寫成民主領袖，有的還把于斌說得像一個聖人，有的把于斌說成一個學者。這些文章的政治作用與政治背景不知道，但我覺得倒也很反映中國人的文章作法與道德心理。

在文章作法方面，中國論人的文章不是把人說得一文不值，就是把人說得天花亂墜。不是把人說成惡魔，就是把人說成神仙。這也就是畫臉譜的方法，不是正派的十全十美的人物，就是反派的萬惡禍根。能夠把人了解成一個人，一個有血有肉有個性與人格的人，那只有在一些偉大的作家，如司馬遷、曹雪芹一類人的筆下才能見到。

在道德心理方面，中國人對人的要求總是太高。因此對一個好人，往往要他做盡了天下的好事，有一點不好，就以為不可能是他做的。對事的要求往往太低，譬如不貪汙原是本分的事，談不到是什麼美德，可是中國人要把它算作了不得的道德。

于斌在天主教方面有多少貢獻，愧於無知，不敢妄加意見。至於在政治方面，除了一個反共的態度同千萬的民主人士、千萬的天主教教友一樣，並沒有什麼特別貢獻與建樹；在學問方面，更不必說，世界上有許多天主教學者在學術上常有哲學或科學的輝煌的著作，于斌主教有什麼值得提出的著作麼？

最妙的在捧于斌的文章中，有說到精通英、法、德、意等十幾國文字的，這真是太不顧事實的信口雌黃了。于斌的拉丁文與義大利文應該是很好的，至於精通，當然還有疑問。于斌的英文，如果這十幾年來在用功，也應該是不錯了。老實說，我在抗戰時碰見他的時候，他的英文不過是高中程度，法文懂得有限，德文更是不會，中文可以閱讀，要作為寫文章的工具仍有問題。語言文字不過是一個工具，多會一種，少會一種原沒有什麼，可是以此要把于斌神話化，則就要為識者所笑了。

就於天主教獎學金設置問題，于斌曾經盡過點力，也很有影響，這是不錯的，但對中國談不到什麼貢獻。在台灣，許多官貴為子女的留學在巴結于斌，于斌也以此做「國民外交」，見好於官貴。他並沒有很公開地在識拔有天才或苦學的學生。中國對學生的留學政策，以前大致有一個要求，則需要有大學畢業在社會服務兩年以上的資歷。我覺得這是真正為國家造成人才的良好設施。台灣許多達官的子弟，通過于斌主教的幫助，十六、七歲中學都沒有畢業或中學畢業考不取大學的公子小姐，都出國了。在美國進天主教大學，其設備與學術空氣，往往遠不及台灣大學或成功大學，諸凡他們要學的台灣都可以學到的。這些孩子，既不懂中文，也不知中國文化；即使將來學有所成，於中國有多少關係，能有什麼貢獻很難說，不要說是多數是藉此逃避「克難」而已。

于斌在台灣演講，謂這些年來，通過他出國的有兩千人之多。于斌主教如果可以把這兩千人的父母姓名，家庭情形與出國年齡以及其所學與其成績調查一下公布出來看看，就不難證明我上面的話是對是錯了。

我在這裡並不是對于斌有所抑貶。于斌在天主教是一個主教，他的人格與良心對教會與天主負責，比該對中國與社會負責要多。他對中國的政治與文化像是很有興趣，至於貢獻多少，則我們很可以冷靜地以事論事的。

我知道于斌主教，也很有力量與興趣支持一點報紙與刊物的。《真報》如果想通過于斌主教拿點津貼，這篇文章當然不刊用為是了。

一九五九。

柏林的問題

米高揚在華盛頓坦白承認柏林問題之所以成為蘇聯的威脅，原因在於東西柏林的對比太明顯了。西柏林之富庶與東柏林的貧乏，咫尺天涯的對照，比任何宣傳更見真相。米高揚還承認西柏林之繁榮大部分應歸功於美國的資本，而蘇聯戰後一直要求東德巨額的賠款，而直至最近，東德還要付蘇聯龐大的佔領費用。

西柏林為真正的民主櫥窗，在意義上，是經濟的、政治的與文化的，可是在蘇聯的宣傳上，西柏林的存在則是北大西洋公約組織軍隊的前哨，是深入東德的一個毒瘤，好像這是西方軍事上的一支暗箭。赫魯曉夫要西柏林解除武裝，很明顯的，是要窒息西柏林所光照的自由的明燈。

西柏林並無西德的軍隊，所謂保護西柏林自由的光照的是一萬名英美法的駐軍。自然這一萬名的駐軍並不能阻止東德與蘇聯的軍隊的進軍，如果他們真要武力搜取的話，是隨心所欲的事情。可是問題則在：這將是真正大戰的信號了。西德所以要求英美法的軍隊駐在西柏林也正是要維護那個自由的燈塔。因為這個燈塔的光亮不但照出東德的黑暗，還使世界上的人們很明顯的看到光暗善惡美醜的對比。

當一九四五年蘇聯的紅軍佔領柏林的時候，柏林愛好自由的人民都以為紅軍會尊敬他們自由的，可是紅軍的搶奪強姦等低劣的品質，馬上使人們對他們失望了。社會的秩序民主的生活都是由於美英法的佔領軍與蘇聯共管的形成後才建立的。當時柏林的社會主義者還希望德國共產黨會領導他們組織一個聯合的工人政黨，可是蘇聯以勝利者自居，要共產黨單獨的掌握大權，所以拒絕了其他的建議。

一九四五年十一月，匈牙利與奧大利的自由選舉打破了所有民主社會主義者的幻想。在德國，在蘇聯佔領區，佔領軍再不與民主人士理論，他們直接用武力壓殺異己者。許多民主社會主義者馬上被投入他們才出了幾個月的集中營。祗有柏林，因為在四強共管之下，蘇聯還未能施展這樣恐怖的手段。此後，民主社會者決定再不與共產黨合作。柏林當時的情勢，民主自由主義或民主社會主義者想獨立與共產黨鬥爭是很困難的，除非西方的國家肯支持他們。而共產黨一再散布說西方列強要撤出柏林的謠言。在一九四八年春季以前，美國以及英法對德國的態度，始終還不知道如何應付蘇聯冷戰，或者是說無心於冷戰，所以很使自由民主的人士寒心。自從柏林被封鎖，而西方國家決心用空運解救兩百萬柏林人民之困難，這才看到西方國家的對付蘇聯侵略的決心。

現在，赫魯雪夫要西方國家退出柏林，固然是因為西柏林一天的存在，共產主義在西歐就一天無法擴張。而更重要的，西柏林問題正代表西方國家的抵抗共產主義的決心。在精神方面，這問題也是西方國家給德國自由民主人士看的一種風標，也可說是給全世界自由民主人士看的一個標識。西方民主領導國家如果在西柏林問題退卻，那就不要說西歐的愛好民主自由者對英美等國家失望，而太平洋的國家也會覺得自由民主的國家是沒有勇氣與共產主義國家相抗衡了。因此，西柏林問題可說是真正心理戰的生死關頭呢。

一九六五。

在台灣的青年人

在台灣，我碰見了許多知識青年。

他們樸素，誠實，沉著，聰敏，對事有見解，對人有禮貌。

他們是真正的中國青年，他們具有中國傳統的風度，並且接受過現代的教育。

在軍隊裡，在工廠中，在農村，在學校，我到處看到這些青年。

我愛看這些青年，因為我在別處不容易見到。

他們才是中國的前途。

他們也是中國的希望。

同他們接觸，我才追懷我的青年時代，我才想到時代的變遷與中國的進步。

我切實地感到，青年時代的我們在許多方面都不如他們。我們比他們自大，我們比他們沒有真才實學，我們比他們有野心，我們對我們的前輩更不滿意，我們比他們更想遠遊、想飛，我們更不滿於現狀。

但是，有一點我們比他們要強，那是我們比他們更有笑容。

為什麼他們年紀輕輕的就失去了真的熱的活潑的笑容呢？

於是我發現：他們已經看到了他們的前途的狹窄。

我發現他們經過的日子比我們經過的要困難。

我發現他們現在的生活比我們當年的生活艱苦。

我還想到他們所負歷史的使命遠比我們當年所負的要重大。

他們不夠活潑，個個少年老成，談話太謹慎，行動太拘泥。

他們看到的是生活，想到的是生存。

他們想到的國家，是生存的問題。

他們想到的家庭，是生活的問題。

他們想到的個人，也只是如何活下去而已。

他們沒有幻想，沒有奢望，沒有野心，也沒有大志。

在軍隊，在學校，我看到伙食不夠配合他們體力的消耗，他們身體不夠強壯，精神感到空虛，對是非美醜不想計較，對真理公道並不堅執，對什麼都不覺得新奇，對前途也不抱奢望，他們有的甚至過早地想結婚，儘管艱苦，也想有一個家，他們只求工作完畢時有一個歸宿。

學生們過分的用功，過早的想到職業，對狹小的出路，人浮於事的社會不但清楚而且敏感。進大學已經是一個可怕的競爭，如台灣大學與成功大學，入學已經是一種殊遇。為出路與生存，大部分學生都學自然科學，但是台灣的工業基礎薄弱，研究機構極少，工廠當然也不夠。每年一群一群人從學校出來，都學非所用地在浪費與消耗。學自然科學的是如此，學社會科學或文學藝術的更不必說了。

台灣幾個大學，除了外交系以外，我相信任何一系的程度都比美國任何大學程度要高，學生入學的競爭當然遠比美國要激烈，而學生的用功，一般的說，也遠超於美國的學生。所以，一個美國大學畢業生是無法同一個中國大學生比的。然而，中國的大學畢業生在大學畢業後就此枯萎下來，他們找到了一個學非所用的職業，為生存掙扎，對什麼都不抱希望。大學畢業則正是一個青年前途的結論，而在美國，大學畢業則正是一個青年前途的引子。

為學問，中國的青年到大學畢業已經無法進修；為事業，中國的青年到大學畢業已經可以看到極限。

這像是在小院子裡養馬，也像是在花盆裡養喬木。馬養大了必須有原野可以讓他們馳騁，樹養大了必須有土地使他們發展。

於是，在絕境之中，人們發現了兩條不能估計的前途：

第一，是到美國去。那裡在學問上可以無限制進修發展，在事業上至少有較大的空間可以摸索。

第二，到黨政的漩渦去，那就是「做官」。這雖是一條狹窄的路，但是深長無比，足夠一個人一生的探求的。

這也許是中國青年的悲劇，而可怕的竟也是中國的悲劇了。

一九五九，四，三。

台灣僑生的感想

在台灣，各大學談到僑生，都覺得他們程度差，品行不好，奢侈，有的還走私犯科，影響原來的校風，破壞原有的水準。這些話一般說來自然都有根據的。

可是僑生中也有用功刻苦的人，他們注意國是，關心學問，常常很有點觀察與批判能力。這些熱愛祖國的青年，每年在假期中出來，他們對於台灣也有許多寶貴的意見。

最使他們惶惑不解的，是台灣一方面要華僑學生回國讀書，而另一方面，那些在朝官貴的子女則都被送到美國大學去求學。

根據他們的非正式的統計，說只要稍稍在政黨上是有辦法的官貴，他們的子女十分之九在中學畢業後都被送往美國去讀書了。

他們說，這些被送往美國的青年，用的是國家的外匯，可是對我們僑生，則要吸收我國的外匯。我們帶點貨物進去，賣掉了作為學膳日用之費，他們就說我們跑單幫——甚至說是走私；我們用我們自己的錢，稍稍比他們吃得好一點，說是我們奢侈。好像一個青年必須營養不足，才能說是好學生。

他們說，說僑生的程度比較差，也許不是沒有道理，尤其是國文與數學。可是在台灣，那些程度不好的青年都去了美國，因為被送往美國的要人子弟，都是考不取大學的人。而許多要人們的孩子，還從小要到美國學校去讀書，根本就不讀中文。所以，如果把這些人也放在一起，僑生的程度也絕不會比台灣青年們平均的程度為差的。

這些僑生，他們在海外讀中學，因為熱愛祖國的文化，所以到台灣去讀書，可是就在這四年大學生活中；他們發現了台灣的中國人並不像他們那樣愛好中國的文化。

在台灣的中國人，愛好的是美國的文化。

可是美國的文化應該是民主與自由了。可是台灣偏偏沒有民主與自由。就以那些出國的青年來說，都是統治階層特權階級的子女，一般人不要說無法申請到外匯，就是想辦一張出境證都不容易。

一個僑生說，他們幸虧是僑生，可以學成回「家」。如果對於台灣的了解與吸收一點中國文化於他們有用的話，那麼，他們還是在國外做中國通吧。

僑生對台灣的失望，也正是反映華僑對於台灣的失望。華僑期望於祖國的，是祖國的進步與繁榮，尤其是祖國對自己的信心。可是台灣對自己太沒有信心。統治階層的子女讀美國學校，中學畢業就送往美國，這已經足夠說明了他們自己對自己的統治之缺少信心。而一般青年對這個現象的反應，就覺得要與特權階層平等，唯一的出路就是到美國去，而出去了最好在美國謀生，不要回台灣去被人「統治」。

當阿拉斯加、夏威夷成為美國第四十九州第五十州的時候，一個僑生幽默地說，如果台灣早點變成美國第五十一州，我們不也就算已在美國留學了麼？

一九五九。

尼赫魯與余定的辯論

在一本不常見的印度國大黨報上，尼赫魯發表了一篇文章。這文章開始先講近代世界上的災難，然後說共產主義也正是為這災難世界提早提供的一服藥劑，可惜經不起試驗。他說：

「共產主義，正當世界在失望與幻滅時降臨，提供一些信仰與一些紀律。某一程程度內，它確也填補了這個空隙。它付予了人類生活一些內容。它在表面上雖像有些成功，但因為它的僵硬，而更因為有它不了解人性本質上的需要，它失敗了。共產主義不斷的論資本主義社會的矛盾，在這些分析上雖確有其真理，但我們看到在僵硬的共產主義框子中，它自身的矛盾不斷地在生長。它在壓抑個人自由中得到強有力的反抗。它在輕視人類的精神道德方面的生命，不但不了解對人類基本的素質，而且剝奪了人類行為的標準與價值。很不幸的它與暴力相結合而鼓勵人類發展了罪惡的傾向。」

尼赫魯接受共產主義對資本主義的批評，說資本主義建立於階級對立上。但他認為共產主義是建立在暴力上，共產主義的政策是暴力，共產主義的思想也是暴力。他認為無論是為什麼理想什麼目的，施用暴力絕不能產生「善」。暴力絕不能解決任何或大或小的問題。這於尼赫魯，顯出他還是一個甘地主義者。

尼赫魯相信西方之自由社會仍舊可以由誘導而不用暴力去改善，可以形成一個更平等更公正的社會，一個絕不能由共產主義實現的社會。他認為自由社會可以進化一種遠優於共產主義社會，由而阻壓了共產主義革命的威脅。

尼赫魯反對共產主義的觀點，主要的是說共產主義完全建立暴力上，而他是基本上反對暴力的。

在最近《世界馬克斯主義者評論》上，共產黨將尼赫魯全文轉載了，由一位前國際共產主義刊物編輯余定先生執筆來駁斥。

余定（Yudin）不否認共產主義國家用暴力，但他認為任何國家都有賴於暴力，而資本主義國家較共產主義國家更甚。進一步，他說暴力，在共產主義國家，是對社會的敵人，帝國主義特務才用；而資本主義國家，在集中營裡都是工人，軍隊與警察都是資本家的工具，祇有資本家有言論的自由。

余定這種說法祇是老生常談。遇到蘇聯以暴力欺壓匈牙利人民的問題，就無法辯護。尼赫魯說：

「匈牙利事件表示民族自由的要求強過於意識型態，而其終極是無法壓制的。匈牙利事件本質上不是共產主義與反共產主義的衝突，而是代表民族主義排斥外力的統制。」

余定對此就祇好保住緘默。當然，余定仍可以說是蘇聯的干涉乃由匈牙利人民的請求去鎮壓反革命的。可是蘇聯不正口口聲聲與尼赫魯對唱不干涉別國的內政麼？

余定最後祇能說尼赫魯的政府並沒有使印度脫離英國帝國主義的懷抱，說印度的封建勢力也沒有打倒，而生產也遠不如中國，那都是題外的話了。

尼赫魯的批評共產主義與余定之反駁，其立論都是人所周知的濫調。所以注意的是尼赫魯居然敢於明白地表示一個態度，而蘇聯對於這個應拉攏利用的中立主義者，也正面駁斥起來。

在蘇聯方面，這祇是一種警告，要尼赫魯以後當心一點，如果不客氣的話，蘇聯也隨時會給尼赫魯以難堪的。

但是，在目前局勢中，蘇聯與尼赫魯不會因此反目，因為在亞洲，尼赫魯的態度對蘇聯之有利遠勝於狄托之在歐洲，雖然狄托的意識型態遠比尼赫魯接近於蘇聯。

據前天的消息，赫魯曉夫又在邀請尼赫魯到蘇聯觀光。可見赫魯曉夫非常需要尼赫魯的幫閒的。

尼赫魯在蘇聯會享受隆重的招待，他也會看到代表暴力的強大的軍容與進步的軍事科學的設備。說穿了沒有什麼新鮮，赫魯曉夫要尼赫魯中立的辦法也不外是利誘與威脅。

在暴力面前，尼赫魯也祇好「中立」下去。

余定的結論並沒有說出來，他應當說：

「倘若共產主義不用暴力，您尼赫魯先生不更傾向西方了麼？」

一九五九。

緘默

辯才是屬於聰明機智與學養，緘默則是屬於涵養。

在我的一生中，常常遇到聰明活潑的朋友，他們口若懸河，談笑風生，無論在宴會或集會之中，他們總是站在令人注目的地位，但會散席終，當我重新想到會上席間的人時，印象最深的往往不是他們，而是一直緘默著的人士。

在交際場中，令人傾羨的雖是應對如流，眉目飛動，口齒伶俐的女性，但使人顛倒的則往往是緘默莊嚴的女子。

能夠在幾小時歡笑閒談的時間中，保持冷靜緘默的人，其性格上往往是有一種值得探索處。在許多意見與問題中，一個不發表意見的人，不是下愚就是大智。而下愚與大智都有一種神祕的力量。

緘默雖是不說話，但有時少說話或說簡單而無意義的話也正可代表緘默。譬如在結婚的場合，有請名人演講的一個節目，有的名人即席發揮高論，竟有達半小時之久者，口才雖好，但給人印象很不好，倒是有人被邀，站上去說一二句聽不見的話就下來的人，使人難忘。

在辯論的場合，兩方意見衝突之時，我常見聰明好辯之客，引經據典，侃侃發揮意見，覺得甚為可佩，但當冷靜緘默的人士對雙方意見不加可否，安詳地只說一句天氣太熱的感慨，我發現緘默的力量常在「響亮」之上。

世界上有很多事，往往不是語言可以解釋，一個人所身處的環境，想使別人了解實在不易。有時越解釋越說明越易被人誤解，所以置之不理或者還是最好的辦法。倘逢到冤枉一類事情，申明一下或者就好終止，太多的辯解，往往有「此地無銀三百兩」之感。

有一種人，有點病痛與困難，喜歡逢人便講，其目的不外是一方面求發泄，另一方面求人同情。我覺得發泄不如哭泣，至於求人同情，其實收到的反應也多是虛偽的安慰。在這種場合，我以為有宗教信仰的人向神默禱或者要佳妙得多。

一個人，除了吃「開口」飯的以外，平常每天如說一百句話，大概其中五十句話是根本不必說的廢話，另外二十五句是說與不說都沒有關係的空話，還有二十句是應酬話，真正有意義有用的大概只有五句，五句裡往往還有兩句或三句是謊話。

從前倪元鎮為張士信所侮辱，絕口不言，人問之，他說，「一說便俗」。倪元鎮也正是了解緘默的真諦的人。

這些年來，碰見不少從大陸出來的年輕人士，他們都有很好的口才。他們原是來自沒有緘默自由的世界，大概緘默的本能已經消失。

訓練成一個有辯才的人或者不是易事，但養成一個緘默的人大概是更難的事了。

一九六三，十。

生命

儘管科學如何發達，人類到現在尚無法創造生命，這也可見生命的神奇了。

生命既是如此神奇，我們對於生知道的，因此比死還少。

人類為自己的生存，曾使稼穡繁殖，畜牲改良，果木變種。人類也儘量使自己免於死亡，維持自己的生存，但也看到人口之膨脹而提倡節育。人類一面發展醫藥使人得比較長壽，一面又發明武器使人在戰爭中更易殺人。

人類的歷史，實際上是求生的紀錄。因一部落之求生不惜殺盡另一部落，因一民族之求生不惜殺盡另一民族。而在一個國家內，因一黨之求生，不惜殺盡他黨，因一派之求生不惜殺絕他派。因一個英雄之求生，不惜殺死千萬蒼生，因一將之成名，不惜枯絕萬骨。這也可見求生必至殺生，謀活必至謀死了。

至於一切在廣告宣傳中之理論與口號，說明自己的「生」之合理，與乎因此使對方「死」為應該，這些原是很容易湊成的文章。其中最常用的無非是為制止對方殺人所以要殺他，為制止對方害人所以要害他。幾千年來發動大小戰爭，引用的「真理」、「是非」、「道德」、「意義」，從局外的眼光分析起來，幾乎都是非常愚蠢的。

到現在，人類形成兩種「意的牢結」，雙方都覺得必須消滅另一種。但武器的進步，使雙方又都覺得消滅對方，同時自己也必消滅在內，乃始有「和平共存」的打算。

這一打算，雖說「共存」，實在還想在「和平」中，或是冷戰中，消滅對方，或者想對方自己分裂互相殘殺，而自己消滅。

這是世界上的情形，我們看到的都是為自己求生而謀殺他人。至於芸芸眾生，在社會上，個人與個人的關係，更像是要自己活得好一點，必使人家活得壞一點，要自己活得久一點，必使人家活得短一點。在謀生不易的擁擠社會中，看來似乎更加尖銳。好像非害人就無法謀生似的，因此一舉手一發言都是戰略害人，事事如此，人人如此，殺氣騰騰，緊張無已。

人類群居的歷史已不算短，而謀共存的能力仍如此微弱，這不能不說是人類最大的恥辱。

發明原子能的人類曾經驕傲地以為跨進了新的文明的世紀。但原子能對於「死」的威脅遠超過對於「生」的擴展。也可見人類之淺狹與無知了。

當我細細地揣摩生命的神奇時，深感一只蚊蚋的神祕實際上遠超過進入月球的火箭。而在二次大戰後，看到英雄與強人一個一個老去與死亡，覺得雖是善於殺人的人，善於「擠」人、「害」人、或「剝削」人的也竟逃不了「細胞」的萎謝，與「細菌」的「擠」、「害」。這生命的意義也許就在這裡了。

像我們這樣被「擠」、被「害」、被「剝削」的芸芸眾生，苟延殘喘所看到的，也正是這些「擠」人、「害」人的英雄們在微小的細菌前戰慄與崩潰了。

一九六三，十。

死

前幾天參加翁凌宇先生的追悼會，今天又聽到董作賓先生去世了，這兩位是熟識的友好。至於不認識的人，則每天搭車到中環，經過香港殯儀館時，總看到有人在舉行喪事。足見死在人生中是多麼平常的事情了。

我常說死能使貧富貴賤平等，老能使美人與常人平等。吳廷炎死了，甘迺迪死了，儘管消息的震幅有大小，世事的影響有深淺，但對死者來說，與翁宇凌、董作賓有什麼兩樣？

有人說，死有重於泰山，輕於鴻毛，但泰山與鴻毛的標準還是人定的。人是一種價值的動物，人生的意義也許就在價值，但人間的煩惱也正是這個價值。我覺得宗教對於人的意義，就是人可以把價值的評衡交給神。

吳廷炎與甘迺迪都是死於非命的。英雄與偉人之成就，原是在死亡的命運中遺漏下來的人。孫中山是黃花崗烈士及其他所謂「革命」先烈遺漏下來的人，列寧、斯大林不必說，當時在俄國多少的被殺被折磨而死的人中，也許正有不少的列寧與斯大林，但能夠活著成為英雄的只有列寧與斯大林。且不管這個遺漏是命運還是自己的能力，他們在衰老死亡的過程中，最後還是沒有法子逃過輪迴的。這一點，也正可以說，是「死」的莊嚴與神聖。

說英雄是死亡命運中遺漏下來的人，這因為他們在鬥爭與戰爭中搏鬥，同志與同胞的死亡是歷歷在目。其實普通人何嘗不是在許多死亡機會中遺漏下來的？人人都有過危險的經驗，尤其是我們這一代，經過十年抗戰的日子，誰的生命不是勉強而湊巧地在死亡中遺漏的。光以醫藥困難的中國社會來說，一場痢病與瘧疾都可以致人於死亡，能活到現在原是很僥倖的事情了。

但是貪生怕死原是生物的本能，所謂「好死不如惡活」，也正是說明「生」的可貴。人人都曾以為像甘迺迪總統這樣富貴榮華為可羨；但一旦被刺，而又是這樣年輕，有幾個活著的人會覺得寧使換作甘迺迪呢？

當我們看到朋儕的死亡，對自己的貪欲私心似正可以稍稍有點警惕，究竟人生是無常的，我們對於現世的偏執到底有什麼意義呢？

因此我也想到，如果領袖與元首們看到吳廷炎、甘迺迪的死亡，想想自己的年齡，對老百姓的生活有點體卹，對批評自己的意見有點反省與寬容，那才是有心人的一種覺悟了。

一九六三，十。

不說話的自由

客有從台灣來者，盛讚台灣有不說話的自由，蓋彼乃在一九五六年自大陸來此，一直以為台灣乃為一獨裁之世界，今始知台灣尚留有此最寶貴之自由也。

只有失去過自由的人，才知道自由之可貴。處此亂世，老百姓所貴者已不在言論自由，而在不說話的自由，亦可為已默認「民國」之不存在矣。蓋民國者乃以民為主之國家，人人對國事有發言權者也。不說話的自由，也可說是放棄意見的自由。生而為人，必有意見。故民主國家，人人有一票選舉之權，此權也，即意見之權。放棄此權，即是不表示意見。雖云可憐，仍是可貴的自由。

常見聯合國票決議案之時，在二大之間，無所適從之小國，常放棄此權。此亦為不說話之自由。但附庸之邦，強力壓迫，不敢不隨大國尾附和者，亦即無不說話之自由者也。國且如此，何況個人乎！

夫「今天天氣哈哈哈……」，乃魯迅刻畫中國人世故之名言。也即是不表示意見之態度。蓋世界之事，都有正反二言，天氣或好或不好，各有主張，贊甲否乙，擁乙非甲，都得罪人，不如以「哈哈哈」了之。生為中國人，在舊式家庭中，孩子只有服從，在商店與官場中，下級也沒有意見可發表。從小訓練如此，故以「哈哈哈」為處世哲學，原為明哲保身之道。

民國以來，提倡以民主國，把國家興亡、匹夫有責等之教條灌輸給青年學生，於是新文化運動的人，都覺「哈哈哈」的處世哲學為可鄙。大家應該有話直說，對社會國家都表示意見，以求有民國的氣象。這在當時五四時代有反舊傳統、舊教育的精神，在今日視之，則實在也是一個悲劇。蓋多少青年想為表示意見把「哈哈哈……」的天氣說成或好或壞之事而得罪人，因而失業者或遭貶者不知有多少，而干涉國事或世事者，被囚被殺，則幾十年來更無法計算矣。

魯迅雖提倡青年人不要太世故，但信口直言，當時得罪他老先生者，亦無不被他抨擊。也足見為人之道，還是「哈哈哈」最能討人歡喜。

台灣一度也曾有廣開言路之號召，結果也是善說「哈哈哈」的意見者，得當局歡心。偶有忠鯁之直言，也都被斥為異端。

時至今日，身為老百姓，還是太太平平，安安分分享受享受不說話的自由吧。

一九六三，十一。

稿費問題

勞思光先生〈苦語〉裡談到稿費問題，我覺得這確是一個很難也很複雜的問題。

我是一個大半生都在投稿與編輯圈子中討生活的人，所以有許多聽到見到碰到的以及私下想到的，提出來也許可以讓大家參考參考。

稿費既然對文章而言，照例文章好的高的應當報酬高，文章壞的低的應當報酬低。這原是沒有錯。

但是如果稿費以文章的市場的票房價值而言，那就是說，一個刊物銷路越廣，廣告越多，收入越高，這個刊物稿費也該越大。而這樣的刊物大多數是低級的刊物，這裡面的文章往往是電影明星的風流故事，通俗的千篇一律的戀愛小說。那麼，這就是說，低級的東西可以賣得廣，收入多，那麼他們的稿費，就應該比高級的學術文章與文藝作品高了。這也是所以西洋通俗畫報刊物等的稿費遠比學術與文藝的刊物為高。

不說刊物的稿費，只以作家的單行本來說，一般偵探小說、間諜小說的作家都比文藝作家收入要大。

有許多偉大的作家一生默默無聞，困頓潦倒，到死後才開始為人認識，那麼其生前的報酬更是不能談了。

中國的稿費歷史，民國以前的我不知道。不過科舉做官，實際上也等於「徵文」獎，可以包括在廣義的稿費來說的，其中也是談不到有什麼公平。民國以來，稿費大概從未有過什麼標準。商務印書館的稿費，據我所知，往往不是根據文章，而是根據地位。凡是達官豪貴，一送往往千元一文，或者送一套《二十四史》。這些文章，多數是出於秘書或資料室之手，談不到有什麼佳作，稿費贈送，乃是書店當局聯絡官場之法。普通稿費，自然也有一個標準。從梁啟超日記中看到的，則非常特殊，我想是梁任公堪稱空前絕後的一個有最大稿費的作家。

自從我長大以後，一般朋友在《東方雜誌》、《小說月報》寫稿的，大概是四元、五元、六元一千字。《申報月刊》的稿費，據我領到的來說，記得是十元一千字。一般普通報刊，三元、二元、一元不等。應該說明的是那時的米價是二元五角到三元五角一石。

以後米價大漲，稿費不漲；我的文章雖有進步，而報酬則反而小了。

以一個刊物來說，雖說應該文章好的報酬高，文章壞的報酬低，但文章好壞太難有標準，尤其是不同性質的文章與文藝作品。一般的辦法往往是依地位與名聲來分等級。但這也往往使有些作家們知道了有點不開心，為什麼某某屬於甲級，某某人屬於乙級，而自己則屬於丙級？後來我們辦刊物，把稿費定兩級，前者是特約作者，後者為非特約作者，但兩者相差甚微。對特約作者也只表示一點敬意而已。

普通刊物的稿費，特別是文藝刊物，我覺得該把稿費標準統一（或者是創作一個價格，翻譯一個價格），這是有一個假定的。這假定是：「我們採用的稿子是這樣一個水準，合於這個水準而錄用的自然稿酬是一律的。」

報紙的稿費就很難說了。因為它的版面多，性質雜，你說寫一篇專論高於寫一段明星浪漫史，但報館的經理部可能會說，明星浪漫史（附了裸體玉照）可使報紙銷路增加，所以其稿酬應該提高些呢。

總之，報酬這問題，在資本主義社會中，不公平的到處可見，不獨稿費為然。在文藝領域中，我以為這倒也正是考驗作家與藝術家的趣味與骨氣之處。想到世上有許多音樂家、畫家與詩人寧使在貧窮中忠於自己的藝術而不作附世媚俗之藝，那究竟是值得人類驕傲的地方。

一九六三，十，十六。

筆墨官司

前幾天本報刊載張君勱先生在崇基的演講，談的是三十多年前的人生觀的論戰。我記得這些論戰的文章曾收集在一起，分上、下兩冊，是由亞東書局出版的。那時我還是中學生，讀這些文章覺得非常興奮。現在回想起來，這些文章的印象，已經極淡，但有一點我則常常想到，當時這些朋友們的論戰，都是從問題落墨，所爭所論，確為學術上思想上之信仰與見解，而大家為文，筆下雖偶有意氣上挖苦，但始終沒有流到罵街與罵人的地步。

那次論戰，雖然並沒有什麼結論，而所討論的問題，大家所見也都不太深入，但影響當時的文化界是很大的。其理由，也就是參加討論的人都是當時文化界知名之士，而所討論的問題也是一般知識青年關心的問題。我這裡要談的，倒不是這問題的內容，而是那一種論戰的情形與參加者的態度，因為在這方面講，那次論戰，正是我所看到的最好的最純正的一次論戰。以後我在中國文化界中，看到不少論戰，那就一次不如一次了。

論戰可說是筆墨官司的一種。一般可說有對立的兩種論點，公說公有理，婆說婆有理，雙方爭論各持理由。但有一點似乎很重要，即參加論戰的人是必須沒有組織的，大家自己發揮個人的意見。所以開始時是兩個人，以後陸續參加，各抒己見。因此在公婆兩方之間，往往也有折衷派。這種筆墨官司，至少是以「理」為中心，大家所談的都要依從一個「理」。

以後北大有《現代評論》與《語絲》兩派的對壘，其中的主將是魯迅與陳西瀅，因為這種筆墨官司不是學術上或思想上的爭論，所以這不能算是「論戰」，而只能說是「罵戰」，魯迅也成了所謂戰士。這種「罵戰」，那就不是有什麼「理」可據，論者也不是為自己所信的真理，而所「罵」的則是「風度」、「人品」甚至是「私事」，因此雙方以文章之犀利、刻薄、曲折爭勝，不惜旁敲側擊揭發人之短，而自己則閃躲隱掩以避免正面的討論，雖無組織，也已經有「群」體。

至後來魯迅與左翼罵戰，普羅文學與民族文學的爭論，背景都有政治的集團——後面包括了特務與政工，文人不過是出面的搖旗吶喊者，所以慢慢地形成了只求勝利，不擇手段，於是造謠誣陷，以至於陷贓告密，什麼都來了。

在這些爭鬥的場合，因為表面上還是打著文化的幌子，許多未識內幕的青年也想主持公道，發揮自己的信仰與主張，混入是非之圈，結果就被「捧為戰士」，實則只是被吸收為嘍囉，慢慢也就變成打手。

總之，筆墨官司如果爭論的是學術與思想，那自然要以「理」為重。情感意氣之言辭，應極力避免。等到動了情感意氣之言辭，實際上就已經是對「人」，而不是對「理」。既是對人，則最終必因怒而恨，因恨而毒，於是圍而剿之者有之，控而訴之者有之，拘而囚之者有之，陷而殺之者亦有之。

五四運動時代，中國文化界的確有過一陣愛美、愛真、愛善的氣象。學者文人都還有秉個人之所信所愛，從良心上說點良心話。以後似乎慢慢地有了集團組織，政治掛帥，奮勇殺敵，即有重賞。於是破口罵人以為勇，帽子亂飛以為巧，而潔身自好之士，雖有良心話也不敢直說，而發表文字與言語的地盤也不敢不有所選擇，恐一旦投稿進去即被認為某派某系，為主人所鄙棄，有礙自己登龍前途了。

現在想到胡適之與張君勱諸先生四十年前的人生觀論戰的情形，每個人可以毫不忌憚地發揮自己之所想所感，坦坦白白說自己想說的話，而每個報刊也樂於公開讓大家自由討論，覺得那真是一個黃金時代，現在固然看不見的，將來恐怕再也不會有了。

一九六三，十一。香港。

人情味

大陸出來的朋友都說香港太沒有人情味，你要是問路，沒有人理你；你要是搭巴士或電車，賣票員對你毫不客氣；人與人之間像敵人一樣，互相提防，彼此敵對，香港真是一個毫無溫暖的世界。

這話我是相信的，在大陸，人與人有困難一定彼此幫忙，街頭路角，沒有搶先爭前，店員車員都會彬彬有禮。

但是，如果有一個人被封為「右派」（不要說是「反革命」什麼了）時，這些人情味都沒有了，熟人路上碰見你也不敢同你招呼，同事在一起也不敢同你說話，在家，自然更沒人敢來看你。這個人就像患了大痲瘋一樣，再沒有人敢接近了。

去過台灣的人也都說，台灣的地方不像香港，人人熱情，個個可愛，人與人之間有溫暖的人情味。每件事情都找得到幫忙，每個人都樂於助人。客人來了就招呼茶飯，車上擠上擠下也少吵架。

這些話我也相信，在台灣，人不像在香港一樣的緊張，每樣事情不必照手續辦理，轉彎抹角去托人都有捷徑，越有辦法的人到處都有溫暖的人情味。香港去的客人，也總有不少的親友招待。

但是，退伍的軍官在踏三輪車；退休的空軍太太在拾棄在地上的菜葉；失意的政客，門前冷落；苦悶的青年，毫無前途……人情味在他們身上再也看不見了。

中國的傳統，人情向來見於濟困助貧的。朋友重在患難之交，夫妻貴於糟糠之恩。趨炎附勢，向來不被稱為道德。如今人情味只見於酒肉應酬，這又有什麼價值？

至於法律上通融，人事上援手，實際上也只統治階層彼此狼狽，於人情味有什麼關係呢？

一九六三，十一，十四。

大陸詩人的歡呼

偶爾在一家書店的大減價中，用了一角錢買得大陸名詩人艾青的《歡呼集》。艾青一度曾被清算，這本詩集乃是清算前的作品。該書初版於一九五〇年，我所買的是一九五三年八月北京印的第四版。書名叫做《歡呼集》，那麼向誰歡呼呢？

我們向毛澤東同志歡呼，
向人民的領袖歡呼，
向你高大魁梧的身體歡呼，
向你長期辛苦而顯得微駝的姿影歡呼，
向關懷我們的眼睛歡呼，
向深沉而又溫和的注視歡呼，
向你明確易解的話語歡呼，
向你誠懇的聲音歡呼，
向你堅決的手勢歡呼。

我讀了以後，覺得如此「歡呼法」實在是不夠聰明；因為雖是聲嘶力竭歡呼，還祇是薄薄的一本詩集，何不多歡呼幾聲，可以變成厚些。以前有一個講不完的故事，是曹操兵馬八百萬，過獨木小橋，木橋不勝載重，祇好一個過去了一個再過，於是隔吱隔吱……第一個過去，隔吱隔吱隔吱……第二個過去了……這故事就可以沒有完的講下去。

做此辦法，詩人可以對領袖的鬍鬚歡呼之，如：

向他第一根鬍鬚歡呼，
因為它指示我們正確的方向；
向你第二根鬍鬚歡呼，
因為它指示我高貴的方向；
向你第三根鬍鬚歡呼，
因為它指示我革命的方向。
……

鬍鬚歡呼過，還有頭髮與汗毛……一根一根歡呼下去，那麼這首詩永遠寫不完，也永遠不會偏差：詩人也永遠有「偉大的作品」與領不完的稿費與版稅。

這樣一想，我真想回到大陸去做詩人了。

但是，一九五〇年的艾青正是紅詩人，他大概有野心想做國際詩人，去領斯大林的文藝獎吧。所以他歡呼毛澤東，又對斯大林歡呼起來：

和平的大旗迎風展開，
全世界人民團結起來，
跟著斯大林奮勇前進，
歡呼的聲浪排山倒海；

光榮屬於斯大林，
勝利屬於斯大林，
斯大林萬歲！
斯大林萬歲！

這真是有點像瘋人的叫喊，如果全世界人民真的團結起來，跟著斯大林勇向前進，不早已跟著他變成骷髏了麼？

斯大林竟沒有賞識如此的詩人而死了！

而被斯大林所賞識，而屬於斯大林的御用文豪全國作家協會主席，曾到中國被歡呼過的法捷耶夫也自殺了。

「光榮」「勝利」屬於斯大林的都被宣判為罪惡。

所謂「排山倒海」的歡呼的聲浪，艾青在無耻的頭腦中所想像的，祇是壓在大堆破爛的書刊下沉默著。

忽然想到，如果我是什麼領袖之類，聽到艾青這樣的詩人這樣愚蠢地對我歡呼，我將有怎麼樣感想呢？

「我也要清算他！」

艾青其亦因此而被清算乎？

一九六三，十一，九。

死亡

人都要死亡。

有生必有死，這是自然之理。但，生物之貪生怕死，則是天性。我們看到別人之死，也可以想到自己之死。而人在死後，什麼都沒有了，除了渺茫的靈魂不滅說以外，對於世事，再也無法知道。財富妻妾子女，什麼都不會再有關係了。

客觀地講來，人因為有死，才可以有新生，如人都不死，則這世界上將如何容納如許的人口。更有進者，人幸虧有死，所以才見人類平等，善惡強弱貧富貴賤，一到無常來到，彼此無分上下。如人不死，則強者狡者必更見貪婪，富者貴者亦必更見驕傲。

此種看法，也使英雄們覺得殺幾千幾萬人並不當一同事，反正人口年年都增加，死了一批，活著的人也許可以吃飽些，所以他們把人命視如草芥。可是輪到自己，則又覺得塵世可戀，甚至還想求長生不老，能視死如歸的是很少的。

自己之外，比較寶貴的則是自己親人。死了親人，自然是要號哭一番，因為這除了生活上的聯繫之外，不免有點狐死兔悲，唇亡齒寒之感。

但世有慧覺的人，看路人之死也正可悟得人生之無常。一個人幾十年工夫匆匆過去，何人不是遲早要入輪迴。越是對芸芸眾生的死亡有切身之感者，越是會覺得死是無可避免之事，而對於自己之死亡能看得平淡。而所謂殺人如麻的英雄當面臨死亡時，則反而越是害怕與膽怯。

英雄總以為自己異於常人，他覺得凡是不忠於他的人都該殺，忠於他的人都該為他的利益去拚命，唯他自己及其親要則應長生不死。

前偶讀一個法國記者的報導，說陳麗春帶著她的孩子看僧侶自焚，說這不過是同烤牛排一樣的把戲。別的報章也記載，說這些自焚的人用汽油還不是外匯換來的。這種口吻，原有點水滸傳裡母夜叉孫二娘的氣魄，雖殘忍而仍有可愛處。如今聽到自己所憑倚的總統與「強人」丈夫的死，竟不免悲啼哀叫，則其氣度真是連李裁法都不如了。

當陳麗春女士看到威嚇一時的丈夫與夫兄之死亡，自當悟到英雄的血肉之軀原是同常人一樣的脆弱。

我們平常人生存在世，吃魚吃肉，以及吃飯吃麵，養活我們的正是別種生物的生命。而英雄之存在，每日除這些生物的營養以外，則竟還有人民的生命，間接或直接地在衛養他們的生存，如果沒有軍隊特務的衛護，他們的生命是遠比常人更會脆弱的。

陳麗春能視僧侶之自焚如烤牛排，則在目前情形之下，自殺殉夫或仍不失英雄本色，否則能出家做修女，順她所信奉之宗教之醒悟，也不失其為有勇氣之女性。

如只是托庇於美國或法國帝國主義，苟延殘喘生存著，雖打扮入時，漂亮時髦，出入於交際場，得多人讚美，身軀裡存有的只是一顆低微的、懦怯的靈魂而已。

一九六三，十一，八。

從蘇聯雕刻家的作品談起

昨日莫斯科電訊，蘇維埃雕刻家南佛斯蒂尼（Ernst Nejevestny）忽然被蘇聯的文化部垂青，請他雕塑三個科學家的人像，這三個科學家：一個是物理學家富蘭度，他於兩年前因車禍重傷，現尚在逐漸恢復中；一個是蘇聯科學院院長米賁拉夫該第世；另外一個是科學院西伯利亞分院院長米海爾拉楞第亦夫。

蘇聯藝術家能得文化部委此重任，是一件光榮的事情，對於雕刻家南佛斯蒂尼則實在太出意外。原因是去年冬季，他的作品，一個伸著大長的耳朵的小孩子，曾被赫魯曉夫叱為「可憎厭的捏造」，雖然它頗得西方批評家的稱讚。而自此以後，報刊對他再不曾有過好評。

現在則塔斯社開始刊載萊曼諾夫訪問他的消息，前幾天又有記者去訪問他，因為他是重被「任用」了。

南佛斯蒂尼對這次被聘用，說非常有興趣。特別有趣的是他自己正在創作一個大理石的雕刻，題為《思想的方場》，方場的中心是一個思想家的頭顱，方場的周圍則以浮雕以示「理性的勝利」。

我們對於蘇聯藝術家與文學家的生活，實在很隔膜。但有一點則是很明顯的，就是，至少自從赫魯曉夫執政以來，他們的藝術家與文學家都有創作的自由，這即是說，他們的作品，可能奪去了展覽出版發行的自由，但他們仍可在家裡閉戶創作。他們還可把這些閉門的創作收存起來，等有機會時再謀發表（傳達）。巴斯脫尼克可以獨自寫《齊伐哥醫生》，而南佛斯蒂尼可以獨自雕刻《思想的方場》，也正是享受這份表達的自由。

想到中國大陸的作家與藝術家，他們的生活是任務，工作也是任務，想自己創作是絕不可能的事。一旦被批判，生活也再無保障，或者就要下鄉或勞改。更不用說，如雕刻一類工作，還需要原料（如大理石，銅……等）與工具，如政府停止對你供給工具與原料，你也就無所施其技了。蘇聯好像並不把藝術家當作政治的工具，大概也承認，藝術文學，如果要它存在，還是要靠人去創作。要人創作，要是需要有一點點創作的自由的。

但是最不能使人理解的，是蘇聯的藝術家作家與詩人們，在享受這表達的自由下，其作品的風格趣味竟都走向西方的風尚。用共產黨術語來說，是這些作品都是帶著資本主義社會的病態的趣味，或者是個人主義的色彩，再或者是反動的意識。想想這些年輕的藝術作家與詩人，在他們出生時，蘇聯已經是社會主義的國家，他們既未曾離開蘇聯的懷抱，也從未脫離無產階級的薰陶，何以一到藝術的創作，就傾向於資本主義社會的風尚，這究竟是應該作什麼解釋呢？

如果藝術與文學的表現，在任何不同的社會中，人類都有一種共同的傾向，那麼，藝術與文學的「美」是超階級的東西，應該是無法否認的事實了。

我想，如果鐵幕的國家能從文藝創作中，看到人性的意義與價值，發現所謂無產階級社會的藝術家與資本主義社會的藝術家都有共同的「美」感與要求。那麼對於文藝上主義與意識的要求是多麼多餘呢？

這也無怪乎中國大陸的文藝作家現在再沒有真正藝術的創作品，他們的作品如果有政治任務的意義的，也再無藝術的意義。倘若勉強可以使海外的人士看了有點感應的，也儘管是些齊白石的花卉，傅抱石的山水，與〈春江花月夜〉〈十面埋伏〉的二胡與琵琶以及平劇越劇一些舊節目……等，這些「古已有之」的東西了。

蘇聯的執政者，還知道這世界上有所謂文化的行進，要希望自己的藝術家不遜於資本主義社會的藝術家，就必須讓他們有創作的自由。而中共的首要們，雖然知道如何使運動選手們出席國際比賽而獲得錦標，但竟不知道藝術與文學也正有一個世界標準，並不是關起門來，可用自己好惡來作為價值的標準的。

赫魯曉夫雖然不喜歡南佛斯蒂的作品，而仍讓文化部請其為科學家塑像，足見赫魯曉夫並不完全把自己的好惡作為藝術的標準，在這一點上講，赫魯曉夫的確已比許多獨裁者進步了。

一九六三，二，七。

看大陸民間藝術的表演

在大會堂看到一場中國藝術團的表演。

中國民間藝術，因為中國幅員廣、氣候不同、言語複雜，風俗異殊，所以是非常多姿多彩的。但在大會堂所看到的，其節目之空虛、貧乏，殊令人詫異。除了幾曲東北民歌、湖北民歌及幾段蘇州評彈，幾乎什麼都沒有了。諸如一般人以為可以聽到的如河南墜子、大鼓、寧波灘簧、相聲……都沒有。

民歌也都是舊日落後農村裡極原始的東西，平常所聽說農民翻身後群眾的聲音，表示集體勞動的、躍進的、雄壯的、闊大的……諸凡那些報刊上小說中所看到，土改中、搶災中，鬥爭的歡樂的歌聲竟一點也沒有反映在民間藝術中。

樂器演奏，除演奏者的技術精湛可佩服外，內容也都是屬於舊社會的，可以說沒有一曲是新的創作或可以表現「革命」後的新趣味。笙獨奏中，有《孔雀開屏》，說明書上雖說「象徵解放後人民新生活的開始」，但我聽到的還只是舊有的普通抑揚的旋律。那所謂翻天覆地，排山倒海的鬥爭都沒有聽到。至於《春江花月夜》《飛鳥投林》之類所抒寫，更是舊社會的寧靜悠閒的情調，這些樂曲，有的雖是整理加工，或者根據舊有的編制，但也正如大陸整理古籍一樣，改改裝幀，翻印一下而已。

舞蹈，在中國這些年來，在報刊中看到聽到的，是有驚人的發展的，但大會堂所演出的兩三個節目，其水平只到中學生遊藝會的水準。趙青女士的長綢舞，服裝色澤很不調和，燈光也毫無研究。全舞除了一點熟練的搖擺外，毫無內容；說是這是她自己所「創作」的，則實在只是把庸俗的舞姿動作揉湊而得，是絕無生命與感情之作。大會堂前些時演出過美國舞蹈家立普曼之舞蹈，趙女士看看人家的，就知道自己是多麼不成東西了。

一九六〇，二，香港。

種族與階級

在共產主義理論上，只有階級對立，但沒有種族歧視，可是非洲學生在蘇聯求學的個個都感到被歧視。

一九六三年十二月有一個在蘇聯學醫的加納學生，叫做愛德門阿瑟爾阿多死於莫斯科郊外。據警察說他是凍死的。但當時有七百個學生聚於紅場作抗議遊行，表示對警察的解釋不滿意。他們查悉愛德門阿瑟爾阿多正預備在兩天後與一位蘇聯小姐結婚。那位小姐已經懷孕，但家長反對他們結合。一年後，又有一個加納的學生叫做喬奇達古被謀殺，據說他是被當地阿飛們從旅館裡拉出來而殺死的。其原因可能與男女問題有關。非洲學生在蘇聯，如果同一個俄國小姐或喬奇亞小姐跳舞，都可能引起麻煩。有幾位蘇聯小姐因與非洲學生訂情的關係，而被遣送到處女地去開墾。據說這種情形在保加利亞，在捷克也常碰到。

肯亞學生們對喬奇達古的死，發動兩星期的罷課，要求安全保障，但是他們的抗議並不被理會。於是有七十七個學生們移駐巴古車站，表示繼續抗議，可是這些罷課的人因為沒有被捕，又無錢買食物，飢寒交迫，終於被賄賂收買而屈服。但是這個抗議，終於由那間巴古（Paku）大學發展到別的大學。在莫斯科、在列寧加勒、在明斯克的肯亞與加納學生都起來響應。

在巴古大學，肯亞學生共有九十七名，其中七名是早在那面的，後來被轉學到別處。另九十名則於半年前才去。這次事件，有八十四名參加，到車站的有七十七名。事後最堅定的二十九名則於半小時之內就被驅送回國。據這些出來的人說，他們在蘇聯受到的教育則是洗腦教育，所謂大學實際上只是洗腦營。他們必須由口試被測驗意識思想，背誦口號，表示反對美帝侵略越南與剛果種種。他們在蘇聯衣不暖食不飽，但他們必須承認一切都是蘇聯第一，甚至牛頓定律也是蘇聯早就發明的。蘇聯要他們將來回國後叫蘇聯要叫的口號。他們都是本國政府派出來的學生，可是蘇聯要他們反對政府建立革命政權等等。

從這些話聽來，非洲學生似乎把種族歧視與政治洗腦事混為一談。其實對於政治洗腦，蘇聯倒真是並沒有黑白之分，白種學生也一樣要被洗腦。至於男女問題，則顯然是有黑白之分了。當階級感情並不能消弭民族衝突之時，我們看到，第三次大戰如不能避免的話，敵對的還是國家與國家而不是階級與階級。

一九六五，九，十七。

諾貝爾獎

我是一個少「信」的人，對於獎金一類事情覺得多數是沒有什麼標準與意義的。特別是藝術、文學一類的比較，我以為是很難能分出高下優劣的。

諾貝爾獎金普通都以為是了不得的榮譽，中國年輕的文人甚至認為日本與中國沒有得過文學獎，就以為中國、日本就因此沒有文學一樣。

其實真正對於諾貝爾獎金稍有認識的人，都知道諾貝爾獎金的和平獎與文學獎是最無價值的。不用說大眾都知道得獎的作家與所獎的作品往往是有文藝以外的原因的。

文學獎之所以沒有價值，最大的原因，是應評的作品必須限於五種文字。世界上的文字有幾千種，現在只限於五種文字，五種以外的文學作品，就須用譯本去應評。你想想這裡面還有什麼公平的標準？其次當然是提名的規定，如要各國政府或學術機關，或前任是得獎作家推薦之類，也可說是極為勢利的手續。

人們都知道許多偉大的作家都是在牢獄中產生的，在流浪中產生的，而政府與所謂學術機關也多數操縱在有門戶與派系的人群之中。

自然，要避免上述的限制，在事實上也是很困難的事。世上既無人能精通幾千種文字，也無人可讀盡所有幾年來的文學作品，那麼如果沒有限制，不用說評判固然無法建立，評判委員也無從尋覓。

諾貝爾是十九世紀的人，他與他同時代的人所規定的獎金，給予文學的正是當時歐洲的幾個強國的文字。在他們當時的心目中，不要說沒有把中國、日本、非洲等地區的文學作品放在眼裡，就是連美國也沒有想到會有文學作品的。因此，這個文學獎實際上也只是限於歐洲地區的獎金，因為美國用的也是英文，它又變成了二十世紀的強國，所以可以包括在內。所以亞洲與非洲，根本就不必以此為衡量文學的優劣與高下，也無需把它當作了不得的標準。

一個詩人或小說家對他的作品一方面要謙虛，一方面要有自信；一個民族對於自己的藝文，也是一樣，一方面要謙虛，一方面要有自信。我們很容易自大，說別人的文學不如我們，因為他們都是資本主義社會的文學；我們也很容易自卑，說我們的文學不能同西洋比，因為他們的作品銷路大，影響廣大。事實上，這兩種態度都是不健全與不正常的。但如果以為諾貝爾的文學獎就可以衡量文學上的成就，那麼我們固然不夠自信，也就不夠謙虛。

在未得諾貝爾獎時的自卑，也可以產生得諾貝爾獎時的自大。大家都知道賽珍珠之得獎是與當時中國問題有關，帕斯德納克之得獎是與政治壓迫有關，我們不難想像，在局勢慢慢變化以後，諾貝爾文學獎很容易落到中國大陸的一個作家身上。

一九五六，九，八。

《阿爾發城》

今年六月，法國名導演高達（Jean-Luc Godard）完成了他的第九部電影——《阿爾發城》（Alphaville）。這部電影引起了批評界的討論，究竟這位三十五歲的導演是天才還是騙子？這討論發展到對《阿爾發城》這部電影內容——對將來社會一種設想的可能性研究，許多法國科學家都參加了。

阿爾發城是由一架總調節機，叫做「阿爾發60」的所統制。在阿爾發城內，秩序是論理的結論。旅館房間裡都備有《聖經》，但已當作字典之用，其中如「溫柔」、「悲哀」、「為何」、「怎麼回事」，以及諸凡如個性，與良心的覺悟等的字彙，因不用而逐漸廢去。那裡居民都是半夢遊狀態，每天需服鎮定劑。一切不聽話的公民，如不在旅館的小房間死去，也都很自然的消滅。電影中，政府官員與外來貴賓在公共場所鼓掌如儀，但等到他有自覺的意圖時，即有機器把他送進游泳池內，那裡有泳裝的美女將他處死。科學家宣稱：現代的人民只是一種抽象的存在，是可以造塑，改造以及重新改造的東西。一切事情無須就商於人民，或者僅作表面的商量，而其意義也是不同的。人民不是投票的選舉人，只是主顧與消費者，他們在政治上沒有參加的份兒。政府不過是加清潔劑的技術人員。

在阿爾發城，還有一個特徵，是人民語言的貧乏，除了日常的「切口」外，連想表現自己的意見，都有困難。原來照科學家的說法，語言的消失也就是良心的消失，語言的消失，才算完成人的機器化。

在阿爾發城，機器整天廣播著「阿爾發60」的報導，鼓勵愛國的口號，人民完全被政治化。這部電影的試演，由《新觀察者周報》邀請一些科學家來評閱，其中著名的有數學家高富門教授（Kauffman）與計算機與電腦設計者薩望博士（Jacques Zauvan）。科學家們看了這部電影，都認為它至少很成功地刻畫出現代生活中科學家、技術家與人民生活的脫節。但敏感的觀眾，則覺得這戲對當代法國情況有很深刻的諷刺。如所謂言語的貧乏，正是現在法國出版家的公司的意見，法國的作家們的文字表現力的衰落是現在寫作界一個大問題。

其次是「阿爾發60」的愛國的口號，正是戴高樂總統巡視西法時，對人民呼籲創造法國。那些呼籲正是整日在對人民廣播，廣場上可聽到，院落中可聽到，獨居斗室時，也無法拒絕這些聲音從窗口漏進來。

總之，這不是一部庸俗的電影，而高達也的確是想作點新的嘗試的藝術家。在西德電影節中，《阿爾發城》獲得「金熊獎」。

一九六五，九，十九。

國有文藝與民有文藝

文藝與及一切藝術原都是來自民間，稍稍有一點文學史或藝術史常識的人，都不會否認這個事實。文藝變成文人的事業，是後來的事情。這是同一切行業的專門化與分工合作一樣的途徑。在初期農業社會中，多數農夫都是農具的製作人，後來才有一部分農民轉業為農具的製作工人，而將製作物換取糧食。當時的文人不過是採集民間的材料編成故事與歌曲，在節日與祭祀中使人民有娛樂安息與警覺。他們傳誦歷史，報導新聞與提供生活的趣味。

就因為文人專業的形成，慢慢就成了政府的傳言人。於是統治者就利用文人作歪曲事實，歌功頌德，籠絡民心的勾當。但是，儘管有一部分的文人為統治者服務，民間始終有新的文人出現，他們對朝廷有諷刺譏笑，對人間的疾苦有響亮的呼籲。

而奇怪的是，當文藝成為統治者的喉舌時，這文藝往往就死僵而沒有生氣；當文人成為統治者的傳聲筒時，這文人往往就毫無創造，最多不過是把自己的聲音磨練成鏗鏘悅耳，以及辭藻修得華麗一點而已。

因此，歷代的統治者雖利用文藝與文人，但無法壓殺文藝或佔有文藝。代表真正文藝的，有真正的文藝家在創造與努力，他們輕視侯門的榮華，知道藝術的特質，始終不離根的把文藝種植在人民的心地上。

可是，如今的統治者不同。自從社會主義，統制經濟一類的說法盛行，統治者要把一切企業移歸國有，文化與文藝也就成為國有的事業一種。

國有的名詞很好聽。可是所謂國有實際上則是黨有與私有。他們要文藝為他們統治者的黨與同志服務，幫助他們統制人民的思想與情感。

既然是國有了，他們開始不許民有。以前的統治者雖會御用文人與御用文藝，但無法禁止民間的文人與文藝。如今的統治者則從財富的國有，想到文化的國有，想到人民的思想與情感的國有。他們再不許人民可以擁有思想與情感，正如人民擁有私產一樣，他們再不許國有以外有其他的文人與文藝了。

這見於共產黨統制下的現實。

他們的文藝口號是什麼呢？是社會主義的現實主義。

如果我們反對這個文藝國有或黨有的政策，正如我們反對財富國有與黨有的主張，不用說，我們必須主張文藝民有才對。

與獨裁的理論對抗的，是民主；與統制的權威對抗的，是自由；與國有（黨有）的辦法對抗的是民有。要文藝有民主與自由的氣魄，第一步，還是把文藝從國有（黨有）交還民有吧。

有人說，那麼你是不是主張民有的現實主義呢？

我說既然是民有，那麼所謂藝術上的什麼派別，什麼主義，是有它的自然變演的途徑，並不是一二個人主張就會成什麼派別的，藝術上的派別與主義，雖有人提倡與主張，但其所以成為一時之風氣，仍有其必然的因素。

文藝史上新的派別與主義的勃興，往往是反映社會的變動與舊有文藝的衰微。當社會變動以後，舊有的文藝無法表達多方面新的人生經驗，於是新的派別與主義自然而然的產生了。

文藝史上的寫實主義蓬勃之時，正是哲學上的唯物論盛行之秋。當唯物論衰微以後，文藝上新的派別湧起；弗洛伊德學說喚起了文藝思想很大的轉變，即使是寫實主義的作家，亦不得不對心理上的發展變動有所注意；但是主要的文藝路線，從此離寫實主義越來越遠了。

如今哲學上標榜唯物論的，祗有所謂「辯證法的唯物論」了。文藝上標榜現實主義的也只有「社會主義的現實主義」了。

我倒並不說現實主義有什麼不能提倡，但是提倡這個，還是文藝界的事情，至於是否可以成為主流，則是讀者與社會的事情。要是由一個政府或一個國家來號召，而作家們祗是配合執筆，那麼個時代的文藝就難有生氣了。

巴甫洛夫的真貌

伊凡巴甫洛夫（Ivan Pavlov 1846-1936）是舉世所推崇，蘇聯所誇耀的生理學家。他的「交替反應律」是一個劃時代的發明與成就，對以後的心理學和教育學，有著巨大的影響。

他值得欽仰的地方，不單在於他的成就，而是在於他對學術之一百分之一百的忠實。雖在蘇聯布爾雪維克的統治下，他也不肯受黨的理論的支配，而對學術有所歪曲。他的性格是堅強的，他對那些主張以政治來支配學術、視學術為政治的工具的要人們，從來就不曾掩飾過他的厭憎。在革命初期，他就拒絕稱呼盧那卡爾斯基（Lunatcharski）為同志。盧那卡爾斯基那時任教育部長，是一位最有文化修養的布爾雪維克黨員，且著有不少著作的人物。

巴甫洛夫在蘇聯竟能夠生存下去，實在是例外之例外。要不是列寧於一九二一年為他特別頒布例外的優待，他怕早就被清算了。到底列寧是賢於後來的統治者，他不但使巴甫洛夫有安靜的環境，並給巴甫洛夫以研究上的便利。

一九三零年出版的《蘇聯小百科全書》對巴甫洛夫有這樣的一段注釋：

> 雖然他的唯物論的學說及他在科學發明上有他的革命性，他對社會問題，從未超過保守主義的態度。

儘管蘇聯的統治者，在宣傳上，不斷地利用巴甫洛夫的名字；儘管他們隨意地改竄巴甫洛夫的文件和著作；又儘管巴甫洛夫緘默無言——他生前無法抗議，死後無從抗議；但他流傳在外的文件，例如下面所載他給伊斯脫曼（Max Eastman）的一封信，就永久地保全他的真面目，永久地為他提出無法箝制的抗議。譯文如下：

親愛的伊斯脫曼先生：

我讀了你的信很感興趣。你對於馬克思基本的哲學的批評，完全與我的意見相符。但我還不能簡單地承認有一種革命的科學，現在沒有，將來也不會有。同樣的，在政治歷史社會學的科學中，也不會有所謂革命的。革命只是活力的探索，單獨地由黨指揮，憑堅強的意志與有力的知能所培養的經驗主義而已。我以為我們布爾雪維克的革命和它對我們實際上智慧與道德發展的可怕的處置，是一種反時代主義。這個（我確信）將永不再出現，在文明世界中無處可再有這種形式了。這就是我對於這些問題的由衷之見。

誠懇地對你致敬。

伊凡・巴甫洛夫

一九二七，七，十五。於列寧格勒。

廟宇與廣場

神總是在天上，我們人間只有人。

可是有歷史以來，看許多人覺得自己是神的「駐世經理」，他要代表神，也真有人相信他，於是他就自以為是神了。

如果有兩個這樣的神，就有了衝突與戰爭。偏偏世界很大，神還不只兩個。

自從人類進步到把神請回到天上，人間的「神的代表」也就改了「行」，他變成人民的代表或民族的代表。

當人代表神的時候，他要別人對神有各種奉獻，由他來接受這些奉獻。當他代表人民或民族的時候，他要別人對人民或民族有各種奉獻，由他來接受這些奉獻。

所以招牌不同，行業無別。

於是他的奢侈是人民或民族的面子，他的正確是人民與民族的正確，他的享受是人民與民族的享受，違反他就是違反人民與民族。

他不會有錯，如果說他有錯，那等於說人民或民族有錯，那就是侮辱自己的人民與民族，這個人當然是敵國的走狗或奸細。

他與以前神的駐世代表沒有什麼不同，所不同的是以前神的代表必須有一個廟宇或教堂，以表示他代表神在領導人民，現在這個人民或民族的代表則必須有一個廣場，可以在國慶一類的節日集合許多人民在他面前遊行，表示他代表人民或民族在領導人民，在廟宇前處異教徒於死刑，在廣場上對異己者的公審。就是異途同歸，混淆善惡，顛倒是非的手法。

迷信於廟宇的是狂熱的香客，迷信於廣場的是狂熱的群眾。

因此，民主的基礎絕不在香客與群眾，而在一個一個有健全的理性與獨立的頭腦的個人上面。他們絕不作任何的盲目奉獻，只是勇敢而合理的要求自己的權利，而又熱誠而謙虛的尊敬別人的權利。

書價

最近買了一本屠格涅夫的《貴族之家》與一本托爾斯泰的《薩伐斯托的故事》的英譯本，都是一九五一年莫斯科外國語出版社出版的，十八開本，印刷精良，裝幀華麗，裡面還有極精緻的五彩插圖。《貴族之家》稍厚，售價港幣三元，《薩伐斯托的故事》較薄，售價只二元二角。這樣的精裝本較之美國的庸俗低級膠裝的普及書竟還要便宜，不禁使我感慨萬端，覺得美蘇兩國的文化冷戰與宣傳，美國的戰略又表現非常低能了。

蘇聯把英譯本的蘇聯書售價壓低，以打擊英美書市，其用意不難明瞭；但目前美資出版的中文譯本，把售價壓低，以打擊中文的書市，則實在是我們所不解的。

蘇聯在這裡並沒有大規模新聞處一類的組織，但關於蘇聯著作的譯本，可以說應有應盡，幾家書店，一天到晚擠滿了人，裡面許多都是窮學生，而那些中文本的蘇聯著作反倒並不便宜，可是人家情願挖腰包去買它。反之，這裡一些靠美援的出版者，不斷地出一些御定的美國書，雖是定價低廉，有的甚至是到處奉送，而竟很少人願意讀它。其原因何在？這是值得美國的朋友，與為美國的朋友服務的一些中國朋友深思的。

老實說，在香港的文化人，同情美國的比同情蘇聯的多。在香港的出版社與書店同情美國的也比同情蘇聯的多，可是美國在這裡出中文譯本，竟不與原來的文化界出版界聯繫，而憑一點美元製造了一批御定的文化與包辦商，跑跑門路，走走關係，拉一本書出版，或者藉此辦一個刊物，寫些報帳的文章，穩拿一點錢。結果物歸原主，同紙幣回籠一樣，兩三轉手，變成紙漿，販到大陸，回籠成紙，另印親蘇聯譯著到香港銷售。而正當的書店與出版社，本來也想出點美國譯著的，倒反無法再出。正當的文化工作者，本來也想譯點美國著作的，因無書店出版社收購，也就不願而無法多譯了。而通過美國衙門中國官的外行朋友，人人可成立出版社，人人可以成為作家，一稿在手，立地可即成作家，此所以新的出版社如春筍，而書店則只好販售親共書籍了。新作家如雲，而好文章越來越少矣。

拆穿來說，像新聞處一類的機構，出兩本刊物已經夠了。要辦出版社，正大光明辦一個大規模出版社，像莫斯科外國語出版社一樣，規規矩矩道道地地出點外文的書，這是對的。但不妨將俄文本定價減低，推行到鐵幕內去，但必須把中文本的書價與香港書價符合，以免擾亂市場。要宣揚美國文化，那麼還是多買一些美國原版書，運送這裡的流亡知識分子吧。

現在這樣的做法，除為中國造成幾個接受拉攏鑽營的人才與一些報銷的出版商以外，只是使中國原來的文化人與出版商更厭憎美國的宣傳與文化罷了。

禽類學家

英國著名飛禽專家蒙福（Guy Mountfort）常與蘇聯一個禽類學家通信，討論些關於《歐洲飛禽》這本書的問題，後來為蒙福向那個禽類學家要一張俄國飛禽分布地圖，就再沒有回音了，雖然蒙福還是不斷地寫信去。

蒙福於是向一個蘇聯官方的朋友打聽，據他說，那位可憐的蘇聯禽類學家怕要被遣往西伯利亞去看守飛禽了，這類地圖怎可以寄出來呢。

蒙福曾與英國禽類學家好龍（P. A. D. Hollon），美國飛禽藝術家彼得生（Roger Tory Peterson）合著一書，為最有權威與有最好插圖的飛禽手冊。但為搜集材料，這三位都曾因涉間諜嫌疑而被捕過。

蒙福於早晨六時，在叢林中看一種藍頭長尾的鳥，因望遠鏡對著法國炮台，被法國憲兵所捕。彼得生前在美國觀望金背雀時，被美國海岸衛兵所捕。好龍騎著驢子在土耳其尋沙鷗，因涉嫌疑而被捕。

上面這四個飛禽專家的運氣實在不太好，但也怪他們在這個亂世要研究什麼飛禽。可是徜徉於法國炮台上的藍頭鳥，飛翔於美國海岸的金背雀，躑躅於土耳其邊陲的沙鷗倒是沒有被人懷疑。足見做人沒有做鳥為自由也。

其實一個好的禽類專家，他的興趣他的癖好已完全被禽類所占據，他在世上所要的實在很有限，所可惜的是他們竟不能化為飛禽而已。

不過這四位之中，蒙福、彼得生、好龍三位如今都已釋放，獨獨這位蘇聯禽類學家則不知下落。這大概也算是自由世界與獨裁國家的不同了。然而人類如要有禽類的自由，那似乎在亂世是絕不可能的。

集體創作

蘇聯有一位叫做高采馬列夫（Korchemarev）的音樂家要寫一個歌劇。他邀了一個年輕詩人為其寫歌詞，寫完了兩幕以後，他到列寧格勒同一個劇院訂了一個合約，合約上寫歌詞的人竟成了他的太太。這個青年詩人責問高采馬列夫何以不用他的名字？高采馬列夫說他太太是供給內容者，不過詞句由青年詩人來執筆罷了。於是這個青年詩人就拒絕與他合作。

以後高采馬列夫又找了一個女詩人來合作，可是只像點菜一般的在電話裡叫她怎麼寫。女詩人很不願意如此做法，可是高采馬列夫說時間來不及，必須急趕辦，於是女詩人就只好照他所說的寫了交卷。最後這個歌劇終於在小戲院試演了，得文化部贊同，又訂了一個合約。在合約中，這個歌詞的作者僅列名於插曲的作者之中，連稿費都一文未得。

上面的故事見於蘇聯《真理報》上，而這類的事情並不少見，《真理報》記者有以下的註詮：「這些藝術契約有時將別人的劇作據為己有；有時把他們自己與別人的場景拉在一起；有時直接控制了一個青年畫家或襲取了有希望的年輕雕塑家的作品。」

這文章供證了蘇聯所提倡的集體創作的實情。在竹幕裡的中國，藝術家的頭腦怕比蘇聯還改造得徹底，大致都已變成了有效率的機器，所有作品不過是一個模型裡出來的貨物。所以作者的署名實在不必要，任何作品只寫一個X記即可。讀了幾本關於《紅樓夢》問題的文章，關於清算胡風的宏論，深感要如許作家來署名，總像個人主義意識未淨，如果用一個X記，也許倒顯得是集體創作的偉大成就了。

恐懼的反顧

東德美術學院最近有一次畫展。這畫展引起了東德文化事業部不安，趕快召集了一個檢討會，批評畫展中大部分的作品與現實生活，與為德國和平的鬥爭，與社會主義的成就，都相背離；許多作品都是反映出知識階級政治立場之動搖，一種等著瞧與旁觀的中立的態度。黨報《新德意志》於這樣批評後接著說：「我們中間有些藝術家在害怕西德的藝術同人會看輕他們，而西德藝術家都是為他種完全不同的觀念所支配的。」

於是黨報對東德藝術家號召了：

「與黨一同前進，無恐懼的反顧。」

這使我想起了敵偽時期被御用的一群文化人士。他們也是怕中國人看輕他們，在態度與作品之中，多少帶點等著瞧與旁觀中立的色彩。

這一方面可說是藝術家良心未泯，他們知道什麼是藝術，什麼是真，什麼是美。另一方面，可說是政治上的氣餒。自從阿德諾（Konrad Adenauer）訪蘇被隆重招待以後，東德已感到自己傀儡地位之無足輕重了，反映藝術家的態度上，自然有了「恐懼的反顧」。

但是這祇是歐洲的情形。在東南亞，恰巧相反，當日內瓦美國與中共會商，美國報紙大讚周恩來之外交天才的當兒，有些美國所僱用，所鼓勵，所津貼之編輯與作家，也不免有「恐懼的反顧」了。

這一方面可說，這些編者與作家良心迄未曾自覺。另一方面也正是美國對這些御用人物是視作無足輕重了。

「與黨一同前進」的口號雖是空的。但是美國對御用人物連這樣的鼓勵都沒有呢！

東歐的戲劇思想

奧國的文藝社會，常常以為奧國有責任充作歐洲兩集團文化的橋梁。在今年五月裡，他們邀請了當代二十五位著名的戲劇界人士，包括導演，戲劇批評家，劇作家等來討論鐵幕的東西兩方的現代戲劇問題。

所謂鐵幕內的戲劇界人士，從波蘭來的有現代劇場的名導演歐文阿克珊（Erwin Axer）；有研究莎士比亞的學者與批評家金高脫（Jan Kott）；有歐洲有名戲劇雜誌《對白（Dialog）》的編輯阿丹泰（Adam Tarn）；以及劇作家羅柴克（Slawomir Mrozek）。從捷克來的是兩位歐洲最有嘗試精神的導演克雷卡（Otoma Krejca）與加羅斯門（Jan Grossman）。從匈牙利來的是劇作家加列漢（Gyula Hay）。來自保加利亞的有薩泰劇場導演奧斯脫羅伐斯基（Grisha Ostrovsky）。來自羅馬尼亞的有導演兼舞台設計家居蕾（Liviu Ciulei）。只有預定的代表蘇聯的導演奧克羅卜羅夫（Nikolay Okhlopkov），與列寧格勒劇場領導者吐司托拿哥夫（Georgy Tovstonogov）臨時沒有出席。他們接受了奧國主人的邀請，而且幾天前還熱心地與朋友們談到啟程的計畫，但忽然改變了計畫，熱心地安排他們到維也納的該地蘇聯大使館也沒有任何解釋。

奧國之召集這個會議，目的當然是要東西兩方展開熱烈的討論。但是出人意外的是這些鐵幕內來的藝術家們要求藝術的自由比西方的藝術家還要積極。他們對於西方風行的新作風與時髦趣味竟也毫不隔膜；而且也毫無顧忌的，無論在私人或公眾場合中都暢所欲言。

奧國的主人們原先預備了一些希望可引起討論的問題，如戲劇與改造世界的關係，現實主義的使命，史劇與怪誕劇的衝突等，但這些問題都沒有引起討論。東方的代表們堅決地否定戲劇的政治效用與社會主義現實主義的價值；而且也並不反對內省的悲觀的劇作。相反的，他們，像捷克的導演加羅斯門，還直截了當地說斯大林時代戲劇的荒謬，說他們在戲劇裡硬要以政治為題材，而偏又處理得非常淺薄，毫不能對觀眾引起任何政治影響。加列漢還說政治領袖們可憐的錯誤是他們妄把控制輕工業重工業的辦法來控制藝術家的創作。關於「現實主義」，他們認為荒誕的夢幻劇，陰黯的憂鬱劇都比集體農場的農夫與曳引機駕駛員要現實。談到「社會主義現實主義」，他們竟異口同聲地笑了，有的說：

「你們在西方的人難道真的認真地把它當作藝術的或美學的理論麼？」

這次會議，沒有引起任何的討論，但很肯定地證明了藝術家的良心在東歐至少有跳躍的自由。

一九六三，九，二十一。

天才

天才是人類才能一種特殊的偏向，我們現在還不能有很清楚的詮釋。以體育的天才來說，如楊傳廣，或者只是生理的壯健與心理的鎮定。但是以圍棋的天才來說，如林海峰的成就，固然也不外是他生理與心理的異於常人，但我們就不容易找到特殊的生理的根據來解釋了。一個音樂家可能有一個特別靈敏的耳朵，但有特別靈敏的耳朵並不一定可成音樂家；畫家可能對於顏色敏感，但對於顏色敏感的人也不一定可成畫家。所謂音樂家與畫家的天才究竟可以根據什麼來測驗，我們迄今無從捉摸。

天才可能不是太笨的人，但聰明並不是天才。聰明的人好像樣樣都學得很快，但是並不能有什麼成就，到某一階段就不會進步了。天才似乎是極其偏僻的一種東西，它不能轉移。圍棋的天才好像並不能在象棋上發揮；小說的天才也並不能在詩歌上發揮。

還有許多人，起初好像學什麼都不行，忽然對某事出現了特別的才華。其次，同樣音樂的天才，有人很早就露鋒穎，有人到中年才露光芒。還有許多方面的天才似乎一定很早就發現，譬如體育上的天才一定在十、五六歲時已經有異常人，至晚不能晚於二十歲，圍棋的天才似乎十三、四歲一定就顯露頭角。政治的天才似乎最晚才成熟。藝術、科學領域內的天才之發覺，則或早或晚，因人不同，很難捉摸。

天才似乎是只有人類才有，動物界有聰明與愚笨之別，但絕無所謂天才。這可見天才正是神經系統發展成人類階段才有的事。

自然，我們可以採用靈魂的說法，因為人類有靈魂所以才有天才，天才正是藏在靈魂裡的可塑性。或者，因而可以假定這正是天主或上帝所賦予我們的東西。

天才也許同美貌是同一類的。無論這是上天所賜的，或是偶然的存在，總之是一生下來就具有的特質。但天才則必須還要有學習磨煉的機會，有音樂天才的兒童如果終生無緣接觸音樂，他就永不會成音樂家；有數學天才的兒童，也必有數學的環境才可成數學家。可是美貌，則並不需要有任何訓練——除了附加的儀態、談吐、發音之類，至少他的本身是在長大之中自然發展成的，正如一朵花，一株樹一樣，只要不夭折，而有飯吃，就一定會發展成必有的美麗的。這樣說來，美貌似乎比天才還更屬於天賦。但另一方面說，天才因為需要訓練教育等後天的努力，所以正有不少的天才是被埋沒的，自然也還有不少天才是被糟蹋的。

一九六五，九，二十二。

歌與詩

對於爵士歌曲，我喜歡的不多，偶爾稍有喜歡的，聽了幾遍也就聽厭了。自從知道沙特（J. P. Satre）對格列歌（Julliette Greco）歌唱的讚揚，我就找了幾張格列歌的唱片，我覺得格列歌的歌聲倒是很有個性，並且有她充分表演的力量。至於沙特說格列歌將任何無意義的詞句都唱出詩來，則是我無法體會的。格列歌因沙特的讚揚，被好萊塢請去拍了幾部戲，我看了覺得她在戲裡完全沒有她在歌唱中所表現的一種有磁力的個性。

爵士歌曲與詩的距離有多遠，我們很難測量。但是，如果以民歌為坐標，那麼我們不難發現，兩者都是由民歌發展出來的。

大家都知道《詩經》是一本真正的古代民歌的集子。如果細細讀它的節拍，許多詩如《關關雎鳩》是四分之四拍，有些詩如《螽斯兮》則是四分之三拍，前者即是狐步舞的節奏，後者則是華爾茲的節奏，而這些詩也正是為古代的中國人跳舞時的歌曲。人民也許圍著火一面歌唱，一面跳舞，也許一群人坐在地上歌唱，一群人在圈子裡跳舞。他們在豐收後，或戰爭勝利後，或打獵回來後，或為宗教的奉獻，或為節日的歡樂，或為人間的婚喪大事，這是舞，這是歌，這是民歌，這是詩。

以後詩與歌分離了。

詩的發展是苦吟。歌的發展是合唱。

詩在文人手裡，有人把詩音樂化，有人把詩繪畫化。但最音樂化的詩變成了詞，再變而為曲。最繪畫化的詩變成了題畫詩。

像蘇東坡、柳永等這些大詩人的詞，在茶館酒樓由侑酒的妓女所唱的實際上都是流行歌曲。這可見詩與爵士音樂的距離是可以很近的。可是唐宋的流行歌曲的唱法早已消失，而蘇東坡、柳永的詞則還是流傳著，為大學教授們所研究與傳授。這也可知詩還是一種可以獨立的藝術。

大陸為喚起工農兵寫詩，所以把詩民歌化，這是一條倒退的路，但如果人民大家真是自動的大家創造民歌，在這個基礎上出現偉大詩人一定比在書房裡或酒會上哼詩唱和的基礎上更有可能。

《詩經》以後，中國很少人編全國性民歌的集子。「五四」後北京大學出過《歌謠周刊》，後來也有人編成集子。我偶爾看過一二本，覺得山歌形式的情曲太多，而可以代表地方風格的韻律，描寫人民活動的民歌則太少。這也正是我們詩歌貧乏的原因吧！

一九六五，九，二十三。

宗教信仰

許多有宗教信仰的朋友，都說像我這樣消沉的人，應該相信宗教。相信宗教必須相信有神，再相信神是統治人世的。說到人是神所創造，而神是要救我們靈魂的說法，都可以接受。但有一點，即神如果如此偉大而慈愛，為什麼這個世界竟是如此的污濁與可怕，而人們又是如此的不公平？——良善的貧窮痛苦，奸惡的富有快樂，有人生而聰明美麗，有人生而愚笨醜陋，有人一生下來就是富貴榮耀，有人一生下來就是貧窮疾病？對於這些問題，基督教的答案幾乎都不合邏輯。只有佛教有一個解說，說這些都是前世因果，即前世修德，今世享福；前世作惡，今世受罪。但「享福」的人竟都是「作惡」，那麼所謂「修德」就為下世之「作惡」，這大概也絕不是佛教的原意。

我非常羡慕相信宗教的朋友。當我見他們有罪時禱告一下，懺悔一下就自信可以同嬰孩一樣的純潔，深覺宗教的運用太像抽水馬桶的方便——任何汙穢的東西拉一下就可放掉。我也看到過宗教所薰陶的高貴的情操，可似乎在那些輕易地相信宗教的人身上卻找不到。

在我住家的對面，是一家什麼蓮社，每天有人念經禮佛，生意興隆。這些大家是所謂「做功德」，無論是為自己來世求福，或者是為已故的親長消罪，我覺得這些心理，正是商業社會的交易，離宗教情操似乎太遠些。

我也聽朋友們談到高僧牧師神父的講道，我總是願意虛心地去聽聽，我有時千方百計想尋求他們每個人信仰的來源，但是他們越解釋越使我糊塗。信仰原不是屬於理智的東西，追尋理由與根據，總是不免失望。

我自己尋不到信仰，但我從來不輕視別人的信仰。我覺得宗教總是人類所需要的。它的存在演變與發展，正是千千萬萬人在信奉宗教的一個有力的根據。我之不信，或者正是為我少了某一種智慧。

我常說我是不屬於太雅或太俗的人。宗教信仰大概也正是屬於上智下愚的東西，像我這樣中庸之材是不容易有的。

這裡只是說說自己一點感想，並不是想在小文章中講什麼大道理。

一九六五，九，二十四。

編輯之道

寫稿三十年，碰到編輯先生不少。有許多好的編輯，幾乎常常令人想念，其原因是我也常常聽到或碰到不好的編輯。當我聽到或碰到壞編輯的時候，我就想，如果是某某人做編輯，就不會有這類不合理或不討好的事情發生了。

好的編輯第一需要看稿認真。編輯先生往往一天收到幾十篇稿子，讀起來很費時間，所以看稿要有眼光，有耐心，有方法。好的編輯絕不漏去一篇好的來稿，尤其是無名作家的來稿。所以看稿認真是好編輯的條件之一。

第二，好的編輯有退稿的本事。有許多有名的作家來稿，或者是特約來的稿子，因不合適而想退它，這是很容易得罪人的事情。好的編輯能退給作者，不但要使他不生氣，還要使他很情願再寫別的稿子給編者。

第三，勤於寫信，收到稿子，馬上回信，用否都能很快告訴作者，同時馬上鼓勵作者再繼續為他寫稿。

第四，在編輯工夫上，會使不出色的文章不讓讀者注意，而有時還會用按語或編輯後記等辦法，為不出色文章的作者遮醜。

第五，能不斷地鼓勵老作家寫新文章，還不斷地提拔新作家。

第六，能經常與讀者聯繫。讀者來信，有問必答，讀者意見，儘量吸收。

第七，作家中往往因意見不同而發生論戰，編輯必須公正不偏，使他們把文章給你，但同時，仍能把刊物編成有個性的刊物。

上面所說，只是拉雜想到的一些一般的要求，自然不同性質的刊物，如學術性或政治性或純文藝或畫報等的刊物，對所謂好編輯自然另有要求。不過原則上，編輯一方面可說是導演，一本刊物等於是一部戲，雖是每篇文章都有獨立性，但編輯把它編成刊物後，也一定要成為一個綜合的整體。一方面一個編輯可說是一個廚子，他要把不同的材料燒成一個可口的菜，他必須懂得如何運用油鹽醬醋使他在色香味都非常吸引人。他還需要是一個商人，知道讀者是他的衣食父母的主顧。不同性質的雜誌有不同性質的讀者，這些讀者是有他最低的數量與最高的數量。編輯刊物的人早已了然在胸。

總之，編輯是一種綜合的人才，他不一定是作家，也不一定是經理。好的作家，好的經理往往不是好的編輯。

我個人也做過不少刊物的編輯，自然是失敗多於成功。因自思自己缺少天賦，比較肯虛心學習，所以雖不是第一流，倒也不是第四流的。經驗有時也補充了天賦的不足。

一九六五，九，二十五。

幸運兒

二十三歲的林海峰在日本圍棋名人賽中，六戰四勝，震動了中日人士。這同三十幾年前吳清源在日本棋壇露頭角極相類似。圍棋的天才似乎在十歲左右已見光芒，能及時訓練，才可成上乘之才。如果未能及早發現，到二十歲以後才加努力，則雖有所成就，也只是一個普通的棋手而已。

自吳清源到林海峰，中間間隔三十多年，中國只出現兩個圍棋的天才，以中國之大與人口之多，這當然不是我們可以相信的。那麼其他的天才到哪裡去了呢？——犧牲了，埋沒了。

圍棋如此，別的也是一樣，體育不會只有楊傳廣，物理學家不會只有李政道、吳健雄……這些天才的埋沒與犧牲，我們無法知道其原因，也無法估計其數字。有時候我們也不得不說是命運。在第二次大戰中千千萬萬在戰場上死亡的青年，我們相信有不少都是了不得的天才。就說甘迺迪總統，如果他在第二次大戰死去，他的政治才能也不會有人認識了。現在越南雙方戰死的青年們，有多少都可能是詩人、畫家與科學家，現在則只是變成骨灰，這只能說是幸與不幸了。

戰爭固然是可怕的事情，其實即使沒有戰爭，由疾病以致死亡的，也往往是幸與不幸。誰都不能否認多少夭折的孩子可能是文藝的、科學的或政治的人才。

但是除了這些只能說「命運」的因素以外，我們則發現，如果吳清源與林海峰一直在中國，他們絕不能在圍棋界有如此高的造就。李政道、楊振寧、吳健雄如果一直在中國，他們在物理學上也絕不可能有他們現在這樣的收穫。

這樣一說，對於世上少數的有點成就的人，實際上只是幸運兒而已。

其實，進一步思索，人之為人，也僅是無數死亡的精蟲中偶爾與卵子結合的幸運兒，這正如蒲公英隨風播種，能到泥土裡生根發芽的也只是幸運兒而已。

赫胥利曾經寫過一篇科學的論文，說人類只是在進化過程中一種偶然的幸運的成就，那麼人類之能占據地球而統治地球，也不過是動物中的幸運兒而已。

一九六五，九，二十六。

畫展與藝術的提倡

國泰航空公司舉辦的亞洲現代美術展覽會，雖然規模不大，容納畫家與作品不多，但已是一個很出色而可愛的展覽會。據他們自己說，這個展覽有兩個目的，第一是使年輕的藝術家有機會到海外展覽他們的作品，第二是提高社會對現代美術的興趣。可是我則另外還有一個感覺，這些不同地域，不同國家的青年藝術家的作品在一起展覽，使人有比較的交流的觀摩上的趣味。

我不知道這些畫家的年齡的長幼，但這些畫幅上所表現則多數是生氣勃勃的作品。除了少數以外，似乎都有一個共同的傾向，即是要在紊亂中求秩序，在矛盾中求和諧，在困境中求出路。有些不免有點賣怪標異，但多數都能和諧地操縱色彩，自然地把握線條，他們在線條與色彩中表現了他們心靈上的感覺與渴望。

國泰航空公司對於各地參展的畫幅中一位最佳的作者，贈以來香港旅行的來回機票。還擬請國際性的評判委員們評選最佳的三幅畫的作者，每人贈以雙人的機票，得在國泰航空公司的航程範圍內作一次免費旅行。我們當然不能相信這種評選可以絕對公平，但至少可使藝術家有機會旅行，並可與他處的畫家們多有接觸的機會，這當然是一種很大的貢獻。

近年來香港對於音樂、繪畫以及文學的提倡，已經在社會中，尤其是年輕人的社會中起了很大的影響。但是我們覺得可做而應做的事情還是很多。這些提倡，總是想做的人沒有錢，而有錢的人不肯做。國泰航空公司之提倡現代繪畫在促進藝術交流的努力，是值得我們稱讚的。我想這或者也正可使別的有錢機構想到在香港藝術運動中來盡點提倡的責任。

就以香港的馬會來說，他們每年在慈善事業上確也盡了不少力量，但很少想到在提倡藝術上有什麼貢獻。只要他們願意，我想他們輕而易舉地可做的事情很多，如設立一、二個文學獎，資助一些進步的新的戲劇的演出，每年收購一些年輕藝術家的繪畫（譬如每年收購二十張，積少成多，慢慢地成立一個永久性的畫廊），以及用貸款或別種幫助使作家、音樂家、畫家們在工作上有某種方便（譬如在風景區建築簡潔的別墅，用某種方式供藝術家住在裡面在一定時間內去完成他想做的工作）。凡此種種，只要用馬會每年收入的九牛一毛都可以隨便實現的事情。這對香港社會的貢獻與青年藝術家的鼓勵是多麼大呢？

一九六五，九，二十七。

青春

最使我羨慕的不是權勢，不是財富，而是青春。是青春！

當我看到壯健的穿著不整齊的衣服，流著汗的露著笑容的青年；當我看到蓬著髮，挺著身，踏著不潔的鞋子的少女，我相信這世界絕不會毀滅。

青春是美、是力、是全、是光明。

但是，我不願意看見年紀輕輕的，披著長長的頭髮，閃著光亮的油膩，穿著挺直的西褲，扭著病態的步伐；我也不願意看見美麗的少女的面上塗脂抹粉，健康的腳上套著「時髦」的高跟鞋，以及自然的頭髮上枷著畸形膠網。——這些都是代表衰老與萎弱，這些都是在戕殺青春。

我到四十五歲以後才發現領帶是什麼。它正是掩蓋了我失去了頸部的挺秀的最具男性美的線條，是一種為那些在開會時發言，在照相中裝腔的老頭子們維護他頭顱的穩定。

誰都知道女人的化妝品，口紅與紅粉都是為掩蓋臉部的皺紋與不潔的分泌而製。有什麼人造的化學品，可以同少女在運動後的汗珠相比？我記得我年輕的時候，曾經帶一個美麗的明星去看一次全國運動會，當我看到一個運動員在兩百米賽後用毛巾抹她臉上的汗珠在我前面走過時，我馬上發現我身邊的脂粉所裝成的明星是多麼庸俗與可憐！

高跟鞋，不用說，只是為失去了清健的步伐的女人而設，當女人可以在網球場上飛躍，在海灘上奔跑時，高跟鞋對她有什麼幫助呢？

我不得不歌頌現在流行的舞蹈，那些真正為年輕人不打領帶，不穿高跟鞋，不必講究衣著的舞蹈，這才是真正年輕人的舞蹈。

當我想到二、三十年前，青年們打著領帶去請穿高跟鞋的抹著脂粉的少女去跳華爾茲與探戈的時代，這是多麼可憐與愚蠢。

當我年輕時，社會獎勵少年老成，中學教育嚴格，到大學裡又忙「讀書」與「救國」，剛過二十歲，就裝模作樣地自負是「學者」或「革命志士」，可以說一直沒有過青春生活。因此我特別羨慕青春，我也特別希望年輕人好好珍貴青春，享受青春。

也因此，我也最怕看到香港的少男少女們打扮得像是我們那個時代的青年。

一九六五，十，一。

聰明人

有財神之稱的台灣某要人現在已經老成昏瞶了。從某報所發表的照相上看起來，人生真是一個悲劇。多少民脂民膏也無法使一盞垂滅的燈重亮起來。

據台灣來此的人士說，台灣不斷地號召歸僑獻金勞軍，但並不能號召有巨大財產在美國的大亨獻金，台灣的悲劇正在這種地方。近有華僑遊歷大陸後，到香港時說，中共或難免浪費貪汙，但無人能括民脂民資存放外國，以備自己將來退身之用，此所以人人都極力維護這政權，而非維護這政權不可也。不若國民黨統治中國之時，人人括錢存美國，心裡想的就是預備下台，此所以必至於下台也。

有人說，香港的聰明人都把家眷放在台灣，在香港賺錢，讓家眷在台灣生活，又舒服，又便宜。可是台灣的聰明人，則把子女存放在美國，自己在台灣儘量括錢，括來錢偷匯到美國，以作退身養老，或樹倒猴散時之用。

但是聰明人太多的時候，大樹也被猴子自己爬倒。本來可以靠大樹生存的，現在則只好各奔美國，誠然有民脂民膏可使生活無憂，但大好江山，自吹自擂的歷史都連根拔去，也未免太不自愛了。而且既是如此，那麼還何必鼓勵三軍為國，希望華僑投資呢？難道這些三軍這些華僑都是笨人麼？一個國家雖然需要聰明人，但更需要的則是傻子。

為真理而大聲疾呼不惜犧牲自己的是傻子。

為藝術的愛好與信仰而挨飢挨餓的是傻子。

為國家的前途而敢直諫的是傻子。

為信仰為愛而殺身成仁的是傻子。

為好學而不求聞達，竟日在實驗室與圖書館的是傻子。

如果一個國家沒有這種傻子，這個國家一定是沒有希望的國家，如果一個民族沒有這一類的傻子，這個民族一定是沒有出息的民族。

在中國歷史上，我們從未缺少過這樣的傻子。他們流汗，他們流血，他們甚至被侮辱被囚禁以至被殺。在國家的生死關鍵中，我們一定有許多這樣的傻子在我們歷史上寫下了不滅的光榮。

而現在，我們則祇看見聰明人！

中國的偉大的傻子們呢？在勞改中，在下放中，在監獄中，在流亡中……

傻子並不是笨人。天才一定是具有傻子的傻氣的人。聰明人說穿了不過是「滑頭」——對上級拍馬，對下級敷衍，對事拖延因循，遇財刮龍揩油。這些都是聰明人做的事，也就是「滑頭」的處世哲學。

一九六五，十，二。

革命不如反革命

前些時，從報上看到李宗仁回國後寓所的照相——精緻的客廳，不勝羨慕之至。如果這是工農兵的住宅，我們流落在海外的老百姓，能不油然思歸？偏偏是撥給李宗仁的住宅！

李宗仁，何人也？根據毛澤東選集第二卷七四八頁上的話：「……等為華中各路『剿共』軍司令官，以李宗仁為最高總司令，向新四軍彭雪楓、張雲逸、李先念諸部實行進攻，得手後，再向山東和蘇北的八路軍新四軍進攻，而日軍則加以密切的配合。這一步驟，已開始實行。」原來李宗仁乃「剿共」的最高總司令，而為殲滅「新四軍」的兇手，也正是置「革命軍長」葉挺於囹圄的「罪犯」者也！

中共的政權既自稱謂革命的政權，無產階級的政權，又是為人民服務的政權，又是使窮人翻身的政權，可是我們只聽見窮人患水腫病夜盲症，營養失調，勞動過度，擠乳餵猪，以肉身堵洪水；而「反動遺種」，「封建餘孽」，「漢奸國賊」，如杜聿明、溥儀、程潛……之類，忽遊黃山，忽遊長城；五日一小讌，十日一大讌。李宗仁以反共之總司令，刮足民脂民膏，留美十五年，養尊處優，不耕而肉食，不織而毛衣；今則一旦回大陸，罵了幾聲美國帝國主義，被大陸歡迎，「主席」寵待；今天你請客，明天我設席，儼如舊友重逢，歌舞歡敘。然而用的還是民脂民膏，能不令人追思新四軍之無數的革命英魂！真所謂「革命不如不革命，不革命不如反革命」矣。

李宗仁說他想在社會主義建設中，對祖國稍有貢獻。不知他什麼時候學會了建設社會主義？請問他曾到工廠管車床，還是會到集體農場去養豬？都不會！他肯到新疆去墾荒，還是肯到北越去做志願軍？都不肯！中共叫人們都到工廠，到軍隊，到農村去，可是對反動分子則供養在京。請問這是一個什麼政權？代表什麼的政權呢？

中國歷史上有不少英雄成為帝皇，起初總是用老百姓的幸福為天下太平一類的口號叫老百姓為他拚命；一旦功成事定，老百姓還是被剝削的老百姓，皇座周圍總有一群會恭維的文人與太監專刮民脂民膏，分享錦膾魚肉。中共的政權似乎一點沒有例外！中共向來要敵人還「血債」，但登上天安門後，新四軍的血債已經忘得一乾二淨。到明年，毛澤東選集中「剿共」最高總司令李宗仁的「李宗仁」三個字，恐怕也要抹去。因為祇有這樣，才可使人民解放軍不會想到他們新四軍同志們的「血債」，而起「革命不如不革命，不革命不如反革命」之感慨矣。

一九六五，十，三。

蘇加諾自傳

蘇加諾的自傳快在美國出版了。據記者們說，自傳中有不少有趣的小故事與筆觸。其中如：有人說蘇加諾往往偷看美麗的女人，蘇加諾說，他從來不是偷看，而是正眼看美麗的女人。

蘇加諾自認為大情人，他愛國，愛一切美麗的東西，他愛美麗的女人。

蘇加諾非常欣賞他周圍美麗的女職員。他說，女人正如橡樹，不過只有三十年的壽。過了這時期就沒有用了。

蘇加諾這些話，如果出諸一個二、三十歲的青年口中，倒不失為有趣的幽默——雖然也很低級。出諸於六十歲以上的一位總統，則似乎是把肉麻當有趣了。

如果蘇加諾是一個不老的仙人，說這些話也許是對人間一個很好的諷刺，可是蘇加諾自己竟已是一個腐朽的老翁了。

前些時，香港某報發表了蘇加諾穿著睡衣愣坐那裡的照相，叫讀者來猜是誰。要不是該報的說明，我真以為是一個帶點精神病的囚犯。

時間對人類真是平等，英雄與美人同街頭乞丐都是一樣的感受。看過斯大林死前的萎枯衰敝的照相，看過不久前楊耐梅流落街頭的情形，我們覺得人類的尊嚴真不過是一個氣球，隨便出點氣，就只剩了一具臭皮囊了。

蘇加諾只要在早晨起來浴罷照照鏡子，如果他真是愛「美」的大情人，對著自己的那具臭皮囊真是只有自殺了。我們相信，在蘇加諾周圍的那些妙齡美女未成過時的橡樹以前，蘇加諾墓前的橡樹已經像那些妙齡的美女了。

我常說，老與死是最可使人平等的事情。人如不老，美女與青年不是太優越了麼？人要不死，富者強者不是更可怕了麼？在這個人人要老，人人要死的人間，富者不厭其多，強者不厭其凶，如其人可以不老不死，那麼富者不是更要貪，強者不是更凶惡了麼？

蘇加諾沒有看到自己的老醜，正如小孩子數人，往往把自己忘數了進去一樣的幼稚。這樣的文章正是醜陋的幽默，如蘇加諾真的稍稍有點愛「美」之趣味，對於這樣文章自會覺得醜惡無比，今竟敢以愛「美」的大情人自居，則也未免太厚顏無恥了。

一九六五，十，四。

註：楊耐梅為二十年代上海電影紅星，就在一九六五年被人發現流落香港街頭，後得影界同人幫忙，資送台灣，依靠其遠親云云。

陳腔濫調

有一次同一個很成功的醫生吃飯，他是我們的熟友，他很幽默地對我說：

「做醫生是最容易的職業，來求診的病人中，十個裡面，有五個就是不看醫生，他們自己也會好的；有三個看隨便什麼醫生，他們都會用我所用的藥而把他治好；其中可能有一個看隨便什麼醫生都不會好；只有一個病人，或者可能算是我看好的。」

後來想想這句話好像對於哪一行都用得著。

就以文章來說吧，我忽然覺得十篇之中至少有五篇是可寫可不寫的，其中三篇，誰寫都是一樣，可能裡面有一篇誰也寫不好，只有一篇或者可能是需要我而只有我寫得出的。

我把這個意思同一位朋友說。他說，本來這一切都是庸人自擾，以目前每天看得到的文章來說，十篇中，至少有六篇是在說別人說過的話，有三篇是同時候大家都在說的話，至少有一篇是全外行的廢話，只有一篇也許還值得讀一遍的文章。

這些話自然不無道理，有人說過，世界上古今中外小說的格局不過一百幾十種，多數的小說實在是陳腔濫調，這也許就是不容易出傑出的小說家的原因了。

也因為陳腔濫調的東西實在太多，所以新進的作家必須「挖空心思」想點「與眾不同」的東西。但是，畫鬼賣怪之法，人人都能為；而別出心裁，另有天地的作品，還是千載難逢。

不過我覺得，無論在文藝上、繪畫上或音樂上，西歐還是不斷有「別出心裁」的出現，雖不一定偉大，但有時確是另有天地，令人看了聽了有新鮮別緻之感。

在中國，我們不能說絕無新鮮之作。可惜多數是搬西洋已成濫調的東西，冒稱新腔來炫眾取巧。社會一方面有一見年輕人的新腔，馬上就叱之為異端的保守分子，另一方面則是一有新腔，大家仿效，三天後就變成陳腔濫調，再也無人知道是誰的新腔。

據說這是中國觀眾與讀者趣味如此。譬如梁山伯與祝英台，自從一九二二年楊蔭深把它編成話劇以後，好像改頭換面的戲劇與電影少說也有幾十次，而每次都沒有人認為是陳腔濫調。於是我們寫文章的朋友知道了讀者的弱點，就制定了一菜百譜的辦法，如「榨菜炒肉絲」、「肉絲炒榨菜」、「榨菜炒肉絲加鹽減油」、「肉絲炒榨菜加油減鹽」、「肉絲炒雙料榨菜免醬加鹽」、「油爆肉絲炒榨菜加醬」以及「清宮御廚榨菜炒肉絲」……

而我們的讀者永遠是可愛的，因為他們始終覺得這裡每只菜都是新鮮可口，都是從未嘗過的佳肴。

一九六五，十，五。

「棒子」問題

年紀過了七十歲，而頭腦仍顯年輕的朋友不多，李璜先生確是其中之一。近讀其在《展望》所刊載的〈談交出棒子〉覺得所見極為可佩。

他說到學術思想，並不是棒子式的上一代傳與下一代的。「在人類文化史的事象上，應該把學術思想看作一個前進的河流，這河流前進時，其所匯合的支流別派，乃是隨時在增其流量與流勢；一直向前流的中間，故有緩與急之分，受阻礙與不免泛濫的時候；然而其流也，固非一人一派之力，其阻也，也不過一個時期或一個地區而已。如像今天的科學與民主思想之流，它既已能漫山跨海而來，又誰能阻礙之。阻礙之者，則真如杜詩兩句：『爾曹身與名俱滅，不廢江河萬古流。』」

我覺得他的話雖是指學術思想來說，在文學藝術上也正是一樣，無論什麼「支流別派」，也都是匯入巨流中。我還要加一句：這些巨流，最後大家都湧入大海。所謂大海，當然指人類的「歷史」。

在其流派行進之中，看來好像是後浪推前浪，其勢洶洶，實際上後浪也正是承繼前浪餘緒，翻幾個跟斗也就過去。其情形正如滾向沙灘上的海潮，後浪好像是跟著前浪而來，翻一個跟斗也就與前浪不分彼此，捲入於浩瀚的一片汪洋之中了。人類的歷史，與其說是進步，毋寧說是擴充。當我們走進一座豐富的藝術館之中，看到千姿百態的各種繪畫，從古典的到現代的，我們馬上可以發覺，儘管它們的出現在歷史上有先後之分，但陳列在一起，則使我們僅看到人類文化的豐富與浩瀚，如果人類所創造的藝術的風格與趣味永遠只有一種，那麼人類的文化也真是太單調了。

我常覺得中國的音樂太單調貧乏，似乎它是到了某一個階段後沒有再發展，所謂沒有發展，就是沒有後浪來推前浪，沒有新的精神與新的色彩來擴展它的天地。

「棒子問題」就有「爭取」、「攫得」的意味，是「取」；在藝術文學的創作，實際上是「貢獻」是「奉獻」是「給」。藝術家是憑自己所熟練的技術，熟識的工具與素材，創造出他所愛的一種形象，表現他自己的生命的存在與熱望而已。等他翻完跟斗，跳下舞台，留給人類的是多了一點光一點熱。最後也還是「爾曹身與名俱滅，不廢江河萬古流」而已。

一九六五，十，六。

時代感與時髦感

近來偶爾讀到一些年輕文人傾慕現代主義的文章，他們許多人也試作一些現代主義的詩文，這些努力，我覺得無論如何是一個好的現象。有人說現代主義的詩歌故作神祕，其實是空虛的東西，是沒有什麼價值的，這不過一時的時髦，很難有可流傳的作品。這個意見自然有部分的對，但我也並不完全贊同。因為我在這些年輕的作品中的確也讀到一、二首可愛的作品。至於流傳不流傳的說法，實在很難講。因為歷代千千萬萬的詩作流傳到現在本來並不多。據說台灣有四千以上詩人，以每人一百首的詩作計算，已有四十萬首，我們相信，可傳的能有四十首已經是很不錯了。

我對於中國傾慕現代主義的青年文人，唯一感到失望的則是他們沒有時代感。現代主義是現代青年對於這個矛盾混亂的時代一種感應與反感，憤怒也好，迷亂也好，彷徨不安也好，瘋狂呼喊也好，他們是對時代抗議，向人類的呼籲。可是中國的現代主義者，多數都不是出於「時代感」，而是出於「時髦感」，只是出於因為在東西洋有這種時髦的東西，我們也不得不仿效一番的動機。他們對於時代毫無感覺，對於發生於周圍的殘酷的現實，瘋狂的世事，以及悶窒的氣氛，他們麻木得一無知覺。整天只是對新來的貨樣發生興趣，擷采模仿，像煞有介事的似乎對於時代也有點感慨。可是「時代」這東西還是離不開空間的。身在香港或台灣又身為中國作家，他所面對的「時代」與美國好萊塢華麗別墅所感到的時代是不同的。也許這不能說「時代」不同，只是「角度」不同。但就因為人們對於時代正如對於地域一樣，每人的「角度」不同，才有不同的反映，不同的感應，也因此才形成了一個錯綜複雜的現代。

不久前，我在一篇雜文中談到《阿爾發城》的電影，是現代主義的產物，但是導演對於時代與現實世界的懷疑與想像，則是一種銳利之抗議。而台灣的作家們所倡導的現代主義，則只是像香港的有錢少奶奶們模仿舶來的時髦裝飾而已。在狹小圈子裡炫耀新奇的時髦服飾，就在小圈子裡彼此讚賞。於是大家忘記了台灣以外的三千分之二千九百九十九的中國，口口聲聲要迎接文藝復興，這不是太逃避「時代」了麼？太缺少時代感了麼？

有人反對「披頭士」，我也不喜歡「披頭士」，但是我不否認它的存在的背景。面對於這苦悶的時代，有智慧的老年人把科學與哲學驅向太空與虛無，年輕的男女求一種瘋狂的發泄，也可說是對時代的控訴與諷刺。這比我們躲在時代的背後學時髦，似乎還多有一點時代感呢。

一九六五，十，七。

不安寧的世界

第二次世界大戰後，大家以為人類此後總可有一個長時期的安寧，而戰爭也許就可以避免了。誰知韓戰、越戰、非洲、中東，一波未平，一波又起，呼嘯騷動，困擾不寧，美國黑人問題，中國毛劉問題，法國英國經濟問題，捷克被侵，香港騷亂……人類在苦難之中，到底為的是什麼？要的是什麼？

義大利最近大亂，自十一月中來政府內閣解體，新的內閣因各政黨間之糾紛，無法滿足學生工人之改革要求，罷工再接再厲。到最近，一百萬人同時罷工，整個國家陷於窒息。又因學生支持工人遊行示威，揚紅旗，揮木棍，與警察衝突，破瓶碎石，互相凶鬥。

法國戴高樂的第五共和國，於去年五、六月大騷動時，應允了工人增加工資，又應允了學生改革教育制度，而就因工資增加之龐大支出與騷動時之重大損失，影響了法國幣制之穩定。現在則騷亂又起，最近，汽車工廠半日罷工，抗議政府之經濟政策。於是學生集團與工會聯合，控訴政府對諾言未予履行。事實上，法國學制，自拿破侖時代沿襲至今，要巨大改革，自不如此簡單。

英國政府正在謀穩定經濟基礎之時，工人們又表示抗議，十一月底建築業工會拒絕接受政府的增加工資提案，新的糾紛似又將興起，學生也因要求更大的自由，不理政府之警告，占領伯明翰大學。

在比京，布魯塞爾大學因講堂中出現警察，學生抗議，用水喉與拳腳與警察惡鬥。在西班牙巴塞隆納，學生縱火焚車，在廣場上與警察對打。法朗哥政府統治西班牙已有半世紀，一九六八年來，政府數度派軍隊到大學去維持秩序，這次糾紛，恐將是許多事件爆發的開端。

自捷克被蘇聯進兵後，人民與學生氣憤填胸，雖是敢怒而不敢言，而潛伏著的火苗，勢將蔓延東歐。東歐各國青年，對捷克無不同情，一有機會，亦隨時都會爆發，此為蘇聯所熟知，故其駐軍將永難撤去。駐軍越久，刺激當地青年也越深，捷克事件以後，東歐各國對所謂和平共存的謊言自亦無法再信。悠悠前途，風浪正多。

整個歐洲是如此，在美國，黑人問題，越南問題，仍都是潛伏在那裡的火藥。尼克遜當選以後，專家們貢獻意見，謂越南問題，如不能和平解決，則各種危險，都會出現。但如在越南讓步和平，則泰國或別處，又恐另起烽火。

這是我們的世界，是人類經營了幾千年的世界。西方哲學家宗教家很早就以人類彼此相愛垂訓，中國也早就有「四海之內，皆兄弟也」之教。而我們則正如在原始森林裡的野獸一樣，彼此炯炯相視，猜疑陰恨，伺隙攻人，弱肉強食。

真理在強權中消失，是非在宣傳下歪曲。

上一代青年，曾被認為是迷失的一代；這一代的青年，則竟是憤恨的一代；再下一代的青年，可能成為瘋狂的一代了。

在這原子時代，人人都覺得原子戰爭的爆發將是人類文明毀滅的日子，但人人似在陰恨猜疑中生活，有人就覺得所謂可怕的第三次大戰一定無法避免，而我們所能努力的是只好在將來戰爭中求勝利與殘存了。這一心理，勢必至備戰更烈，因備戰更烈必至人民更窮，因人民更窮，而騷擾更多，青年憤慨更強，如此則勢必促世界更近於毀滅。

我希望在一九六九年中，人類會真正從事於消弭猜疑陰恨的運動，有智慧之人士，會平心靜氣來尋求人類間真正的和平共存的方案與步驟才行。

一九六八，十二，二十。

文學的去處

大陸的老作家們大概都已一一清算光了，死的死去，殺的殺掉，進集中營的不知下落。新作家們呢？在學習叫教條背語錄之中產生，在派系紅衛兵鬥爭中死亡。文學呢？已經消失在宣傳品之中，消失在口號之中，消失在萬歲的呼聲之中。這是文學服從政治，所謂政治掛帥的結果。當政治只剩了獨裁者的利益，文學除了歌頌以外就沒有什麼了。

《知識分子》第三期，刊有蘇聯作家索忍尼辛致第四屆全蘇作家大會的公開信，裡面有幾句話：

……不能反映社會的痛苦和恐懼，不能反抗對人民的壓迫與欺凌，這根本就不是文學，而是宣傳品。這種「文學」使人不屑一顧，從印刷所出來的只是本本裝釘精美的廢紙而不是文學。

這話，凡是在獨裁國家生活過的文藝工作者，自然都有同感的。而且，光是在中國，也不知有多少人早已說過了。但現在每一次重說，每一次重聽，則還是同樣的沉痛與同樣的新鮮。

但是獨裁雖是獨裁，其中還是有程度的不同。像蘇聯這樣，雖然有「文學審查局」的審查制度，雖然要文學配合政治，但似乎還不想不要文學，索忍尼辛在公開信中有幾句說到巴斯特納克的話：

但當他死後，他的一些早期作品卻可以公開出版了，甚至連《齊伐哥醫生》中說的一些警句，也被官方領袖在公開場合中引用。一百年前普希金對沙俄當局的描述，至今仍能適用：「他們祗愛死人。」

這種愛已死作家，愛古典作品，對文學至少還是有需要與尊敬。這也就是說，這個獨裁還是黨與政府的獨裁。到了只有「匹夫」的獨裁時，文學也就只要「匹夫」自己的作品了。

其實文學這東西，本身是「反叛」的東西。它必須是反映社會的痛苦與恐懼，它必須是不滿現狀的表現。文學家這種人則是一種可憐的無能之流，在政治的浪潮中，他們永遠是被歧親與迫害。社會的進步，似乎永遠要有一批人在被迫害。文學家就是這樣的在推動社會的進步。如果文學家整天在對統治者歌頌，對權要獻媚，這文學家也馬上不是文學家，而不過是一群太監與小丑。他們的作品最好的也誠如索忍尼辛所說是宣傳品，等而下的，則幫閒與幫兇的諂辭了。

文學作為幫閒的歷史原是最長的。在封建時代，有錢的貴族需要的文章，就是幫閒。現在資本主義社會，文學淪為商品。商品因為要依照市場的要求，大部分也就為幫閒而存在。這種幫閒文學，其實正是在比較太平時代產生的文學。文學在太平時代是社會的點綴，所謂文學家也往往有「名」「利」雙收之徒。

可是，在現在的獨裁國家，文學的幫閒，除了點綴以外，是推銷政令。這等於馬戲班的音樂，吹吹打打的散發馬戲班裡的廣告，文學家是政治的跑龍套。但當獨裁者要殺人的時候，文學家就要變成第一號幫兇。他先要製造被殺者的罪名，叛國也好，人民的敵人也好，特務也好。於是獨裁者的殺人就成為革命，為國，為無產階級執行神聖的任務。

幫兇與幫閒的工作，照說，只要統治者不變，文學家也可以居高位而「名」「利」不虧的。但當統治者一分為二，你的幫閒與幫兇工作所幫的是誰，馬上就有問題，這時候危險就來了。做任何工作可以不說話，偏偏文學就是說話。說話就留有證據，證據確實，罪無可逃。所以文學家想在政治中翻跟斗，始終是吃虧的。

在革命潮流中，文學曾經推銷革命，當時的文學家，自認為革命文學家，原以為革命成功，自己一定是開國元勳一流人士了。誰知革命是靠槍桿的，文學在革命中，像一隊推銷肥皂與牙膏的吹打手。革命成功，誰掌握槍桿誰就是革命英雄，吹打手就必須服從指揮，去做幫閒與幫兇的工作，否則就可把你置於反動之列，而另外起用幫兇的吹打手來為你舉喪。

文學在獨裁的世界中，因獨裁程度的增加，文學就變成了烏有；但是文學家則還是存在的。因為即使是吹打手，他的名字也還是文學家，或者是作家協會或文藝協會的主席與委員。

我以前說過：「文學在資本主義的自由商場中，好像是賣淫的妓女，打扮越來越俗氣，粉越搽越厚，但越顯得可憐憔粹與空虛。」現在覺得，在獨裁國家中，文學則越來越像獒犬，隨獨裁者權威的增加，它對主人態度越來越卑微，對外人的面目越來越凶狠。

這時候，所謂文學的內容已經越來越稀薄，也就不再是文學。而真正的文學則要慢慢的從地下生長，這就是地下文學的時代。在資本主義國家中，地下文學是獨立文學，荒謬文學。在獨裁國家中，地下文學則是另一種革命文學與真正的民間文學。

我們等著。因為我們相信文學是不會消滅的。

一九六八，七，二十三。

文學批評

五四以來，文學最進步的有人說是散文，有人說是小說，也有人說是詩歌。但小說中可以與世界第一流作家的作品放在一起而無愧的，至少有幾部；短篇小說則少說也有百來篇；散文、詩歌則實在很難比較，這因為在文字風格與其影響上，幾乎是無法放在一個範疇來比較似的。這正面的成就，我們既無法肯定，暫且不說。我們能肯定的則是反面，即新文學運動以來，最失敗及最無成就的則是文學批評。

中國文學裡，關於文學批評的理論實在太少，有之，除《文心雕龍》稍有規模外，幾乎都是零碎而不成系統的，或者只好說是一種態度與感想。文學批評一方面是藝術，另一方面則是一門科學。五四以來，我們也翻譯過不少文學作品，但幾乎沒有好好地翻譯過一部文學批評理論的書。在這方面努力的人們雖有幾個，像朱光潛、宗白華，他們也寫過一些文學批評的文章。朱光潛還出版過一本《文藝心理學》，為大學的講義，給社會總算也有點影響，但並沒有在文學批評的工作上，起過什麼影響。

五四以後，《紅樓夢》、《水滸傳》……被封為中國的偉大文學作品後，不少人在這兩三部作品上寫文章，但寫來寫去限於「考據」，等而下之則是「索隱」。能從文學批評理論上給予作品以分析與評價則絕無僅有。

自王國維開始以後，也有些人對中國詩詞站在欣賞批評立場上寫過一些文章，其中不能不說也有點收穫，或者說也有點成績，可是這只是好的讀書札記，也可以說是「心得」，也可說是「見解」。這還不能使他成一個真正的文學批評家。

批評家是清算過去開創未來，他的話不一定對，但他必有他在美學、社會學以及哲學上有所立。據此而清算過去，他一定會大刀闊斧的發掘前人所未看到的，可能否定了一個一直被視作偶像的詩人，可能肯定一個從未被人注意的作家；據此而開創未來，他一定會注意到尚未被人注意的新作家，一定會發現別人沒有發現的新作品。

這樣的批評家，我們沒有產生，這樣的批評文字，我們沒有見到。其原因自然很多，而這樣一個批評家本身所要求的條件不容易具備，當然是原因之一。

但是，在小團體小集團之人，我們看到了以批評姿態出現的打手。自從創造社的成仿吾以後，國共文壇鬥爭的嘍囉們都是掛著批評家的嘴臉的打手。這打手的遺風在台灣似乎還保留著。在大陸，黨以政治掛帥的領導，一切的文學批評都屬於政治，一切的政治都為維護政權。文學化為烏有，文學批評也變成了白紙。

一九六五，十，八。

文學教育

魯迅在《兩地書》裡有一段關於寫作的話：

作文要熱情，教書要冷靜。兼做兩樣的，倘不認真，便兩面都油滑淺薄，倘都認真，則一時熱血沸騰，一時心平氣和，精神便不勝困憊，結果也還是兩面不討好。看外國，兼做教授的文學家，是從來少有的。

他的冷熱的說法，自然只是隨便的一種分野；並不能完全說出其中的矛盾。但教書與寫作之不能統一，則正是他親身經歷的一種感覺。

文學作品的產生，同實際生活並不一定有什麼衝突，可是同研究學問的情緒確是不能調和。在大學教育中有英國文學系與中國文學系，那裡面學生，以為都是對文學創作有興趣的，可是經過幾年的研究生涯，他們對於創作的趣味與熱情都消失了。研究文學和創作文學正是兩種完全不同的世界。

因為大學文學系走上注詮、考據、校訂之路，於是英美有幾家大學另外再設寫作指導一類課目。但所謂寫作指導，是一個非常空洞的東西，它很少能指導文學家出來。

但與其說寫作這一行不應該成為學校的一個專科，倒不如說指導的方法不夠好，或者說還沒有真正的所謂寫作教育的學科。以文學寫作而論，它實在是應該設在藝術學院裡才對。如果說繪畫系希望造就畫家，音樂系造就音樂家，則文學系就為造就文學家才對。文學系裡面是否需要分為小說組、詩歌組，那是另外的細則，這裡且不談。

藝術方面只有啟發，不可能傳授。因此文學系所能教的或者也只是些修辭學、小說作法、編劇術……一類的功課而已。

可是藝術欣賞則是屬於創作修養之一種，而欣賞古典音樂與欣賞古典繪畫用視覺、聽覺直接可以欣賞，欣賞古典文學則必須通過文字這個障礙，而這又不得不鑽到訓詁、考據等的工作裡了。這也就是文學的創作不容易與繪畫、音樂、雕塑並行設教的一個原因。但也只是不容易而已，不是不可能。環顧古今中外，偉大的文學家大都不是什麼大學文學系的畢業學生，這也可見寫作這一行還是屬於興趣與愛好的事，學力最多也不過是輔助而已。

即以繪畫與音樂來說，世界上每年從藝術學校畢業出來的人不知有多少，而成為真正的畫家與音樂家的又有幾人呢？

一九六五，十，九。

天才的沙漠

林海峰成為圍棋名人，台灣許多人為之慶幸高興，連寧波同鄉會都去電慶賀，細想起來，也殊令人苦笑難已。林海峰之成就，雖靠他的天才與努力，但如果在中國，恐怕連他想努力的環境與條件都無法獲得，天才也就此埋葬了。

楊傳廣在體育上的成就是美國造成的，李、楊等幾位科學家也是美國造成的，還有幾位可數的在藝術、科學上有點成績的人物，也都是由於他們不在中國。在中國，好像什麼花，什麼草都無法生長。那麼，我們面處這個「沙灘」的環境中，遠望別處的花卉，鼓掌慶幸，也只是阿Q的自嘲罷了。

還有，這些有成就的天才，顯然不會再回到中國，而其子孫似乎也將永遠成為「夷」人。那麼，儘管我們以為那些人血管裡有我們的血液，但是他們也不再是中國人了。

當鄺友良成為美國參議員時，中國人拉他為中國人，但是他否認了。他是美國人。當李光耀成為新加坡總理後，別人說他是中國人，他否認了。他是馬來西亞人。

許多人因此奇怪，甚至譏諷他們，說他們忘本，說他們背祖。其實，他們除了血管裡的血液以外，中國人的成分也確已不多。我們很難再拉他們以充我們的面子了。

遠在幾十年前，誠如菲律賓作家羅賽士（Joaquin P. Roces）所說：「一個生在菲律賓受教育的中國人……他生在華人辦的醫院內，就讀於華人的學校，及長看中國電影，讀中文日報，就業於華人的『華行』，與中國女人用中國儀式，結為夫妻，……死了，葬於華人墳場，他一生在菲律賓消磨，卻等於活在他們廣東與福建的老家。」

多數的華僑都是這樣的華僑。可是現在，時代已經變了。中國人在海外，再無法以華僑身分生活。他們除了只想在黑暗的街角洗衣服以外，他必須接受人家的同化。第一代還可以有燒餅油條的回憶，第二代就只能把他們父母舊俗當作笑話來紀念了。

當我年輕時，我看過不少在上海的英國人、法國人，他們在中國幾十年，穿的是洋服，喝的是洋酒，病了看洋醫生，子女就讀於洋學校，讀的是洋書，洋報，消磨時間是洋人俱樂部（裡面還禁止中國人入內），死了葬在洋人公墓（裡面也不許葬中國人的死尸），他們一生都在中國消磨，可是他們卻等於活在英國、法國，除了一生沒有脫離過中國的男佣女僕。

這同羅賽士所描寫菲律賓的華人，似乎很接近，但是這也是完全過去了。有的，則只是在台灣的美國人。

當我們的中國人遙遙地在異國被同化，而在中國的美國人在做十足美國人時，我想到的是幾十年來在科學、藝術各方面顯露出色人才的猶太民族。但是猶太民族，在現在以色列國建國以前，是真正沒有了國家與土地的民族。現在以色列的成就則證明了他們勇敢堅韌與有為，已使沙漠變成肥沃的土地。

而我們，則肥沃的土地變成了無法培養花卉的沙漠！

一九六五，十，十。

新的美國青年熱

中國大學生對於政治有興趣，對於國事想盡點力，也好像很早就有記載，近世當然以五四運動為青年覺醒為標誌。五四以後，中國大學生一直沒有離開過政治的活動。我在大學的時候，雖是對政治沒有興趣，在精神與生活上也受了它不少的影響。後來想想，覺得在這方面浪費的時間與精神也真是不值得。當我在美國的時候，我發覺美國大學生的生活真是完全不同於我們，他們讀書以外就忙於機器，忙於交女友，或者忙於打零工賺錢。他們自己賺錢去玩舊汽車，接女朋友去參加派對。他們生動、活躍、獨立、天真，他們對生活熱心，對於政治冷淡，因此往往也顯得幼稚，缺乏常識。但是我覺得他們比我們健康。像我們在大學時候，在政治的漩渦裡爭是爭非，顯然無意之中是被人家利用的。有的人則因此就沒有讀什麼書，有的還因此喪生。即使像我這樣對於政治不熱心的人，因為大家時常談到當前的政治問題，也就不得不多讀於自己學科無關的書報雜誌，而這些問題也引起自己的苦悶煩惱。到現在我還不知道，所謂「讀書不忘救國，救國不忘讀書」的口號應該怎樣解釋與理解。因為救國，就應注意政治問題，因為注意政治問題，就不得不讀關於這些問題的書——如政治、經濟、近代史……等等的書，而結果倒是荒疏了自己所讀的學科，無論是物理、音樂或地質。如果不作這種認識上的努力，只是盲從去發宣言、遊行、示威，那麼結果總是被政客與野心家所利用，而於「救國」到底是好是壞都有問題。

但是話又說回來，如果政府真是好政府，一切都是為民族為人民打算，國事既有老成持重的人在主持，年輕的人自應當好好讀書，快快活活生活。可是如果政府是壞政府，昏庸無能，貪汙橫行，或獨裁專橫，不顧民意，甚至賣國求榮，坐視人民在水火之中，這時候青年們不站出來向國人呼籲，向政府抗議，還有誰呢？也真所謂「我不入地獄，誰入地獄」了。

不過這是不是可以反過來說——一個國家，如果它的青年們關心政治也正是證明了這個國家政府的腐敗、無能，或者至少可說是不安。如果它的青年不關心政治，倒正可證明這個國家的安定與繁榮？

最近，美國大學生忽然一變以前的態度。他們由於幾個教授們反對政府對越南的政策，學生們集體遊行，反對轟炸北越，要求從越南撤兵；當美軍在多明尼加登陸時，全國學生一致自動抗議起來。由此開始，政府派要員對學生們解釋政府政策，發動支持政府的學者們向學生們說服。在三月二十四日密西根大學生開始舉行辯論會，一月後全國大學都仿效起來。起初有人害怕是左派發動的會集，其後由親身考察者報導，知道參加的學生及年輕的教職員們都是純真想在會集的辯論中採取一個態度。這些年輕的學者，從那時開始，忽然不再珍惜周末的歡娛——諸如約女友外出、跳舞、郊遊、看戲，以及其他熱鬧了。

大家忽然發現，美國青年大概已從「皮打」時代躍進，以後也許是開始「政治熱」了。

美國是一個動的國家，青年在簸動中的轉向政治，這到底是美國的幸福還是不幸福呢？

一九六五，十，十一。

寫作的「幸運」

許多中國作家都以為在西方做作家比較幸運，一本書可以銷行幾十萬本，可是事實也並不如此。以法國來說，據出版界裡的人報導，百分之九十作家一直都沒有出書的機會。加依麻兒（Gallimard）書店店是較大出版家之一，它每年在一萬部稿子中祇出版二百部。預依亞（Julliard）每年只能在四、五千部稿子中選出二十部。

法國多數的作家是貧窮的。他們需在白天工作，到夜裡才有時間寫作，而環境塊不好，往往還有孩子啼哭，他們希冀一書出版，即可轟動一時，改善生活。如果能出版而銷路不好，他們仍可以「曲高和寡」自慰，但如被拒絕出版，自然是非常傷心的事。

加依麻兒書店閱稿者，一星期要閱讀一打的書稿，這些書稿多數是小說。百分之四十的作者是女性。最普通的題材是童年的磨折，成年的困難，以及婚姻的受阻撓。此外有特殊事件，往往引起新書出版，如阿及利亞的戰爭，就成了一個熱鬧的題材。

出書既是如此不易，而出版後，除了幾個名作家以外，許多書銷路往往只有幾千本，對作家的物質與精神都沒有什麼影響。

一般都以為出版界的式微，於廣播、電視與報紙很有關係。普通人看一份報紙，聽聽廣播，他的精神糧食已經很夠，不必也無暇再去看書。而這三樣東西，一方面固然掠奪了書籍的讀者，另一方面也影響作者的風格。法國的出版家，一致的都認為現在作家們的文字技巧日趨衰落，以前寫作界都是有文化修養的人，在言語上有意創造風格。現在或者因為迎合讀者的趣味，或者也正以為寫作是人人可嘗試的事，文字的標準與字彙的來源好像都仿效電影與小報，一切都趨於庸俗與貧乏。

中國作家出版情形，除大陸「官定」以外，台灣與海外對於出書自然也是不容易的事，不過並不「難」於法國，雖然銷行地區甚為狹小。

但是有一點，我覺得中國讀者的胃口同法國的很不同。法國的讀者至少是好新喜奇，作品不管是好是壞，總要有點新的玩意，陳腔濫調的東西很難討讀者喜歡。中國讀者似乎總是喜歡千篇一律陳腔濫調的玩意。武俠小說打來打去是那麼一套，戀愛小說翻來翻去也是這麼一套。梁山伯與祝英台可以百看不厭，茶花女改頭換面可以一拍再拍，秋海棠可以一改再改。大陸雖是「官定」，但一時提倡「解放」戰爭的英雄，幾萬種書都是「英雄」故事，一時風行「土改」鬥爭，幾千種小說都是貧農鬥地主，一時寫勞動戰線沖天幹勁，幾百個作家都寫勞動英雄。好像既然讀者們的胃口喜舊厭新，所以作家們也用不著創造，祇要改改題目，換換人名，變變背景；就變成「新書」，就變成「新」製的「電影」。讀者百看不厭，作者百寫不厭。翻來覆去，大家滿意。所以在這方面講，中國作家就遠比西方作家幸運，一本好銷的書雖然銷不到數萬部，但改頭換面，一本書可以寫十種書，湊起來也就有十萬部了。

一九六五，十，十二。

特務片的公式

詹姆士邦以及其同類的電影賣座奇佳，其實它的趣味遠不如日本武俠片。蘇聯《真理報》把邦的形象認為是帝國主義的殺人與奸淫婦女的標本，我覺得他倒是像是現代的「文素臣」。這種影片，原是向現代美國青年兜售的商品，可是對青年的害處遠過於益處。尤其是這個特務派到各國各地活動，使幼稚的美國水手們往往會如此自況。至於他在各地的橫行霸道，如入無人之境，則常常會引起各地觀眾的反感。

這種特務片的英雄，可以說跡近神怪，既無人的個性，也無人的味道。千篇一律，毫無變化。

凡美麗的女人見他必馬上願意同他睡覺。

凡男人碰見他一定打不過他。

凡體力大於他的人，必敗於他的智力。

凡智力高於他的人，必敗於他的體力。

凡處於絕境之時，必有人救他，多數是被他玩過的女人。

凡他到的地方，當地的警察總像都已死光，法律也再不存在。

凡在他被挫折之時，最殘酷的敵人，都會忽然慈悲起來，故意不殺他，讓他來反敗為勝。

凡是體力智力以外的機遇，好運一定是落在他的身上，壞運一定落在他的敵人身上。

凡遇他的伙伴被敵人打死時，他絕不流淚。
凡遇他被毒刑逼供時，他絕不屈服。
凡他遭遇折磨毒打受刑以後，他必馬上恢復過來。無需休養，即可應戰。
這樣的一個人，加上汽車、火車、輪船、飛機；手槍、機關槍、甚至毒氣，鬧來鬧去，打來打去，好像很熱鬧，實在很空虛。上好的打鬥片還像有點聲色，下焉者，專賣攝影技術。
電影這東西，既然要投較大的資金進去，自然要求有更多的收入。現在盛行特務片，這就成了一種流行症。市場這東西，有時真是很難捉摸，電影觀眾的心理，其變化如春雷秋雨。一時歌舞片，一時西部片，一時宮闈片，現在特務片。不知這個流行症什麼時候可行過。
美國的玩意兒，說穿了不外「驚險」與「香艷」。可是驚險到了「一定不死」，也就沒有「驚險」；「香艷」到了「一杯水」，也就沒有「香艷」。特務片進步到失去了「驚險」與「香艷」，所剩的只是「惡形」。「惡形」是一句不容易翻譯的上海話，或者可說是把「肉麻當有趣」的一種極端的形式吧。

一九六五，十，十三。

自殺

自殺，在基督教義看來，是一種犯罪的行為；在佛教，殺生都是罪行，自殺當然是犯罪的。但有一種自殺，在佛教是稱讚的，即看見餓虎而把自己餵虎——不用說，為見虎餓而捨身餵虎，與因厭世而餵虎自殺，其動機是完全不同的。可是在行為上實在很難有別，死後也許還要閻羅王作心理測驗後才能定罪。在儒教道德上講，身體髮膚，受之父母，何況是整個生命，豈可任意毀傷？至於人間立法，大都也是以自殺為一種罪行，這也許為維持社會秩序不得不如此。

可是，我總覺得，如果一個人連生命都不能自由處置，那麼世上還有什麼是屬於自己的呢？自殺不是容易的事。如果有一線生存希望，誰肯自殺？生物愛活，出於自然，自殺必是萬不得已之事。或因身患重症，業已絕望；或是貧窮無告，債主凶逼，飢寒交迫，別無出路；或因被凌辱逼迫，已至絕境；或因看厭了世間之殘酷與黑暗，無能改變社會而又無處逃避人生；左思右想，還是自己放棄生存，一勞永逸。凡此種種，都是人間至悲至慘之情，罪在造物不仁，社會不公。生而為人，世界之大，萬物之富，竟不能使他苟延殘喘，不得不處置自己生命，而竟說他這是罪行，豈非叫人必須保留一口氣，而使其為強者折磨，智者玩弄，或任其病菌噬蝕，夢魘摧殘呢？立法至此，似太殘忍，宗教訓世，亦難自解。

自然，世上的自殺也不一定都如上面所說的走投無路的情境，有的可能是夫妻勃谿，一時衝動；有的可能打情罵俏，弄假成真；有的可能是怨男痴女，自作自受。但這些則正是並無自殺誠意之行為，或可能並非「預謀自殺」。殺人既有「預謀」與「誤殺」之分，自殺也正有此兩種之別。

自殺，在某一方面講，是莊嚴勇敢之行為。日本武士道似承認此點，但其切腹所表示的忠君愛國之心，與我所說的「絕路」的悲劇意境，則完全不同。我並不是贊成自殺的人。但世有逼人自殺之悲慘環境，社會正有責任使其改善。雖然人間的痛苦，除種種物質上之「絕望」外，似仍有無法解釋的悲涼苦惱，據說社會福利辦得最好的丹麥，則是自殺最多的國家，這自然不是我們沒有久居丹麥的人所能體會。談到人間的苦惱，能解釋的往往是膚淺的一層，真正的核心有時倒是無法解釋的。為追求名利失敗而自殺者，同有了名利而再感空虛者的自殺，其意義又是多麼不同。

雖然宗教與社會都禁止自殺，而自殺還是有人。可見人到求死之境，地獄都嚇不了他。人間的判罪，對於死人，自然更是沒意義。或者用意也只在叫活人不要仿效耳。

一九六五，十，十四。

文章與年齡

有人相信文學總是年輕人有生氣活力，有人相信文章到老年才能爐火純青。這兩種說法都有道理。其實文章與年齡還是成正比例的東西。生物的規律是萌芽，生長，成熟，死亡。每個人文章的行程也還是這一條路。不過，有的成熟過早，還未長成，已經成熟，年紀輕輕，文章已經非常老練，以後竟不再進步，到老還是一樣；有的則成熟較晚，在生長過程中似乎占時間較長，往往變化繁雜，多姿多彩；也有的很早就天才橫溢，突然江郎才盡；還有是本來就不寫文章，年老時才動寫作之興，竟能成績斐然。這些不同與變化，外面因素與內心因素都很複雜，很難一一分析。

自然，文章性質與年齡也極有關係。一般說來，詩歌之類，年輕人容易早熟，戲劇小說，技巧較多，需要更多時間鍛鍊，至於學術理論文章則更靠火候，成熟就更晚了。

還有，要維持文章某一個水平，則似乎必須到一個年齡。年輕作家，雖時有出色之作品，但往往也有很壞的作品。因此，有經驗的編輯對成熟的作家的稿子可以不必細看，對於年輕作家的稿子，必須每篇注意。

一個人作品，維持某一個水平並不是難事；但要時時新穎，篇篇不同，這是最不容易之事。

一個畫家，最不容易是開個人畫展。因往往所展覽好像琳琅滿目，可是人家看完了則覺得幅幅都一樣，不過是一兩種手法搬來搬去而已。一個詩人出詩集也很容易有這個毛病。有的小說家，寫了二十種小說，實際上不過是一部。只是把人物換一個姓名，在大同小異的情境重新表示一次罷了。

藝術這一行有時不得不承認是有點神祕。一個大手筆可以把同樣的「竹」畫出千百種不同的趣味與精神，一個畫匠儘管畫千百種不同的花卉，可是往往只有一種味道。偉大的演員可以把一個角色，在不同時間中演成不同的個性；庸俗的明星則演什麼戲都只見她的一個漂亮的面孔。

創作的好壞有時實在沒有什麼標準，在許多次什麼小說比賽文章比賽之類，評閱員的意見總是相差很遠。足見藝術是很難有什麼標準，而文藝刊物的編輯是很需要一種特別的才能的。不過，如果一個作家自己來評閱自己不同年齡的作品，細味自己創作過程中的甜酸苦辣，他或者會是一個最公平的評閱者。

一九六五，十，十五。

「殺錯了人」與「看錯了人」——寄曹聚仁

不用說，在中國作家中，我最敬佩的還是魯迅先生。

最近翻閱《偽自由書》，裡面有與曹聚仁先生談「殺錯了人」的文章，其義甚精，特引如下：

……不久就證明了袁世凱殺的人沒有殺錯，他要做皇帝了。

這事情，一轉眼竟已是二十年，現在二十來歲的青年，那時還在吸奶，時光是多麼飛快呀。但是袁世凱自己要做皇帝，為什麼留下他真正對頭的舊皇帝呢？這無須多議論，祇要看現在的軍閥混戰就知道。他們打得你死我活，好像不共戴天似的，但到後來，只要一個「下野」了，就會客客氣氣的，然而對於革命者呢，即使沒有打過仗，也絕不肯放過一個，他們知道很清楚。

所以我想，中國革命的鬧成這模樣，並不因為他們「殺錯了人」，倒是因為我們看錯了人……

魯迅這篇文章是一九三三年四月十日寫的。這一轉眼，又是已經三十幾年過去，現在三十幾歲的人，那時還在吸奶，時光是多麼飛快呀！可是魯迅這文章，現在讀起來還是很新鮮，正如今年十月四日寫的一樣。三十幾年前，那時二、三十歲的革命青年被殺了多少，我們沒有統計過，但在國共內戰之時，少說說幾十萬絕不過分。至於到革命成功的時候，這些二、三十歲的人已經四、五十歲了。不認識的不說，認識的來說說吧，胡風被清算了，不知下落；丁玲被清算了，莫卜生死；馮雪峯被清算了，應在勞改；陳企霞被清算了，李又然被清算了，蕭軍被清算了，與曹聚仁先生住在樓上樓下的徐懋庸也被清算了。這些被清算的當年的革命青年，其罪名都是「反革命」，「帝國主義走狗」，「意圖復辟」，「與黨為敵」，「與人民作對」。最近夏衍也被清算，說他一直走在資產階級的立場在為資本家辯護。

而當年革命的敵人呢？衛立惶壽終正寢，其夫人仍享榮華；杜聿明、宋希濂、范漢傑……諸如此類，殺過無數革命青年，「打得你死我活，好像不共戴天似的」反動的六十歲以上的舊軍閥，則正在新朝任浮官虛職，不耕而食，不織而衣；春遊明陵，夏逛廬山，賦七言詩，做八股文；十日一大宴，三日一小宴。最近反共總司令李宗仁回去，又是客客氣氣，作揖握手，酒肉歡笑，設宴如儀。即如溥儀「皇上」，既為滿清遺「毒」，又為漢奸首兇，也是擠身朝中，出入人民大會堂，逍遙長安街……。

曹聚仁說：「我常和朋友說：『不流血革命是沒有的，但流血不可流錯了人，早殺溥儀，多殺鄭孝胥之流，方是邦國之大幸，若錯殺二十五歲以下的青年……』」

那麼，這究竟是他們「殺錯了人」呢？還是我們「看錯了人」呢？

一九六五，十，十六。

階級的欽定

在馬列主義的理論中，無產階級是新興的階級，資產階級及小資產階級都是沒落的階級。當三十年代初聽信這種說法的時候，我們一些年輕人都恨自己不是無產階級。可是無產階級是什麼呢？馬克思在共產黨宣言裡有明確的敘述：

他們僅能在有工作時可以生存，而他們僅能在他們努力會增進資本時可以有工作。這些勞動階級必須零星地出賣自己像商品一樣，像一切其他商業上的貨物，而且常受競爭的起落與市場的波動的影響。

馬克思這個無產階級的定義，是說明工人階級在資本主義發展到某一階段時，他們都被擠進工業大資本家的大工廠裡……他們不單是資產階級的奴隸——他們每日每時都被機器、被監工、尤其被各該工廠主資產者本人奴役著。所以他們一離工作就無法生存。

我們當時在中國自然找不到這樣的無產階級。我所認識的都市裡的一些工人，他們都在鄉村裡買田，說起來是地主。真正的窮人自然是佃農，但按馬克思的說法，佃農因為掌有生產工具，不得算作無產階級。所以要有無產階級革命，似乎還要先有工業革命，先要有真正革命的無產階級，與被革命的資本家。

這樣說中國什麼時候才能革命呢？孫中山先生因此不主張階級革命，主張國民革命。這原是很聰明的辦法。領導國民革命的被說成知識階級，所謂「先知先覺」。

共產黨自認為「無產階級」的政黨，他要打倒知識階級，可是自己又多是知識階級，於是發明了「改造」與「勞動改造」的理論，說是改造一下，人人可以成為無產階級。這就成為欽定的無產階級。另外他又欽定了進步的小資產階級，民族的資產階級。這似乎近於封為公侯伯子男的爵位一樣。有了爵位就可有官做，有了官做，就有飯吃。可是一不聽話，馬上褫奪爵位。本是無產階級的，可以欽定他靈魂深處還有資產階級成分；本是進步的小資產階級的，則總免不了犯小資產階級的錯；本是民族資產階級，一貶就成為想復辟的資本家。譬如胡風有三十年以上的黨齡的黨員，一貶就成帝國主義的走狗；夏衍也是三十年以上黨齡的黨員，忽然發現了他靈魂裡正是不斷的幫資本家辯護。而「火柴大王」的兒子，「有住宅，有優厚的工資，國家還每年給他幾十萬元用不完的定息」（見十月六日《大公報》），似乎還在享受「資本家」的特權。（用不著夏衍去辯護。）這一切，都不是我們「準無產階級」的人所能了解。想了很久，才知道：一切階級的成分都是皇上欽定的。君不見李宗仁這個反動的賣國分子回國，不是已經列為「候補無產階級」了嗎——而且並沒有經過「勞動改造」。

一九六五、十、十七。

敏感症

敏感症可說是現代社會的普遍的病症，這可以分為生理的與心理的來說。生理的比較簡單，如皮膚敏感，胃神經敏感，凡是自己患過或看人患過的人都知道是怎麼回事。心理的則就複雜了。

簡單一點，如有人對於有毛的東西敏感，他看見貓、狗、耗子，就全身肌肉起痙攣。有人對於軟體動物敏感，如蛇、如蠶、如一切昆蟲的蛹，他看到了就全身發麻。

複雜一點的有一種是性心理敏感，這一種人把一切事情都看作與性有關係。譬如聽見別人在某機構裡找到一個職業，而恰巧那機構的老闆是好色的，就以為那個人一定有一位姐姐是與那個老闆有關係的。

另外一種是金錢性的敏感，他看到什麼東西都看到金錢，看到一盆菊花，他馬上想到它的市價。有一次我同一個朋友過海，看見一個很好看的女人，我說：「你看，她長得真不錯。」你猜那個朋友怎麼說：「現在這種東西並不貴。」我說：「你說什麼？」他回答說：「你不是說她大衣的料子好看麼？」

還有一種是政治性的敏感。他把一切事情以為都是屬於政治的。譬如你愛一個女人，在他看來可能是政治上的一種勾結；譬如你同一個美國朋友談幾句話，他就說你是謀做美帝的走狗；譬如說你有妹妹在一家與大陸有來往的商行做事，他就會猜疑到你已經向中共靠攏；如果你今天請客，座中有一個《香港時報》的編輯，他就想到你正在走台灣路線。下面一個故事也是很有趣的：

有一個朋友要辦刊物，請我吃飯，座中有另外一個寫稿的朋友。這時來了一對客人，女的是主人的妹妹，男的是在一家日本洋行做事的。吃了飯以後，我同那位寫稿的朋友一同出來，他忽然對我說：「啊，原來他找到了日本的後台。」我以為那是主人告訴他的，我就說：「是什麼背景？」他說：「那個日本洋行的人，你沒有注意麼？」我當時沒有再說什麼。後來從那位主人那裡知道，那個日本洋行做事的人原來是他妹妹的男朋友，日文很好，他想請他翻譯點日本的文章。

其他的敏感症自然還有，篇幅有限，不多談了。

一九六五，十，十八。

電影的藝術掙扎

電影雖很早就有人稱它為第八藝術，但是嚴肅的藝術家，幾乎都不把電影當作藝術。電影雖有藝術的成分，但只是同家具一樣，是一種帶著裝飾藝術的工藝品。

這因為電影太不靠「創造」，而靠拼湊；電影太依賴布景與場面，太依賴金錢。電影實際上只是剪接的技術，剪接就是拼湊。電影的演員沒有一貫的情緒創造，也是一種拼湊。而演壞的地方可以剪去，可以補拍，可以不斷地重新拼補，不像舞台演員，必須是整個的從心靈出發去創造人物。因此有人說，只要有錢，誰都可以製造成一部好的電影。這雖是一句譏誚話，但不能說沒有道理。

為爭取電影藝術的地位，要使它成為真正的藝術品，則是現代一群青年電影工作者的努力方向。

一九四八年電影批評家，後來又轉為製片家的亞斯托魯（Alexandre Astruc）寫了一篇有名的文章，他說：

> 電影……逐漸地已成為一種語言。所謂語言，我的意思是說可作為一個藝術家表現他思想（無論是如何抽象的思想），與表達他內心蘊積，正同一篇散文與一篇小說一樣……

亞斯托魯的話，可說是電影藝術家的一個理想的宣言，而這個理想獲得現代青年電影藝術工作者的同鳴，他們以後似乎就順著這個理想努力，想真正把電影建立成一種莊嚴的藝術。在一九五九年康城影展得最佳導演獎的德魯佛（F. Truffaut）說：

電影之所以不能成為個人的創作，是因為太多限制：用外國演員，太多劇作家，發行的壓迫，技術人員的繁多，預算的龐大，我們想把這些簡化，自由地工作，在簡單的主題上製造簡單的片子。全部新潮派的電影相同點就想揚棄這些限制。他們不要華麗的布景，不要說明的場面，不要劇院的技巧，不要額外的演員。……

這群青年的電影工作者共同的意圖也可說正是想把電影成為可以表現藝術家自己的思想與情感的一種語言，要使電影成為一種真正的藝術。這努力雖說也有點成就，也有些作品得到康城及其他影展的首獎，也有幾張片子賣座奇佳。但是為此破產而賠本的不知有多少，整個來說，現在已經過時，再沒有人去嘗試，這也可說是完全失敗了。用德魯佛自己的話來說：「新電影的本質所追求的莊嚴、簡樸、高貴，與速度，同它的缺點——輕率、幼稚，與缺乏誠意——完全混淆了。」

新潮派的努力過去後，電影藝術工作者仍是不斷的作別種嘗試，其目的也都是想從工藝品的電影中掙扎出一條真正莊嚴的藝術的道路，建立一種可以由藝術家用電影來抒寫他的思想與蘊積——可是還是需要有大量的觀眾來維持它的存在與發展。

一九六五，十，十九。

生命

當我看到灰塵一般的小蟲在我眼前飛過或爬過時，我不得不詫異生命的神奇。究竟生物與非生物的區別在什麼地方？一塊石頭與一塊青苔，一部電腦與一個人，其不同又在哪裡？它既不能用大小來量，也不能用形狀來度，更不能以材料來分別。

最簡單而淺顯的答案就是生物有能力自己生長與繁殖。

可是如果這樣來解釋生物，進一步我們就不能不想到，那些不同的生物，其生長與繁殖的方法與程序何以會如此不同？因為真正所謂「種子」這東西，其內容與形狀都是這樣的微小而相似，如狗的精蟲與卵，與羊的精蟲與卵實在沒有太大的分別，何以結胎以後生出來竟是兩種完全不同的東西。這個微小的種子是根據什麼而一定要依照他們的祖先的形狀與性質來生長。

這個謎，是一千多年來生物學家都在謀解決的問題，到現在，據說才初初找到了一點可研究的線索。

但所謂找到一點線索，其實也只是找到了一個解釋。並不能說免除了它的神祕。科學發現了生命的細胞的化學成分。但何以這些成分會產生生命，這還是一個謎。

據最近科學家意見，認為形成這樣細胞的化學成分，在二十億年前的地球上已經存在，不知怎麼，在這些化學成分排列成某種「型」的時候，生命就開始在地球上出現了。

過去很多人努力去用科學成分製造生命，一直沒有成功，現在因生物化學的進步，有人以為可能有希望了，但離實現自然還很遠很遠。記得三十年前在上海出版的《東方雜誌》曾經鬧過一個大笑話。有兩個自認為科學家，說他製造了生物，寫了一篇文章，報告他們一點極其簡陋的實驗，那時候我剛剛從大學出來，同幾個儕輩讀了那文章就覺得幼稚得可笑，可是《東方雜誌》的編輯竟大吹大擂地當作大發現來宣傳，使我們非常驚奇，以後自然只好「不提」了。這也可見雜誌編輯實在很需要一點常識的。

關於生命細胞的研究而了解其內核為生命重要部分，十九世紀已經有人知道。至於細胞核內究竟什麼成分在擔任什麼任務，以及它的繁殖的過程，則是直到今天才有點眉目。一九六二年諾貝爾的醫藥與生物學獎金，就是給三位對這生命的細胞分子作初步闡明的科學家，那是屈臣（James D. Watson）、克立克（Francis Crick）與魏金氏（Maurice Wikins）。

現在大家都在懷疑，如果地球上可以有這麼一個環境產生生命，而又會進化為人類這樣偉大的生物。那麼在別個星球中一定也是可能有的。二十年前，大家以為火星上很可能有與人類相仿智慧的動物存在，現在的太空攝影似乎對此已表示失望。

像我這樣對於生命時常覺得神奇的人，似乎不得不羨慕在那方面探求真理的科學家。

一九六五，十，二十。

今年的諾貝爾文藝獎

今年，蕭洛霍夫（Mikhail Sholokhov）得諾貝爾的文藝獎金了。這倒是諾貝爾文藝獎對自己再度作一次有趣的諷刺。因為蕭洛霍夫可說是丁玲所說的「一本書」的作者，那就是大家聞名的描寫俄國內戰的《靜靜的頓河》，它早已被譯成四十國文字。可是那本書於一九二八年就出版了，一九三九年獲得了斯大林的文藝獎。

他的第二部重要的著作，好像是《未開墾的處女地》，也於四十年代就發表，雖然修改整理成為定本，還是近幾年來的事。這部書也沒有《靜靜的頓河》成功。所以諾貝爾文學獎如果要根據文學上的業績來給獎的話，應該早就頒贈給他，不要等三十年以後了。

大家都記得，七年前，當《齊伐哥醫生》的作者巴斯特納克（Boris Pasternak）獲得一九五八年的文學獎時，蕭洛霍夫曾對瑞典學院有劇烈的批評，認為他們對於作者的文學價值的評價並不客觀。我們自然可以想到蕭霍洛夫認為《齊伐哥醫生》的成就是遠遜於《靜靜的頓河》的。以小說論小說，《齊伐哥醫生》實在不是一部什麼成功的作品，巴斯特納克以詩作獲獎或較為合理，同時代有小說比它好的可以說很多，《靜靜的頓河》當然是一部。如果說蕭洛霍夫對於瑞典文藝學院的批評，就因為沒有把獎金給他，我覺得也沒有什麼不對。

俄國作家得諾貝爾獎的，這是第二次（實在也可說第三次，只是一九三三年得獎的布寧

Evan Bunin已入法國籍）。如果以巴斯特納克與蕭洛霍夫做標準，那麼俄國作家可以得諾貝爾獎的少說說也不在十個以下。大家最奇怪的自然是：諾貝爾獎金當年並沒有頒贈給托爾斯泰（Leo Tolstoy）。托爾斯泰是在諾貝爾獎金成立十年後才死的。托爾斯泰以後不比巴斯特納克與蕭洛霍夫遜色的作家，如巴爾蒙特（Konstantin Belmont），如梭羅古勃（Fyodor Sologub），如布洛克（Alexander Blok），葉遂寧（Sergi Yesenin），瑪雅闊夫斯基（Vladimir Mayakovs）以及阿列克斯托爾斯泰（Aleksey Nikolayevich Tolstoy）等；更偉大一點的還有契訶夫（Anton Chekhov）——他是在諾貝爾獎設立後的第三年才死的。高爾基（Maxim Gorky）——他的文學業績與影響自然大過於巴斯特納克，都沒有獲得諾貝爾獎金。可見諾貝爾獎金原是沒有什麼客觀標準與公平意義的事。蕭洛霍夫如果死於今年以前，那麼他也就未克接受諾貝爾獎金。誰要想憑諾貝爾獎金來重視他，則也就很自然的失望了。

去年法國的沙特（Jean-Paul Satre）拒絕了諾貝爾文藝獎是一件很受大家議論的事情。有人說，沙特在文壇上起影響是在大戰後幾年，諾貝爾文藝獎如在那時候頒贈給他，那是非常合理，而他也絕不會拒絕的。如果沙特應該在那時候得獎，而到去年才頒給他，那麼他要是死在去年以前，不也是無此「光榮」了麼？

沙特從未批評過瑞典文藝學院，但是他用拒絕來諷刺諾貝爾文藝獎。現在蕭洛霍夫，雖是抗議地攻擊瑞典文藝學院，可是當文藝獎頒給他時，他則感激地接受了。我們不敢在這裡面有作風高下之別，但倒可以讓我們看出理想主義與現實主義態度的不同了。

一九六五，十一，十六。

博士與讀書

讀到林海音女士的一篇〈四個竈口和女博士〉的短文覺得很有趣，她說到一些到美國去讀書的中國女人：

……此行見到不少中國留學生在這裡成家立業，使人感慨的是許多女博士結婚生孩子就不能繼續工作，她們不得不也像美國婦女一樣，要等到最小的孩子都入學了，才能重入社會。如果她連續生三個孩子，那幾乎要在十幾年以後的事了。看她們抱著孩子，在那四個竈口前忙來忙去，實在是一件可惜的事。

趙先生問我：

「你以為一個女博士在家裡抱幾年孩子，是一件沒有意義的事嗎？」

「當然不是。但是一個在國內已經大學畢業的女孩子，萬里迢迢來美國，又苦讀了好幾年書，才得到博士學位，目的並不是為了抱孩子、下廚房吧？女博士似乎應當為更廣大的社會有更大的貢獻才對。」

林海音的感慨自然也是每個人的感慨。其實這種人才浪費的情形，也豈止中國的女留學生。

我們看到許多學工程的學士碩士回國以後辦黨務，我們也看到許多農科的學生回國以後一直去做官，我們還看到校級軍官在踏三輪車。我們自然都知道成千成萬的人所做的事都是學非所用，不要說好學聰明的窮孩子們失學，而富家子弟在美國浪費外匯，這些難道不是值得感慨與惋惜麼？

其實，學位與讀書也很難說是完全一致的事情。我常看到許多大學畢業生，一出校門，從此就不再碰書本。我的親戚中，有許多大學畢業（都是學士階級）的女孩子，對於書本刊物甚至報紙也不碰，有許多連極普通的無論地理上、歷史上或科學上的常識都失去了。我也看到許多留學生讀書就為一個博士，他抄襲中國現成的著作編成博士論文，拿到學位到中國銓敘做官。

我們中國幾十年來，在官場中在文化界裡用博士、碩士的頭銜來鬼混的千千萬萬。他們不但對「社會」沒有什麼貢獻，反而搞些不少禍國殃民的勾當。以這些人來比較，則那些仍能在四個竈口忙來忙去而生男育女的女士們的貢獻又是多麼偉大呢？

抗戰時，我在內地看到有人把好好的紅木家具劈成木柴。我很可惜的問他們。他們說，這個時候誰要紅木家具，木柴的價格現在比家具高好幾倍呢。那麼既然要劈成木柴，當初何必先製成家具呢？

這是一個順理成章的問題。但君不見多少男女在越南變成炮灰，有誰想到，既然要成炮灰，又何必養他們成「人」呢？

一九六五，十一，十七。

世界曆

十二月十五日日內瓦的消息，聯合國在討論一個世界曆的提案了。

這個世界曆是這樣的：把一年分為四季，每季有九十一天，每季的第一個月（一月、四月、七月與十月）有三十一天，其餘都是三十天。那麼一年共計三百六十四天。餘一天為「世界日」，放在十二月三十日與一月一日之間。但因地球的轉動為三百六十五天又四分之一天，所以每到第四年又多一個「世界日」，這個「世界日」則列在六月三十日與七月一日間。

英國天文學家H. S.瓊斯在倫敦稱讚這個「世界日」說：

……這個「世界日」的釐訂，雖是一種革命性的提案，但這可並不能認為可反對的理由。這個「世界曆」把日曆簡易化使我們在幾秒鐘內就可以算出一年中隨便那一天為星期幾。

這個提案雖是已有十七國贊同了，但仍有許多困難，宗教權威方面的反對是難免的。一九五六年，現行的格列哥連日曆（即公曆）與新提的「世界曆」剛剛相符。因此印度提議這可是一個改用「世界曆」最便利的日子了。

對於曆法這事情我是外行，但總覺得世界有一致的曆法，可以使人類便利許多，而宗教權威所反對的立場，我感到沒有什麼理由。因為世界上宗教既然很多，每個宗教都要有自己的年曆，則世界的年曆永沒有統一的時候了。

對於普世人，年曆實際上是一個習慣。祇要它的算法合於地球的行動，什麼都是一樣的。他們常用的所謂公曆，雖是以耶穌降生計算，但日子久了，世上大家都用，就祇感到方便就是，並不一定要相信天主教或耶穌教。理論上否定宗教的蘇聯與鐵幕國家，不也都在用公曆麼？

日本人用天皇年號，泰國用佛曆，中國於革命後改於民國紀元，也有人用孔子出生來作年曆，都沒有什麼，但與世界上其他國家往還，就感到許多麻煩。

共產黨到大陸後，改用公曆，台灣覺得民國紀元被改，認為莫大耻辱，因此要求反共的人應當不用公曆，而用民國紀元，這實在是反而顯得台灣的自卑與褊狹了。

在國民黨統治中國時代，國民黨並不強人不用公曆，而國民黨許多同志也在用。為什麼到了台灣以後，用公曆亦變成有問題了呢？甚至硬性禁止用公曆的書籍進口，好像只有用民國紀元才是反共。

但為什麼對於不用民國紀元的英文書籍則又聽其進口呢？而國民黨官員，在美國在歐洲，難道也都不用公曆麼？甚至政府所發給他們的護照，不也需寫上公曆麼？

我覺得公曆是宗教的產物，宗教家既然要反對採用「世界曆」，那麼反對公曆，例應是共產黨，而現在蘇聯及其他鐵幕國家都沿用公曆，可說是他們意識上的模糊，照他們的教義是應當改為以馬克斯出生或共產黨宣言發表來計算年份才對呢！

國民黨如果以為共產黨用了就變成禁物，那麼共產黨佔了大陸，國民黨難道也不想要了麼？

歧視與侮辱

據漢城十七日中央社電訊，服務於聯軍統帥部登記核准之各國通訊社之韓籍工作人員，今日向聯軍統帥雷米澤將軍抗議他們由第八軍團憲兵所受到之「歧視與侮辱」……

這令我想到一位合眾社記者的朋友張君告訴我中國政府要人，對待中國記者之歧視與侮蔑。以前在美國，駐美的中國記者也時常講宋子文先生怎麼樣對美國記者之起座握手，而對中國記者擺著官僚架子的種種。我不知道韓國的政要是否也像中國政要一樣，把自己本國的記者不看在眼裡，如果是的，那就毋怪乎美軍的憲兵有歧視的態度。自然，我們是非常同情記者的抗議的。

在台灣，當美國副總統尼克遜蒞台之時，外國記者有權到飛機場內，尼克遜一下機，就可迎談。中國記者則分兩種，一種則在欄外，也許可以望見尼克遜下機，但無法接近；另一種則在場外，連尼克遜如何下機也望不見了。這是許多記者親口同我講的。

尼克遜訪遠東，我看見他在日本機場被日本記者包圍情形的照片。而一到台灣，中國記者竟需隔離，我不知道這是因為尊敬尼克遜，還是看輕自己的記者？

同是記者，也許同在一個通訊社或報社任職的記者，就因為一個是洋人，一個是中國人，竟有如此的分別，那麼洋人的記者之可輕視中國之同事，也就成為理所當然——而這是在中國的境內，那麼在外國的境內又將怎麼樣呢？我知道中國也有不少駐外的記者。

中國的政要往往以為中國的人民都是他們的下屬。殊不知如果是民主國家的話，必須先承認人民是他們的主人。

即使這個通訊社與報館是屬於政府或是受政府的津貼，而這個通訊社與報館在不違背本國國策之下，政府並沒有權力侵犯它的自由，它也沒有理由要聽政府的指使。服務於報館或通訊社的記者，是充分有法律範圍內的言論自由與採訪的自由的，如果政府限制他們，政府已經違背憲法了。

如果這是政策中應當祕密的事情（尼克遜訪華當然不是什麼機密），那麼祇有可以給中國記者知道，而不能給外國記者知道的事，絕沒有可以給外國記者知道，而反不能給中國記者知道的事。

民主國家之精神建立在對於個人尊敬，就要對於他的工作上職權的尊敬。中國的政要往往以為任何小官吏都是他們的下屬，動輒以權勢威脅人家之生命自由或飯碗，以致警察不敢干涉他們的違警，關員不敢檢查他們的走私，而新聞記者對於被「歧視與侮辱」也不敢抗議，祇好在友好面前發發牢騷，覺得大家無非吃口飯，馬馬虎虎就算了。

個人工作上職權的尊嚴不被政府保障，人民對工作是祇能馬馬虎虎的。年前台灣有一位美國官佐與某將軍之女結婚，法庭上大打出手，而中國警察竟未能將他拘捕。這所證明的，恐怕不是警察與憲兵之無能，而是他們太聰明了，避免得罪洋人自身受罰起見，還是「馬馬虎虎」算了。倘若是一個健全的政府，我想對當時這些有責的「法警」「警察」或「憲兵」之「馬馬虎虎」的態度，必然有其「不盡責」的懲罰吧。現在則得其反，不盡責的人員安然無事，一旦盡責，反被叱責，或甚至還要對犯法者道歉。此所以大家祇好「少做少錯」「不做不錯」了。

當韓國記者向聯軍統帥抗議他們由第八軍團憲兵所受到之「歧視與侮辱」之時，我覺得中國記者之被政府或政要們「歧視與侮辱」之時，也應當有所「抗議」吧。

某先生暨夫人七秩雙慶——為友人代擬壽詩

遙悉先生已屆七十高齡，
有無數的名流詩詞頌揚，
人人都未忘先生曾權要黨國，
獨已忘大陸上紅旗飄揚。

大好江山早已易新主，
但新貴們從無喜慶的熱鬧，
獨先生亡命海外，
竟尚有心情招搖舖張！

壽文壽聯，琳瑯滿目，
不過是文人騷客附弄風雅，
人人忘去家鄉的哀鴻遍地，
先生總該記中山陵的斜陽暮鴉。

豪門貴冑在美國奢居，
何需要台島軍民流血西向；
然令尊當年奔走海外，
何曾把僑居當作故鄉。

何處買高廈華宅總是人民血汗，
何時金玉滿堂也是民脂民膏，
先生每週讀令尊遺囑，
問又何面目見江東父老？

一九六二，一。

留學生的安居樂業

據華盛頓十月十五日電，一個叫做陳光留（譯音）的科學家對《華盛頓郵報》的記者宣稱台灣不放他的一個十二歲同一個十四歲的孩子來美國，但是以他的孩子作為人質而要挾他回國。二十一日華盛頓電，有周書楷對記者談話，說到兩個科學家——一個陳光留博士，一個劉漢素博士，乃是告假來美求學的軍人，學成例應歸國。他又說一個國家派遣學生去深造自應回國服務乃是基本觀念，中國留美學生有五千人，而出問題的只有陳、劉兩位博士。

可是陳光留與劉漢素現在據國務院發言人說，他們已經是美國永久居民（尚未成為公民），據美國法律，他的孩子隨時可以入境。

這是一件很值得我們注意的事件。

原來陳光留是一九五六年到美國，預定是進修一年，可是一再延期，他一面申請入美國籍，一面讀學位，現在陳光留受聘於某製造公司。劉漢素則在「太空署」裡服務。

周書楷說的國家派遣學生出國深造，學成例應回國服務，這當然是對的。但是，台灣有什麼環境可以使科學家繼續研究？有什麼恰當的實驗室或工廠可以使他們服務呢？台灣對於這些科學人員的待遇又是怎麼樣呢？

陳、劉兩位在美國，已經學有所用，他們之不願回台灣也正是人之常情。周書楷以為他們兩位是留美五千個中國學生的特殊情形，這是騙人的話。周書楷只要試請這五千個中國學生回台灣，則馬上會發現，這五千個學生就是五千個問題。

十月十日《星島報》有一篇「流浪生」的文章，報導在美國的台灣留學生，說是一到美國就是求「留」遠切於求「學」，而「求學」的目的，也是為「留」。他們在法律中找空隙，熬千萬種苦，受千萬種罪以求久留美國。我讀了感觸甚多。因為這正是我在第二次大戰時期中看到的，從德國逃亡出來到美國的猶太人的情形。但是這些猶太人是被希特勒弄得家破人亡而逃出來的，台灣究竟並沒有像希特勒壓迫過這些青年。何以青年們竟如此想做黃皮的美國人，而不願在台灣生活呢？台灣究竟欠了他們什麼，負了他們什麼？我想，台灣政府如反躬自省，就很容易看到台灣，對不起青年們的地方是使許多「有為」的青年變成「無為」。許多年輕的科學人才學非所用地在做「等因奉此」的公民，許多有能力的青年沒有合適的事情讓他們發揮能力。任他們自動地磨盡爛去！

我想一個政府還是要使人民「安居樂業」。台灣當局既不能使青年們「樂業」自然也無法使他們「安居」，如陳、劉兩博士已千辛萬苦地在美國獲得了「樂業」而且可以「安居」了，我想何必一定要扣持他們的孩子而使其骨肉分離呢？

看看台灣《中央日報》上「在美結婚」的廣告，大家都知道台灣要員們的子女無不在美國作「永久」打算，那麼何必一定強要幾個「非特殊」人物的子女回國「服務」呢？

據林海音女士所說，在美國有不少進廚房的女博士，如果國家要人才，正是隨時可以徵用，而他們想也樂於回國，只是台灣應該對他們予以「合適」的「業」，與「合理」的待遇。

一九六五，二，十八。

同性愛

十月二十九日英國上議院以一一六票對四十八票通過同性愛的法案，准許成年的男人在互願的情形中相愛。讀了這條消息，我覺得不舒服。雖然因其尚未在下院通過，未成法律，可是把同性愛作為一個法案來通過，總使我覺得有點肉麻。

生物有兩種要求，一種是維護個性生存，一種是延續種族生存。兩性相悅，原是延續種族生存的本能。人類進而戀愛，成為最美麗的可歌頌的事情。同性愛，儘管也有人當它作美麗的艷事，但在正常的也許平凡的人看來，總不是一件可以冠冕堂皇見人的事。雖說既是兩個人的私事，又限於成年，雙方願意，別人何必去干涉他們。但這照中國人的態度，覺得最多也只能眼開眼閉讓其偷偷摸摸存在，大可不必當作一個法案去公認它的「合理」，或者說是「無礙」。

據性學研究者的報告，同性愛多發生於囚犯與軍隊中，這因為他們沒有機會接觸異性為這個原因，近代監獄，也想在這方面改善，軍隊不必說了，設軍妓者固然有之，普通也總在性的問題上指導其有滿足的機會。這雖然目的是在調劑他們的心身，可是避免同性愛的發生，也是一個原因。

同性愛的弊害，不但使人厭憎異性，甚至會厭憎子女。有這種變態之人，在擔任社會工作時，往往也不能同正常的人一樣。這是許多心理學家都公認的事。

我覺得這種變態情形，一定要提出來在議院通過，大概是英國的同性愛太普遍了。因為普遍，與其作為犯罪，還不如承認其合法的存在。

我對於法律外行，不知是不是在成為合法以後，或者說在下院也通過以後，兩個同性愛的人就可以公開的成立家庭，或甚至一個人到了成年，也可以自由地與同性結婚？那麼教會是不是也應該為他們舉行婚禮？

我常說中國人對什麼事情，不求徹底解決與答案是一個不好的民族性。許多事情，總是馬馬虎虎眼開眼閉得過且過就算了，這是沒有科學精神與辦事不認真的一個因素。現在覺得這也正是有一種好處，就是像這種同性愛一類的事情，以及許多迷信的習俗，覺得它們存在是一個事實，既然不易禁止，還是眼開眼閉的不去理它為是。如承認它的合法，其流弊自然比嚴禁還大。照我想，現在心理病態的治療既然有很大的進步，同性愛實在應該當作吸毒犯一樣的，由國家供應，強制而免費地讓他到心理病院去受醫療，這應該是最理想的處置吧。

一九六五，十一，十九。

「我」的問題

「我」是什麼？是否就是別人眼中的那個「我」？或者正是我自己所見到的「我」？或者「我」正是另一個人，或者「我」就是另外的許多人？再者，「我」究竟是「我」自己呢，還是僅僅是一種解釋？

瑞士出生的德國小說家馬克斯佛立虛（Max Frisch）似乎一直愛用這個題材來寫他的短篇小說與小說，這個艱難的題材，僅僅是為少數的文藝愛好者的欣賞而已。

一九五四年他出版了他的第四部小說《我的名字不是史提拉》，被許多批評家所推崇，但銷路仍不很好。於是第五部小說《叫我甘丁朋》於去年底出版了，雖是寫得很流利，但仍不是易讀的作品，而居然成為暢銷書了。

佛立虛曾經在一本小說中寫一個人失去自己與自己的圈子脫離了關係，他在《我的名字不是史提拉》也是寫相似的情境，但在《叫我甘丁朋》中則更深究了一層。佛立虛在對白中使甘丁朋的出現不光是一個「我」，而是許多「我」的化身，千變萬化而又互相易位的化身。主角不光是「甘丁朋」也是「思得玲」，也可能是「薩包得」。這三個角色都同女演員麗拉有不同的關係，麗拉喬裝成家庭主婦與貴婦人在小說裡出現。先是薩包得是她的丈夫，再則思得玲與她發生了關係，而甘丁朋又同她結了婚。最有趣的是甘丁朋的化身，他假裝他已是一個瞎子，戴著一副黑眼鏡手拿白手杖東跑西走，人們因為知道他是瞎子，所以對待他同對待有視覺的人完全不同了。可是，事實上「瞎子」比「亮子」對他的周圍看得更清楚。甘丁朋看到了一切，而他所看到的在他面前經過的種種像是通過一個鏡頭一樣的。他不敢採取任何行動，因為任何行動都會暴露他的祕密的。

這是一本很有趣的小說，因為他的題材是很特別的。很少作家老是採用一個固定的題材來寫他的小說。而佛立虛似乎對這個題材特別有興趣，所以寫之不厭。

這本小說在商業上雖是很成功，可是買去的人究竟是否讀得下去還是問題，因為仍是一本不易讀的書。

批評家對於這本小說的批評也頗不一致，有人說它是一本很了不得的書，有人說它仍是作者《我的名字不是史提拉》一書的改造，沒有什麼新的意境。不過當作者對於某一題材特別發生興趣的時候，用在幾本書中是常有的事。

《叫我甘丁朋》是去年度德國最令人注目的一部小說。雖不能稱為了不得的文藝作品，但其題材的新鮮與刻畫的入微，的確可使我們看到文學世界的另一個天地。

一九六五，十一，二十。

和平的途徑

諾貝爾獎金有和平獎，是專給對於世界和平有特殊貢獻的人的。可是諾貝爾自己所發明的無煙火藥，是不是屬於對和平的貢獻呢？

自然，火藥可用於和平，如開山築路開礦，但也可用於戰爭。用於戰爭的當然不是為和平。可是，政治上對於「戰爭」的說法，似乎與和平並不是對立的名詞。第一次世界大戰，口號是公理戰勝強權，大家以為強權一倒，公理永存，和平也就實現。第二次世界大戰，打倒法西斯，也是大家相信這是最後的戰爭，法西斯主義一敗，世界的永久和平也就可建立了。此外各地小規模的戰爭，國與國的衝突，一個國家的內亂，如中國以前軍閥的內訌等等，都莫不自稱以和平為目標，而以戰爭為手段。

戰爭既然不是和平的對立，而只是和平的手段，雙方打來打去都說是為和平，那麼和平在哪裡呢？和平當然屬於戰勝的人。既然屬於戰勝的人，也就成為屬於強權的人。

力量強大的人征服了弱小的人時，就成了和平。這和平事實上只是戰爭的休息。隔了一陣，又有人起來，說這樣和平不是真和平，我們要求真和平，所以還是要動用戰爭。這樣的戰爭與和平，輪流交替，這就是人類的歷史。

可是，我們從歷史上看戰爭，則看到戰爭一次比一次激烈，每次戰爭死傷的人也越來越多；

物資的損失也越來越大。自從火藥發明進步到無煙火藥，進步到原子彈，戰爭已經是只有毀滅。在毀滅中尋求和平，那也就是死亡的和平。

這也就是說，當一切都不存在的時候，天下也自然而然只有和平了。

有人說，戰爭是人類正常的現象，和平才是畸形的現象。人類一切和平的建設，廣義地說起來，何嘗不是一種向大自然的戰爭。開礦築路，多少的生物都死於人類的武器與工具之下。如果它們有能力反抗，不正是與遠古時代，人類與其他生物爭奪世界的情形一樣麼？

而人類之與病菌戰鬥，也正是當初與虎豹戰鬥一樣，也正是一種戰爭。現在醫學上的各種努力，無非是要戰勝病菌，也正是認為和平將建立在勝利之中。可是另一方面，人類也正不斷地在研究細菌戰，即是如何利用細菌去殺另外一批人類。他們在運用時，自然還是老調，即是為求和平而發動戰爭的。

自第二次世界大戰結束後，人類間大大小小的戰爭一個接一個。目的又都說是為和平。看來，人類只有不用「戰爭」這個方法來求和平，也許才會找到和平。否則似只能找到戰爭，而永遠找不到和平了。

方塊文章

在二十年代，報紙副刊上流行整整齊齊的新詩，大家叫它豆腐乾詩。三十年代因魯迅的提倡，雜感文非常風行，稱它為戰鬥的匕首，有人說這當然不屬於文學的。魯迅說文學形式原是人創造的，雜感的形式既然有這許多人在用，誰能說它將來不成為文學的另一種形式，也即是在小說、詩歌、戲劇、散文外的另一個種類。這種短小精悍針對時事實物抨擊的文章，我們通常都稱它為雜感文。後來魯迅把這些文章收集在一起出書，因其發表在報上時，圍著花邊，名之為花邊文學。現在像我這樣在報上每天寫一方塊一方塊的文章，性質上同當時這些流行雜感文有些不同。作為「文學」，我不相信。至少我自己所寫的絕不是什麼文學，但稱作雜感文還是對的。觀感所得，隨便寫一千字，短小而不精悍。抨擊什麼醜惡吧，老實說，因為沒有什麼響應與效果，自己早覺得多餘起來。篇幅有限，也說不上談學問與思想。感慨是有的，但慢慢似乎也是慨多於感。懷舊迎新，像烏鴉似地喊幾聲，或像喜鵲似地叫幾下，交了稿也就算了。總之以不痛、不癢、不冷、不熱，是為最好；有時太熱，往往被人疑作「宣傳」，有時太冷，就有人說你說「風涼話」。其實風涼話是精神飽滿有閒階級說的，像我這樣一天為生活奔忙的人，所說的實在只能說是悲涼話了。

自然有許多習慣於寫這類文章的朋友，動筆都很輕鬆。過海碰見從南洋來的朋友，可以寫一篇；吃飯看見一個漂亮的小姐也可以寫一篇；晚上收到一個生日請客的帖子，又可寫一篇；讀來都很見風趣。我則發覺自己可說的話太少，往往有藏在舌底的話，覺得說出來頗乏味，也就不想說了。細想起來，自然還是文筆笨拙之故。

我以前同學院派朋友們在一起，大家主張寫文章應該言之有物。其實這還是載道的頭腦。到了亂世，又要賣稿為生，那就最好能寫有「言」而無「物」的文章，既不會得罪人，又不牽涉任何問題。說一件事必須兩面，甲也有理，乙也有理，這是一種寫法。有人說汽車撞人，有人說人撞汽車，我說汽車與人碰在一起，這也是一種寫法。

還有一種則是「哈哈哈」公式。今天天氣，哈哈哈；美國蘇聯，哈哈哈；越南打仗，哈哈哈！自然，要每天寫有「言」而無「物」的文章，不是容易的事。也許用四六駢文來歌頌天文台的報告是一個辦法。但是我又不會寫駢文。西洋對報上的分欄叫column，依「士多」辦法，我以為這種方塊文章，倒可稱為「枷椤文章」，將來誰寫出一種有言而無物的體裁時，我們當封他為「枷椤文學家」。

節日與賀卡

不久，耶穌聖誕又快到了。我不是基督教信徒，但並不反對過耶穌聖誕。童年時，我喜歡過節，舊曆新年，祭神拜年，清明掃墓，端午吃粽子，中秋買月餅，重陽登高……諸如此類，都是有趣好玩之事。每逢這些節日，在我記憶中，似乎都有祭祖一個節目，然後，把祭祖的菜肴撤下來吃一餐。到我長大些，稍稍懂得一點什麼科學，聽了些「反封建」、「反迷信」一類常識的口號，覺得這些過節是落後的趣味，認為這些玩意是應該取消的。

但是當我真正懂得一點人生以後，才發現人生之可愛與可留戀的也正是有這些「點綴」。我所謂「點綴」，是因為如果沒有這些以後，人生就更加枯燥而無味。在中國農村，農民除了婚喪大事外，平凡的人生都靠節日給他們一點生趣。在北方老百姓平常吃「窩窩頭」，到節日吃一餐「餃子」，在江南平常吃青菜淡飯，到節日吃點魚肉；農夫們平常大家穿破襖破褂，到節日換了一件新衣；平常忙忙碌碌，到節日偷閒一天，所以這些節日正如人生的沙漠裡的一些綠洲。

農村以外的都市生活，過節一類的事情顯得較不重要，這一方面是都市生活較緊張，另一方面則「點綴」都市生活有許多其他如星期日一類的假期，所以大家逐漸地不再重視這些傳統的節日。

可是，不知從什麼開始，過基督教的聖誕節則在中國風行起來，起初只限於大都市的一些教會學校，後來也普及各地。其所以普及而風行的原因，實在是中國原來就有賀年拜年的傳統，而這恰巧就在聖誕節晚幾天。聖誕卡是西洋的玩意，到了中國，因其印得好看，買來方便，大家也就買來作賀年之用，因此無形之中不是教徒也就大家沿用起來。

我自己對於發賀年卡雖不熱心，但接到時，尤其是接到平常不通信與很少交往的朋友們所寄來的，覺得有一種溫暖親切之感。而賀年卡中多幾句祝聖誕的話，覺得也不討厭。基督教的聖誕提倡一種溫情與善意，人與人之間在那一個節日裡都有親善與和睦的表示，這總比沒有這種精神為好。認為它是迷信而不想保留這風俗的人自然有他的自由，但因此而對隨俗的人認為是受西方之愚，則也大可不必。有許多人因其來自基督教，而主張在孔子聖誕發賀卡，則尤為畫蛇添足之頭腦。聖誕節是一個已經很普遍的節日。我非教徒，但在這個節日中，隨人慶祝，也正如在鄉下廟會中隨人慶祝一樣，覺得這正是寂寞的人生中的美善的點綴。

許多反對過基督聖誕的人，有時雖像說得很有道理，可是他並不反對過星期日，而七天中列一個星期日而休息，也正是基督教所帶來的習慣哩！

一九六五，十一，二十三。

文學的墮落

在民主社會中，文學是商品；商品就要照市場的要求，它需要有招徠主顧的面貌。在獨裁的社會中，文藝是政治的工具或武器；作為工具或武器，就要配合政治的要求。武器的理論是槍頭對敵人，槍柄自己拿。可是政治的要求只在衛護獨裁的政權，因此最大的敵人就是人民，人民才是唯一會反對獨裁的人們。

文學在歷史上有過許多不同的身分。在它幼稚的階段，好像是一個可愛的孩子，大家喜歡抱抱它，玩玩它，它是接受人家的愛護。

當文學長大了，它就像被人買去了當丫鬟。當然，買丫鬟的人是當時有權有勢有閒的貴族。貴族並不要文學做什麼不潔的事情，他們把它放在書架與枕畔，作為一種生活的點綴，正如客廳裡的鋼琴與牆上的名畫。

當文學成為商品的時候。它需要用廣告來推銷，廣告越大，推銷愈廣。文學的存在要依賴廣告。在浩瀚如海之人群中，一本書到社會裡，等於一張紙投入海中，很難引人注意，要人看到，必須廣告。反過來說，文學也就成為「人」的廣告。文學變成賣膏藥的包裝紙，裡面寫的都是「我的膏藥如何好」。它為推銷「自己」的招貼，推銷作者的各種思想見解與情感，成為各種不同形式的文學。

當革命潮流來時，文學家開始推銷革命，認為把革命推銷得越好，就越見自己偉大。於是革命成功了。當權的政治家說：「文學家呀！現在，你們推銷革命就不對了，現在你們要好好為我推銷政令。推銷得好，我給你官做，我叫你為文學家；推銷得不夠有力，我就要罰你；如果不想推銷我的政令，那就只好請你滾蛋了！」果然，不服氣的文學家一個一個地死了，順命的文學家都成了有權有勢的官貴。文學就變成了雜耍班的音樂隊，打打吹吹無非是介紹些政治的把戲，文學家也像是翻跟斗的小丑，在觀眾感到政治太緊張時，由他們來打打鑼，在政治要對人民號召時，由他在苦果外面加點糖。

文學家在資本主義的自由商場中，好像是賣淫的女人，打扮越來越輕佻，雖然粉越搽越厚，可是越顯得清瘦可憐。文學在獨裁政治的治下，成為妾媵與婢僕，忠貞還要勤奮，人老色衰之時，隨時會被遣入勞動營，變成肥料。好在繼起的接班人不知有多少。所以當文學家成為商人或政客的隨從時，文學墮落成為招貼或標語，則是很自然的事情。

一九六五，十一，二十五。

「自由」與「祖國」

東德的青年魏白羅（Christian Weibrod）是東德一家有名的「全柏林人」戲院的職員，他在舞台上工作是很有前途的。但當他的團體在倫敦公演時候，他逃向西德。他要的是自由。

西德對於他很歡迎，不但給他公民身分，還有職業給他，他暫時住在他一個已婚的兄弟的家裡。這在初初逃到鐵幕外的人算是很幸運了。

但是魏白羅祇住了八天就逃回東德。據他的兄弟說，魏白羅顯然是在希望離開東德，與不想離開他所愛的戲劇團體間的矛盾中。

魏白羅回到東德後，可以想到的，是他一方面將被同事所暗笑與檢討，另一方面則可能受警察的逼問。他不久就吞了殺蟲藥自殺了。

讀了這樣一段新聞，感慨甚多。因為在香港，我知道有不少人，他們從大陸來到香港，住了一個月兩個月又回返大陸的。他們愛好祖國，但又愛好自由；在兩者徬徨不安之中，感到無所適從。自然，這些回去的人，多數還是年老的或是鄉村的婦女，自思不會受政治的迫害者，至於心裡想回去而不敢回去的人，則更是不知道有多少了。

在自由與祖國之間，選擇本是不易之事。當我們的國家在帝國主義壓迫之下，我們要求有一個自由的祖國；當祖國已經完全獨立之時，我們自然要國家保衛我們個人的自由。事實上，一個人真正的自由是祇有自己的國家可以給他的。如果自己國家不給，他自然祇好到外面去另覓自由，其所得的自由也已經不是純粹的自由了。

孫中山先生的民族主義是要國家在世界中獲得自由，民權主義是要個人在國家之中獲得政治的自由，民生主義應該是個人經濟的自由，但是成了社會主義，又祇限於國家經濟的自由了。孫中山先生限於他的時代，他要國家強盛，有時就要限制個人的自由；要革命成功，有時就要抹殺個人。這就成為以後被獨裁者利用的理論。其實一個國家除了為人民謀福利以外，實在想不出該有什麼其他的意義，而人民的最大福利實在還是「自由」。倘若沒有自由，一切福利都是有名無實的。

對放棄自由而投向祖國的人，正如對放棄祖國而追求自由的人一樣，我們除了同情以外，沒有什麼可說。但這祇限於本來是被統治的老百姓。他們一生都被統治剝削，整年都被迫叫「萬歲」，為想待在祖國，不惜對強權叫「萬歲」，其情自然是可憐的。至若原來是想別人對他叫「萬歲」的人，花完了民脂民膏，為求不耕而食，不織而衣，還想用「萬歲」的呼聲求媚於政敵而博求富貴的人，自然是不在其內。

自由與祖國孰重，各人體驗是不同的。也許與個人的氣質，修養，背景，年齡都有關係。但當二者無法兼有之時，選擇當然是一件不容易的事情。不過選定了還是安於現狀，否則不免會有魏白羅一樣的命運的。

一九六五，十一，二十六。

蘇聯的藝術自由

自從斯大林死了以後，蘇聯出現了不少作家與藝術家突破了教條來作新的嘗試，曾經出現過不少新的作品。這些作品後來有受到黨或赫魯曉夫的批評，但作家只是一度隱沒無聞，生命與生活的自由似乎未曾剝奪，而隔了一個時間，他又可能在社會出現了。譬如雕刻家南佛斯蒂尼（Ernst Neizvestny）就是一個例。他於一九六二年冬季，因為某件作品被赫魯曉夫叱為「可厭的揑造」後，報刊對他再不曾有過好評，可是到一九六三年，蘇聯文化部忽然聘請他雕塑三個科學家的造像。

這種情形，顯然即使黨的裡面，也有真正重視藝術家與作家自由的人，也許不斷地在與舊的教條有激沖的情形。赫魯曉夫曾經批評過不少畫家與作家，但他們在受批評後只是沒有發表什麼作品，他們似乎仍舊可以照自己的喜歡在創作。

今年二月裡，《真理報》的編輯倫揚倩夫（Aleksei Rumyantsev）為文闡明黨與知識分子的關係。他主張在全民政治中，黨並不需要對知識階級用特殊政策，因為黨已變成了全民的黨，所以讓社會的每一分子全面地去發展他們的個性。到九月九日倫揚倩夫又寫了一篇文章抨擊蘇聯有些報紙對許多作家的批評，他又護衛一九六二與一九六三年赫魯曉夫時代被譴責的一些詩人，如羅斯迪斯凡斯基（Robert Rozhdestvensky），葉杜欣科（Yevgeny Yevtushenko）與浮納遜斯基

（Andrei Voznesensky）。他又引用列寧的話：「文學是最不必服從機械的均等、平均或由少數服從多數的。」因而說，「真正黨的領導，應保衛藝術家在其選擇主題、題材、風格與格調時之自由。」倫揚倩夫這樣說法可以說已經是站在自由主義的立場。大概這是超過了黨所想放鬆的尺度，幾天以後，倫揚倩夫，據報道，是因心臟病的關係，辭去了《真理報》編輯的職位了。

我們很難相信，身為《真理報》編輯的倫揚倩夫，會獨自發表離尺度如此遠的言論，覺得那一定是反映黨的某一部分人士的共同要求。這種隱隱約約忽暗忽明地透露出來的跡象，所看到蘇聯在藝術與文學政策上的放寬尺度的趨勢，或者正是文學家與藝術家共同的要求。但不知道要經過什麼曲折的路程才可以完全從政治的鎖枷中解放出來。

文藝曾經被宗教被道德被各種奇奇怪怪的理論與形式束縛過。在中國，不用說，有特有的勸人為善、報應、迷信以至於文以載道的各種束縛。如今則流落在政治的懷抱裡，塗上了各種的標語在裝腔作勢。

但由於東歐藝術家與作家們的態度，如今年五月裡在奧國會集中所顯露的，與乎蘇聯《真理報》上倫揚倩夫的文章，我們無法不相信，在詩人、音樂家、畫家、舞蹈家的靈魂中，永遠是有潛伏著不滅的創作自由的火種，而這將使已滅的藝術重新發出光亮的。

一九六五，十一，二十七。

賴奧登的故事

賴奧登（Jim Riordan）離開莫斯科外文出版社回倫敦的故事是很有趣的。

賴奧登今年三十歲，是以前背國逃俄的英國外交官麥克琳（Donald Maclean）的同事，他在莫斯科外文出版社任翻譯員與副編輯達五年之久。他的離職原因是因為他熱心地想糾正許多蘇聯人對英國人的錯誤的概念。後來蘇聯當局取消了他的在莫斯科各學校的講學課程。他的被取消前的最後一次演講，是在莫斯科外文教育學院。

他固執地對五百個聽眾指出，許多蘇聯的教科書應該重新寫過。他說，蘇聯的英文教員對他們的學生說英國的兒童在一九六五年竟連鞋子都沒有是荒謬的。他還指出在英國有國家的健康服務組織。這在蘇聯，是認為資本主義宣傳的話。

其實，遠在一年以前，他在英蘇友好刊物上曾發表一篇題目叫做〈蘇聯青年的痛苦〉的文章。裡面挖痛了蘇聯不少瘡疤，如性生活現象與高度的離婚率，以及許多偽善的高級共產黨黨員，他們外表攻擊收聽美國之音的人，可是允許他們的兒子在黨部的機關裡奏聽「披頭士」的唱片。

賴奧登這種客觀的報導，不但引起蘇聯共黨的反對，也受到英國共產黨的反對，他們硬要賴奧登以後不寫這類的文章。賴奧登現在回倫敦，想對英國共產黨報導蘇聯生活的實情了，看來倫敦的共產黨同志也不會相信他的「客觀」的報導的。

說了這個故事，我覺得賴奧登的天真，竟同中國一群寫實主義作家一樣的天真。身為共產黨員，竟不知道「社會主義的寫實主義」，其受批評與打擊原來必然的事。但是幸虧在蘇聯，還可以回倫敦，要是中國人在中國，那麼其下場一定是同蕭軍一樣了。

怕說老實話，並不是「共產黨」獨裁的特徵，一切統治者及政府本來都有這個毛病。只是在民主制度下老實話容易生根，而獨裁國家則老實話不是被指為「謠言」，就會被指為「對人民毀謗」，再不然，則是「為帝國主義做宣傳」，那就成為「死罪」了。

其實賴奧登所爭取的老實話，倒是極其空虛的東西。當蘇聯當局並不要人民知道英國的真相時，賴奧登一定要讓別人知道，下意識裡正是「國家主義」思想作祟。賴奧登信賴了共產主義，自然不能再愛非「共產主義」的英國，自然必須「反帝國主義」。如果肯定了英國是帝國主義，那麼對英國造謠正是「反帝國主義」的精神，賴奧登無此精神，起遭清算必然的。馬克斯雖說是唯物論者，現代共產主義是最唯心的一種主義。

一九六五，二，二十八。

悲涼話與風涼話

我偶然在魯迅的短文中讀到他的感慨，不禁想到當年的革命青年一個個成為階下囚，而當年的反革命的頭子一個個變成座上客的現象，感到說不出的悵惘與悲哀，發抒一點心中的感慨，這些話自然是悲涼的。可是曹聚仁老兄讀了則以為是風涼話；以為當今大敵在前，正圖團結異己，我去翻舊帳，揭痛瘡疤，似乎太風涼一點。這話大概也是屬於李宗仁的「愛國主義」的高潮。

其實呢，風涼話是說別人流汗流血後，他在旁邊說好說壞的一種態度。大概不外是當別人失敗時，他說他早就不贊成；當別人成功時，他說他早就想到了一類的話。這正是那些本來是「資本家」，現在歌頌「革命成功」的，所謂「民族資本家」，與本來「反革命」，現在在自稱「愛國主義者」，對記者們發表「談話」的人們所說的話。──前者可以榮鴻仁為代表，後者可以李宗仁為代表。而革命的同志呢？──胡風、丁玲、馮雪峯等都被清算了；夏衍，就因為改編「林家舖子」說是為資本家辯護而遭批判了。革命的新四軍同他的葉挺軍長呢？則是被李宗仁剿滅而殺絕了。

而我的感慨原是讀到這些「資本家」與「反革命分子」的「風涼話」而想到許多過去被殺、被害、被出賣的青年們而說的。既然大家說「革命已經成功」，我們也都是年過半百之人，連像魯迅當時凌厲之氣都沒有了，所剩也祗是一點悲涼的意味罷了。

曹聚仁年紀比我大，世故比我深，所以知道怎麼樣泯沒良心，抹殺史實，見風轉舵，投機取巧，口口聲聲叫「誰都應該回祖國去」，可是自己則住在香港花園洋房裡。十年前曹聚仁就勸人回國，我就說，在曹聚仁回國十年後，我一定回去。日子過得真快，如果曹聚仁那時真的回國落戶，我也真是到了回國的時候了。如今他仍在香港，而且又勸我回國了。我還是這句話，等他回國十年後，我一定回去。也許這是一句真風涼話，但也正有悲涼的意味在裡面。

曹聚仁說我對於這十幾年來大陸清算革命作家的清帳是陳腔濫調之作，這話對於經常注意或關懷那些作家的人或者是對的，因為裡面的材料本來都是大陸的報章雜誌搜集來的。可是對於曹聚仁這種記憶不好，對於故知舊友毫不關心的人來說，讀讀我的文章倒是有益的。《明報》之所以轉載這文章也正是叫曹聚仁兄之流的朋友再溫習一遍。像我這樣的文章，那裡談得什麼文學批評，曹兄有點過獎了！實際上祇是斷爛朝報的剪貼，為的是那一群被清算的文人作家，問接直接或多或少都是認識的，所以有這個興趣。以後被清算的作家漸漸都是後輩，不再認識，所以興趣也減少了；又因為我一段時間離開香港，也沒有再注意這些材料，所以也沒有寫下去了。可是因為發表的關係，倒引起丁友光先生的興趣，他到現在還繼續在《明報》寫這些報導。對於曹聚仁來說，或者也覺得有點「陳腔濫調」吧。這與我倒是同感的，因為中共對於作家的清算，所指的罪名永久是如此「陳腔濫調」的一套教條。什麼「立場不穩呀」，「敵我不分呀」，「為資產階級辯護呀」，「暴露黑暗太多呀」，「歪曲黨幹部的描寫呀」，「人性論呀」，「修正主義呀」……

可是事實上，誰在為資本家辯護呢？誰在不分敵我呢？看到榮鴻仁與李宗仁住宅的富麗堂皇的排場，竟遠勝於大坑道曹聚仁兄的花園洋房。是敵是我，夫復何言！

誰是修正主義呢？馬克思幾曾說過，革命成功之日，資本家可以坐收定息，安居花園洋房而說風涼話呢？列寧幾曾說過，沙皇與沙皇舊部故臣，可以在改造教育後而重參朝政，使其「報國」呢？

創造精神

去年十一月二十六日晚上，德國亡命技術團在香港表演，有一位女團員因表演飛人墮地喪生，同時報上又有澳門賽車之悲劇。這些為自己所愛好技藝而不計危險，不顧生死。正是人類所特有的一種創造精神——是其他動物所絕無的。

人類為探險而上飛太空下沉深海，人類為獵奇而攀登千仞之山，深入不毛之地，人類為好勝而駕小舟橫渡大西洋，人類為愛護同類而出入槍林彈雨之區或疫癘橫行之域去救人。

這些精神，在科學上就有埋首於實驗室而不惜終生困頓的科學家，在藝文上就有不顧貧窮甚或終生流離顛沛的藝術家。

有人曾經說中國人是最功利的民族，說我們沒有冒險的精神，沒有驚心動魄的行為。所以沒有專業科學家與文學家。醫生都是「功名不遂」的「儒」生，畫家也只是「名士」的兼差，文學家不過是官貴的「餘興」。這話自然有它一針見血的道理。

在文學史上，我們的作家詩人幾乎個個都是尋求功名，不是做官之餘做詩寫文以消遣，就是做官不成而做詩寫文以寄興。但是元曲的許多作者，因為被蒙古人歧視，難有做官的機會之故，所以有的都成為真正職業的作家。同時，我們還知道，一直被上層社會所輕視的江湖賣藝的人們之中，則正有以「玩藝兒」為生命的人士，他們為愛自己的「玩藝兒」，不惜貧困，不計危險，不顧生死的在在皆是。

這可見中國人之沒有這種創造精神只限於知識階級。中國知識階級之所以如此孱弱，我想是與儒家的「治國平天下」的傳統思想有關。一個讀書人如果不做官，一切其他的成就似乎都是「雕蟲小技」或者是「江湖玩藝」。即使以文章而論，還是要官銜配在一起，如果不出於官貴手筆，文章雖好，並不能見稱於世。

我想，所謂中國新文化運動，實際上也可以說就是要使社會承認任何人在各種學科或藝文以及技藝的成就是獨立的，是與做官的人在治績上的成就是平等的同樣的成就。這就是說，一個成功的詩人，或一個成功的「戲子」的地位並不低於成功的院長或部長。這一種努力，經過幾十年的提倡，表面上好像已經糾正了以前錯誤的觀念，可是在人們的心中始終存在一種功利的意識，以為不能直接影響實際的短視的生活問題的，都不足重視。所以在中國一個舞台上的笑匠終不能與工程師等量齊觀。像楊傳廣與林海峰，如果不是參加國際比賽，有所謂為國「爭光」的話，他們的成就恐怕也一樣的不為社會所重視的。

一個國家，需要多方面的成就，而人才也正是多方面的，只有尊重每一種人才的發展與成就，這個國家才能興旺與蓬勃。如果只有做官才是「致用」，才是領導階層，那麼最後大家只有都往官場上「鑽」「拍」了。

患難與安樂

過去不知是哪一個聰明人說過一句聰明話：

「商人可以共安樂，但不能共患難；政治家可以共患難，但不能共安樂；文人學士，則既不能共患難，又不能共安樂。」

根據多年的觀察，這話似已接近真理。

商人們，賺了錢，大家花天酒地，彼此熱鬧快活；賠了本，則互相抱怨，各爭漁利，以致反目成仇。

政治家，起事革命之時，大家團結一致，同志互愛互助；到了大事告成，革命完成，則人人爭權奪利，彼此清算。以前是一夫為王，功臣遭誅，現在則清算鬥爭，鬥垮鬥臭。

文人學士，在患難時候，文人相輕，彼此說別人不行；稍有成功，或領到津貼或把持到一個學院，則彼此傾軋，或各是樹黨營私，排斥儕輩，培養幹部。

這個定律，即使用在香港灘上之所見所聞，也極為合拍，分毫不差。

現在我們閒談中，又有一個聰明人說了一句聰明話，特錄之以供證明：

「同英國人來往，可以共他們的患難，不能共他們的安樂；因為在患難的時候，他們真的把中國人當他們的朋友，等到患難一過，他得到了安樂，這就擺出主人的面孔，把中國人當作僕從。同日本人來往，則不能共他們的患難，因為他們在患難的時候，猜忌心特別重，他們把中國人只當作外人，怎麼樣也不會當你是朋友；但當他們安樂的時候，他們不但不忘記當初同他們好過的中國朋友，而且要表示自己是最不會忘恩負義的人。可是同美國人來往，則既不能共他們的患難，也無法共他們的安樂。因為在他們患難時，你同他們好，他們認為你是希望他政府給你報答，讓你做美國人；在他們安樂時，你同他們好，他認為你是希望他們給你報答，幫你做美國人。──他們永遠以為你也想做美國人，因為美國人總是高於他國人。」

吃過「洋」飯的朋友，不知是否可公認這話也有點近乎真理？

勇氣與朝氣

根據一九六七年十一月十三日倫敦的電訊，英國學生對卻爾王子之進劍橋大學提出責詢。有三間大學的學生對卻爾王子進劍橋大學三一學院之權利有疑問，他們將在十一月二十四日全國學生聯合會中動議。與卻爾王子同資格而不能進大學的據說有五萬人之多，卻爾王子何以有此特權，又何以普通三年的課程卻爾王子只需要兩年。我沒有再看到十一月二十四日動議後的報告，我對於這結果如何，也沒有什麼興趣。使我發生感想的是英國自由與英國學生之可愛。英國是君主國家，但是人民有這許多自由，如前些時一個工業界人士對皇夫的呵責與反駁也是一個實例。我覺得社會能有言論自由是使年輕有勇氣與朝氣的一個因素。中國在許許多多場合中，青年人都曾表示過他們的勇氣與朝氣，五四運動不必說了，北伐時期，抗戰時期，年輕人都表示出他們的勇氣與朝氣。但如果當權者政權穩定，權力集中，鐵腕獨裁，日子一久，年輕人的勇氣與朝氣也就慢慢消失。這不但一個國家如此，在一個家庭，一個學校裡也莫不如此。許多舊式的家庭，子弟方方正正，人云亦云，毫無蓬勃朝氣；許多保守的死板的學校，學生唯唯諾諾，唯命是從，毫無發問勇氣。如此這般，年輕人未老先衰，大家圓滑處世，少年老成，遇事畏畏縮縮，逢人敷敷衍衍。這種青年，雖似老實，但因為思想不發達，情感被壓抑，也最易被人利用鼓動。當英國學生對卻爾王子之進劍橋三一學院之抗議，使我不得不想到孔德成兩個兒子之進台大與師大。台灣幾十萬的大中學生竟毫無反對與抗議，倒是有幾家報紙說了幾句諷刺與挖苦話，這也可見台灣的青年是老成圓滑到什麼樣的地步了。我並不是贊成學生搞什麼政治運動，但為維護與爭取自己的權益，以及諸如憲法所明載的民權以及基本的人權等等，則年輕人必須有爭取的勇氣與朝氣才好，如果年紀輕輕，都已經少年老成，甚至是老奸巨猾，想到「出身前途」、「就業伏線」、「出國打算」而忍辱吞聲，則這個社會則總將是死沉沉的暮氣社會，要復興與振作是很難有望了。

一九六八。

自由的消長

本年年初，美國有一個作家清算一九六七年世界各國，發現一些民主國家都變成了獨裁。在歐洲，希臘國王出走，軍人當政；法國的戴高樂也慢慢地走向專政起來了。

在非洲，阿爾及利亞、尼日利亞、加納、剛果、上沃而特、達荷美、中非共和國、塞拉勒窩內、多哥、比亞佛拉、布隆迪等國，不是強人就是政黨專政。其他非洲各國，如南非、羅得西亞、安哥拉等，也只是程度與形式之差別，一概走向獨裁。

蘇伊士以東，巴基斯坦、泰國、伊拉克，都是軍人專政。此外亞洲的國家除日本外，幾乎都有鐵腕在獨裁。

但是一九六八開始，原來獨裁的國家，似乎慢慢倒自由起來。蘇聯作家的抗議四位青年作家之被囚；捷克作家協會的營救小說家，與拿浮尼總統的下台，最近連黨書記都卸任了；南斯拉夫不必說，一直比別的鐵幕國家多有自由；波蘭、匈牙利的知識分子也跟著都開始爭取自由。這一發展，說一句半開玩笑的預言，大概六十年以後，鐵幕後國家的人民會變成有充分自由，而民主國家的人民就將失去一切自由了。

一九六八。

出版統計

據一九五七年大陸作家出版社統計，該年全國「共用紙一七三，〇〇〇令。其中七七，〇〇〇用作印古典文學書籍，計佔百分之四十五。印現代作品的不過百分之十七。……」這是當時大陸出版界的情形。所反映的是作家為避免政治之糾葛，心力專注到考據與注解上——這至少可避免犯大錯誤，即使犯錯誤，也不過是理解不深，分析不夠，還不會扯上反革命一類的罪。但是一九五七年以後，中共號召「厚今薄古」，不許文人學者鑽在故紙堆裡，大概出版界的比例是「今」多於「古」了。手上沒有詳細統計資料，不知比重上是怎麼樣。自從文化大革命以來，除一部分有「借古喻今」之陰謀的作家外，被清算的作家們倒並不是單純因為作品的錯誤，而一九五八年以後出版的作品，幾乎沒有一部是不犯錯誤的。不容易了解的是作家們早已知道要筆桿不易，而竟明知故犯，終於弄得逃不了出錯誤，予人以把柄。經過這次以後，作家們當不會再去以筆試刑了吧？如過是有，則只有等下一代長成，他們也許會記不得，「白紙黑字」的血淚的。現在「古」的已經否定，「今」的也都取消，大陸出版界於是就只有忙於印毛澤東的選集，毛澤東的詩集，毛澤東的語錄，毛澤東的文集……如果作家出版社今年再有用紙的統計，大概只好說「……其中百分之幾印影印本毛著，百分之幾印鉛印本毛著，百分之幾印二十四開本毛著，百分之幾印三十二開本毛著了……」。

一九六八。

笑話與真話

香港與台灣不過一小時的飛機，但是有時隔膜得像是有天淵之遙。去年聽到有一個享盛名的老作家在一個別人對他的什麼慶祝會上說，如果天假他以年，他將用英文寫一部中國文學史，用中文寫一部英國文學史。我以為這是一句「笑」話，甚覺這位作家的聰明。後來聽人談起，說那位作家說的是「真」話。則不禁大為掃興，覺得真是今年十大怪事之一。

編文學史，是一件最容易的工作，也是一件最難的工作。如果東抄西襲，拼拼湊湊，兩星期編一本文學史已經是夠了；如果真的想有自己之見地，從社會背景，作品本身研究其價值與發展，那雖是終身為之，恐亦不夠。如果這位作家對文學史一直在研究，那麼能寫一部好的中國文學史已經了不得了，但那自然要用中文來寫。寫好了，不用說自會有人會譯成英文。馮友蘭的《中國哲學史》不就是別人把它譯成英文麼？如果作家對於英國文學史有研究，讀了許多英國文學史都覺得不滿意，那麼自然應該用英文來寫英國文學史，讓英國人看看，我們中國學者寫英國文學史比他們高明多少。

說要用英文寫中國文學史與中文寫英國文學史，則正如我們想到英國鄉下開中國餐館，到台灣鄉下開西菜館一樣，是存心騙人「刮龍」的勾當。

如果這位作者以為他的中英文都有把握，而說：「如果天假我年，我要選一本最好的英國文學史譯成中文，還要選一本最好的中國文學史譯成英文。」那麼我對這位作家必然有肅然起敬之感。因為至少我相信他是知道「文學史」到底是什麼樣一個東西。

現在，根據他的「真」話，似乎他並不懂文學史，也不懂文學。他也許會點中文與英文，以為就此可以寫「文學」，也可以寫「史」了！這句「真」話才真是「笑」話了。

一九六八。

台灣的火車

台灣觀光回來的文人，都盛讚台灣的觀光號車子是怎麼講究，侍應的小姐是怎麼美麗等等。但我們則從台灣的報上讀到下面的報導：

嘉義中學一位軍訓教官告訴記者，本月一日傍晚五時卅分北上火車，他隨車護送學生返回斗六等地區，由於車廂不敷應用，他自己險些被擠落車下，同時許多學生被迫拉住車門把手，身體成半懸狀況……。

某中學一位女學生紅著眼睛告訴記者，你不知道有多麼可怕，我們剛上火車時，雖然很擠，但心理還不害怕、因為那時天還亮。天漸漸的黑下來，車上的壞蛋就開始毛手毛腳了，我們的襯衫被扯開，還有好多同學裙子被扯下來，甚至撕破了……。

據《徵信新聞》記者的嘉義專訪，報道該段南下北上的學生通學班車之擁擠情形，不但可怕，而且惡劣。車廂內像沙丁魚似的不說，車廂門口往往掛著人身，嘉義水上國校教導邱炳煌的女兒，就因為吊掛車門把手上，於行車途中，遭鐵路的固定設置撞斃的。

讀了這些報道，使我不禁想到抗戰時期，從桂林撤退時的火車情形。但那是在抗戰時期，一切為軍事，逃難的老百姓吃什麼苦都無怨言，現在台灣是以安居樂業，經濟富庶，生活安定來向海外宣傳的，而學生的交通車竟正如難民車，或甚而不如難民車！一個人搭「難民車」是「偶然」不得已之事，而學生的上學放學，一日兩次，天天要冒生命的危險，女生還要冒「壞蛋」的侮辱，這生活不成地獄的生活了麼？

一九六八。

醫學革命與社會革命

南非的心臟移植，是醫學上劃時代的成就。巴納教授（Christiaan Barnard）的成功已經引起了全世界的驚異。但是他不但在手術上打破了醫學史的紀錄，而且他還打破了南非的種族歧視的野蠻傳統。前者是純粹醫學上的革命，後者則是人類社會的一種革命。

巴納教授是在克羅特索爾醫院（Groote Schuur）執行手術，將一個黑人叫好德（Clive Haupt）的心臟移植到一個白人白雷貝格醫師（Dr.Philip Blaiberg）的身上去。當黑人的心臟在白人身上跳動而那個白人居然活著的一個事實中，全世界反對種族歧視的人對南非的種族歧視有不約而同的問句：「現在怎麼樣呢？如果白雷班格活下去，他應該住在黑人區，還是白人區？他應搭黑人電車座還是白人電車座？他有病的時候應進白人病室還是黑人病室？」這引起南非的官方老羞成怒，認為如果把心臟移植，引到政治上的譏笑，他們以後將反對這種突破種族界線的移植了。

南非的種族歧視，是極其野蠻的一種習俗，光以醫院的劃分情況來說，其可笑可說是人類文明史上的污點：

一、在醫院裡，病室分白人的與非白人的兩區。

二、醫院的電梯，急診室，藥劑室，都分白人與非白人兩處。

三、非白人的護士不許看護白人，非白人的醫生不准診治白人。

四、門診室有非白人的專區，連進口處都劃分清楚。
五、白人的病車不載非白人。野蠻到在意外事件的場合中，救護車發現受傷的是黑人，就置之不理，空車開回。
在這個野蠻的劃分的制度與習俗下，巴納教授的移植心臟倒是打破了這個可怕的界線。
一、黑人好德，因腦病在黑人的海灘倒下後，因其有「捐心」的決定，得由白人的救護車，載到一家醫院，後又轉入克羅特索爾醫院。
二、白雷班格的太太，因黑人好德的捐心給她的丈夫，她特別的參加黑人好德的喪儀。
三、這位白雷班格博士接受了黑人的心臟後，居然活了，而且他一直住在白人病房中，雖然他的心臟是黑人的。
這個「突破」與「越軌」，雖不致馬上使南非政府與社會放棄種族歧視，但已經在黑暗房間裡開了一個窗，它透進了一種可使有識之士覺悟的光亮，逐漸地自然會影響南非的社會，則是毫無疑問的。
如果巴納教授的移植心臟，能使南非的野蠻習俗與成見開始改變，那麼巴納教授不但是醫學史的革命者，而且也是一個社會的革命者了。

一九六八。

明星隨片登台

合眾社台北電訊，台灣為保護國產電影，禁止外國電影明星隨片登台。此「外國」不知是否包括香港？

據教育界發言人稱，這項新的措施，乃在保護台灣的電影事業。既是「保護台灣的電影事業」，所謂國產電影當然是台灣出品，絕不包括香港出的「國語電影」。

可是該電訊接下去說：

「和歐美國家的電影票房紀錄比較，中國語言的電影票房紀錄，被描述得低得可憐，特別和荷里活的出品比較尤然。」

但是歐美電影，包括「荷里活」的電影在台灣上演，似乎從來不曾有過，或者是絕無僅有的，派明星去隨片登台的。

派明星隨片登台的電影，反而是「中國語言」的電影。

那麼台灣教育部所抵制的還是外來的，實際上多數是香港來的中國電影。

據內行人說，香港大公司的影片，並不需要派明星登台，只有不行的影片才想到這一著，這等於買牙膏附送肥皂一樣。而多數靠明星登台的影片是獨立製片的影片，因為影片成本低，諸多因陋就簡，故需明星登台，以補充場面。如此說來，台灣的法令能打擊與要打擊的，只是可憐的獨立製片商了。

然則獨立製片商何不在台灣製片，使其「中國語言影片」變成「國產電影」，而其明星登台，也可在「不禁止」之列？

其實近年來，台灣的國產電影很有進步，導演與演員們也絕不比香港的差。香港電影在台灣，慢慢將不會是國產電影的勁敵。勁敵，不容說，是歐美電影與荷里活電影，但這與「明星登台」似又毫無關係。

那麼，禁止「明星登台」，似不如禁止或限制「影片」進口，或者索性課以重稅，寓禁於徵好了。

一九六八。

台灣的裸浴照片

美國《時代周刊》上發表台灣北投旅館的妓女伴浴的照片，弄得台灣正人君子大為憤怒，旅館被封，妓女被捕，以為傷風敗俗事都是他們的罪。其實台灣如果沒有達官貴人富豪們的徵逐酒色，歌舞昇平，怎麼會有酒家伴浴等的存在。女人淪落為妓女，賣身養家，這種可憐事實，既是人所共知，而政府沒有予以安頓，那麼「伴浴」又有何罪？

《時代周刊》的台北代表說得好，如果發表這張照片，牽涉到法律問題，台灣政府應該控告《時代周刊》，不應對無辜的旅館與妓女採取無理的壓迫。我覺得這倒是對弱者有同情心而具有正義感的話。

我想台灣如果沒有勇氣控告美國《時代周刊》，不如請駐美的華人花點美金，找兩個美國的妓女伴浴，也同樣拍一張照片在台灣《中央日報》發表之。這是絕不難辦到之事，雖然近乎報復，但至少讓大家知道在觀光事業中，這類「傷風敗俗」的事情，並不是只在台灣有之。

一九六八。

作家協會的幫兇文學

蘇聯的四名青年作家的被囚，引起蘇聯知識分子團體的抗議，儘管這抗議沒有實效，但是已成為世界文化人士注意的問題。這種知識分子的抗議在斯大林時代不曾有過，而抗議的人似並未因抗議而遭壓迫，則總算是有點「抗議」的自由了。

捷克的《文藝新聞》在幾個月前被政府的文化新聞部接收了。一位年輕的小說家，金貝納斯（Jen Benes）被判處五年徒刑。而《文藝新聞》的三個基本分子，則僅以「不能容忍的行為」而開除黨籍。現在捷克的作家協會則發動營救金貝納斯的運動，而向拿浮尼（Novotny）請願。這也是共產主義國家從來沒有過的舉動。據說這是因為拿浮尼總統不再兼任黨書記，而報紙對政府也有欠民主的批評之故。現在政府已准捷克作家協會另出一個《文藝音訊》以繼《文藝新聞》之旨趣。那正是一直主張廢止審查與表現的自由的。這總算是政府對作家協會的讓步了。

「抗議」是否成功，請願是否「獲准」是另外一件事。有抗議與請願，則足見作家協會與知識分子的團體是有獨立的精神與意志。它絕不是像中國一樣，是全部御用的機構。這些御用的組織，除了接受命令，完成任務外，不會，也無法幹什麼。所謂任務則是幫政府欺騙人民，幫政府剝削人民，幫政府壓迫打擊一切的反對言論，這樣的作家協會或其他名目的機構是幫凶的機構；而其所產生的文學也正是如魯迅先生所說的幫凶文學了。

一九六八。

輕鬆幽默

台北有一個《人間世》雜誌，好像受過「停刊一年」的處罰不止一次了。最近據法新社台北三日電，它又被勒令「停刊一年」。原因是它刊載了兩篇違反其宗旨的文章。一是批評台北升格為特別市，一是批評孔德成的兒子未參加入學試而進了國立台灣大學。

一個刊物的宗旨不許違反，正如飯鋪不得兼營藥房，舞場不得兼營妓院，聽起來確是名正言順，可是所謂「輕鬆幽默」只可說是一種風格，實在不是什麼宗旨。譬如「以提倡中國固有道德」為宗旨，嚴肅沉重地提倡固可，輕鬆幽默地提倡也可。《人間世》的兩篇批評文章，也正可以寫成輕鬆幽默的。筆者不曾讀到，未敢妄評。不過就其題目看來，台北升為特別市似乎是日報社評的題目，本身確欠「輕鬆幽默」，至若孔德成兒子不經入學考試而得進國立台灣大學，則凡是知道孔德成是孔夫子的七十七代後裔者，都會覺得這正是「輕鬆」而「幽默」的題材。因為聽說台灣考大學，難於科舉時中魁。今得「不考」而進，豈非比人「輕鬆」；進而不失為孔夫子之後裔，豈非「幽默」？聞孔德成先生之女公子已下嫁美「狄」，那麼孔德成先生何不以孔夫子的面子請美國名大學給他兒子一個免考的博士，豈非更為「輕鬆」，何必還要在台灣大學「幽默」一呢？

一九六八。

祖國文字

當香港鬧著中文為官方語言之時，台灣又提出國語與國文問題。中國小學教育，幾十年來都是叫「國語」課，現在有人認為應稱為「國文」課，同時應教小孩讀文言文。這個說法實在是幾十年前的舊案，當時有一些對教育心理學有興趣的人，研究小學國文教材及中學國文教材中應如何逐漸滲入「文言文」，使兒童們易於收學習上之成效。這些研究的結果，已被後編教科書者參考接受。何以現在忽然又有這個問題呢？是不是在「學習心理」上有什麼新發現呢？——並不！而是，據說：

「孩子時代記憶力較強，而理解力較差，因而小學教育應以記憶為主，長大了自然逐漸理解，而且終身受用不盡。如果以理解為主，徒令虛擲年華，老大時胸無點墨，又何怪國文程度之不低落乎？其實只要文言文打好根基，白話文便可無師自通。白話文倡導人胡適就是最好證明。」

因此，他們主張背文言文，因為譬如陶淵明的〈桃花源記〉，岳武穆的〈滿江紅〉，文天祥的〈正氣歌〉，其對讀者所發生之感染力量，絕非白話文所得能達到的。提倡國文程度的目的，並非純是語言文字之事，而實在含有「激勵意志，陶冶性情」的深長意義。

這一套說法，似又回到了五四運動以前。如果我們中國人的記憶力不太差的話，清末民初這一批「國文程度」很高的大人先生們，雖然都會搖頭擺腦背背岳武穆的〈滿江紅〉，文天祥的

〈正氣歌〉，但他們「意志」並沒有因此激勵起來，性情並未陶冶成高潔一點。懦弱無能，貪汙腐化，帝國主義挾「洋文」、「洋炮」，洶湧而來，於是才有「革命」，才有「白話」運動，才便於科學的輸入，才激起新的意志，才產生了新中國的精神。

這一走是半世紀的時間，現在台灣國民意志消沉，國民性情浮蕩，正應發憤圖強，振作前進，向科學民生猛進才對，而竟求方於「文言文」，倒車似乎也開得太遠了。

主張小學生學文言文是一件事，學文言文，主張背文言文是一件事，學文言文而以為可以「激勵意志，陶冶性情」又是一件事。這三件事並不一定連在一起，不連在一起總還有理可尋，連在一起，就更見「頭腦昏庸」了。

一九六八。

幕簾重重

捷克拿浮尼（Antonin Novotny）下台後，言論自由與表現自由在捷克已經不斷的「升級」。波蘭的自由浪潮也跟著升起，同捷克競賽一般的發出更強的號角。據西方外交人士的觀察，蘇聯為此很傷腦筋。蘇聯的領導人物布里茲湼夫說資產階級的意識形態想影響蘇聯的某些人士，帝國主義正在削弱社會主義國家的工人階級中的思想與政治的一致性，這就是對捷克與波蘭這種自由運動的看法。同時他們還對蘇聯的知識分子再提出嚴重的警告，說是政府不能容忍任何這類思想損壞社會主義的任何要求自由的活動。東歐自由活動的浪潮如果進入了蘇聯，很可能的會燃起蘇聯思想要求自由的火炬。這是蘇聯必須用全力壓制的事情。自從邱吉爾發明了「鐵幕」這個名詞專指共產國家與自由世界的隔離，已經是二十多年過去了，如今則中共延長了「竹幕」，再不許蘇聯的修正主義透進去，蘇聯似也將豎起了另一種「鋼幕」，以防止東歐的自由的浪潮沖進了這個「社會主義」的聖廟，再下去，「克里姆林宮」也許要另建什麼「幕」，以防止社會主義的工農人們從街頭飛來的「石塊」了。

一九六八。

知識分子與知識的進步

這次捷克的自由運動，據西方觀察家說，正如一八三〇至一八四八年的法國一樣，是先發生於新聞界、教育界、作家與詩人……。其實這也正是每個時代每個國家的自由運動一樣，自由呼聲都是來自知識分子的。中國的五四運動是如此，中國的革命文藝是如此，中國抗戰要求是如此。

知識分子之要求自由，是吸收的自由與表現的自由，這正如一株花，一株樹一樣；它要有吸收空氣陽光的自由，它要空間的伸展以作開花抽芽的自由（也就是表現的自由）。知識如果沒有「吸收」的自由，那麼這知識就變成死板板的教條；如果稍有「吸收」的自由，那就有註詮、比較、添增、修改的發展。人類的社會可說是知識的社會，知識的發展才是社會的發展，於謂生產的發展往往是與知識的發展在一起的。多一份生產的發展一定多一分知識，多一份知識也一定多一分影響生產的發展。知識分子如果要有知識，那麼它一定是不斷的發展著的。這發展就要「自由」。這也就是為什麼知識分子與自由運動是比別人的關係要密切，而渴望自由也比別人強烈了。

大陸與台灣的著作

前些年大陸出過不少有價值的書。一是工具書；二是古典文學的整理與研究；三是技術書（如汽車修理法，無線電……）。這些作家都是拿出版社的薪水，專心做他所能做與愛做的事，在一個短短的時期中，他們的確有一個「安居樂業」的環境，所以也曾有過不少成績。

台灣也出版了不少好的書籍。許多從香港回台灣的人，往往聽到許多人談到某書的優點與某人的成就。對於某種學問有興趣的人，自然收購了一些出來。

於是逐漸發現了，台灣的名著竟是抄襲大陸的名著。英文字典，把「人民解放軍」改為「匪軍」之類的以外，原封不動的轉載著。學術史、藝術史、作家傳記之類，除了改去「共產八股」的套語外，大都是稍稍改頭換腳，就可作為「自己」的「心得」了。等而下之，至於技術書，那更是「頭」也不改，「面」也不換就可以稱為新作了。為防止這群「偽」學者與偽作家。我覺得台灣政府應該：

一、大大方方讓這些書籍進口。老實說，其中無聊的共產八股，不是什麼可怕的東西，在明智的知識界學術界中，是絕起不了什麼作用的。

二、否則，也可退一步，獎勵台灣出版商把這些有價值的著作的改頭換面來出書，但必須註明是根據什麼書哪一個版本改的，原著者是何姓何名，編者是何姓何名。

大陸的作家淪陷在「中共」，但仍是中國人，仍是中國的作家。我們雖然無法把版稅轉寄給他，至少可保留他的名字。而這於後世研究這個時代的著作與思想以及作者，無論如何，是極其重要的事情。

一九六八。

文化傳統

不管我們願意不願意，事實上現在中國已分為二；也不管我們承認不承認，事實上現在中國有兩個政府；也不管我們喜歡不喜歡，事實上這兩個政府是由兩個不同的政黨來代表，他們各有一套治理人民的主義，各有一種想法。

但是以悠長的歷史眼光來看，政黨究竟是暫時的，永久的則是中華民族。黨員究竟是暫時的，永久的是國民。

中華民族的統一性是見於我們的民族的統一，與五千年文化傳統的同一。因此努力於我們民族的統一與文化的綿延是一件我們文化工作者的一個責任。

我們反對現在中共的摧殘中國的傳統與文化，我們也不贊成台灣對於陷於中共的文化人所努力的文化工作一律否定。我們必須站在民族與國民的立場上，站在文化傳統的統一性上對這些年來文化成績作一全盤的記錄保留與客觀的介紹批評。對於這些努力文化工作的文化人，無論是學者、作家、詩人、畫家、戲劇家，都應有切實的研究與客觀的介紹枇評與估價。這些保留與評價，我們相信將是真正的文化的遺產，足可為我們的子孫的參考與遞傳。

文化的傳遞正是奧林匹克馬拉松火把的接力，其中有一環熄滅了這個火炬，或是傳遞錯了路程，那麼整個的傳遞就可能有歪曲與中斷。

當一個民族在長期分裂的歷程中，往往因文化傳遞上的錯誤，會分裂成永不能統一的世界。我們如果反對「兩個中國」，則能努力的正是大家努力於文化傳統的同一，與民族意識的統一。因為政治上的「兩個」是客觀的事實，而民族文化的統一，則是深深地在我們每個人的心胸中。

一九六八。

傳記世界與傳奇世界

這一年來，台灣讀書界小說慢慢近於低潮，傳記開始興旺。這原因是「小說」的世界越來越空虛，傳記的寫法也越來越像小說。

小說空虛的原因，是作者越來越沒有理想，故事離人生也越來越遠。傳記像小說的原因，是傳記裡的「人物」越來越傳奇，傳記裡的歷史越來越虛構。

台灣有一本《傳記文學》，滿載了黨國要人的傳記。有人說，如果這些記載都是確實的，中國的大陸怎麼會失去？這是一個值得深思的問題。好像有一位退休的大使提到勝利後接收大員們的「五子登科」的事實，也居然有人來否定；再遠的事件，似乎更是死無對證了。究竟現在五、六十歲的人，都看到了三十年前國民黨的要人們的公德私德；有些言論還都存在報刊之中，有些私產還存在美國銀行裡，怎麼一下子一個個都會變成愛國愛民的「聖人」了，豈不是太「查無實據」了。

台灣的「傳記」中的人物，與大陸提倡《歐陽海之歌》、《王杰日記》一類的「小說」，都是「英雄」的造型。

這些英雄的造型，倒令我想到美國特務電影片裡的英雄造型了。

三十年代的中國文學

國民黨自從大陸撤退到台灣，對所謂共產主義，似乎有點談虎色變，這也禁止談，那也禁止提，甚至連三十年代的文學藝術都以為是共產黨成功的媒介，把當時啟蒙運動的一些作品都不許印行。這不但有點可羞，而且也有點可笑。這正如小孩子被火燒痛了手，看見光亮就想逃避一樣。

共產主義，正如肺結核的細菌，只要是有抵抗力的健康的身體，它是無能為力的。要小心，則應該多講究公共衛生，尤應該對兒童們打預防針。怕碰見，怕提到，則反而易遭感染，而且一旦感染了，往往可以致命。但如早有預防，或身體有抵抗力，反倒有免疫性。看看近一年來，共產黨在香港的騷擾的宣傳，不起什麼作用，就可以知道整天接觸中共的宣傳的人，是不會對他們輕易盲從的。

中國五四以來的文藝，反對封建，反對舊禮教，這無論如何是促進中國進步的力量。後來這群作家們之傾共，其原因，一是這些作家不懂民主自由之真諦，第二是國民黨政治之不清明。這群作家被共產黨利用了成為共產黨的力量，這是事實。但我們似應很科學很客觀的批評他們，給他們每個人以恰當的評價。但是台灣因為他們有的還在大陸活躍，不但一律不許提及與道及，就是提到了，亦以詬罵之態度稱人為氓為匪。最奇怪的是一面又翻印了有些作家的書，而改了作者的名字，如鄭振鐸的《中國俗文學史》作者改為「鄭X」。還有無恥的人，竟襲取在大陸作家的著作，稍稍改頭換面，據為自己的著作。這種風氣，豈是一個正直有氣度的人與民族所應有的？

時至今日，情勢又起變化，這些所謂「附共」的作家前後都被清算鬥爭，一一被列入反革命或為資產階級服務的罪犯的行列，這些現象，正可使台灣把這些史實公布給青年們看，再讓他們看看那些作家過去的作品。這是齣很壯烈的悲劇，對青年則是一課很好的教育。我們希望有真正的歷史家與文學史家給他們最公平而實在的評價。看看那些人是具有多麼純潔而高貴的幻想，想把中國改成天堂而結果變成地獄。

台灣的文學青年們之無法接銜五四以來的文化脈絡，正是我們禁止多數的三十年代作品的後果。讓他們接觸二、三十年代的文學革命與革命文學的一些作品，則一方面是把民國以來的歷史與文化對後一代作一個交代，另一方面則正是給他們以及他們的後一代有一個真正的防毒的藥劑。

一九六八。

港幣貶值與數學教材

我的孩子在小學讀書，兩年來，她的數學課所教所練習的都是英鎊、先令、便士換來換去的問題。最近英鎊貶值了，她聽了大人們在談，怎麼也無法了解，至於港幣的兩度波動與英鎊的兌換率的變動，她更是弄不清楚。她覺得她的數學課裡的英鎊、先令、便士的算來算去都是照常的，怎麼忽然又說是貶值又說港幣不得不跟著變動呢？

這使我想到香港小學生的數學教育實在是一件最可笑最滑稽的事情。一個生長在香港的孩子，他每天所見所接觸的是港幣，港幣是十進位的幣制，他為什麼要去學從未見過或接觸過的英鎊與先令便士呢？整天困擾她的是與實生活毫無關係的非十進位的加減乘除。不用說，香港孩子，將來能到英國去的大概不過是千分之二、三，多數的孩子也許一輩子都不會看見英鎊、先令與便士。即使有去英國的，到了英國，見到了英鎊、先令後，再學也不是難事，何必要他們現在費了幾年時間做這些無用的習題呢？而且照現在的趨勢，這些孩子長大的時候，說不定英國的幣制也許早已改為十進位了。

如果要說香港是英國的殖民地，是英鎊集團的一員，而這裡的孩子們多數是要進工商界的，那麼他們更應該知道的當是港幣與英鎊的關係，以及英鎊和其他英鎊集團國家的關係。可是小學教科書偏又沒有這類的教材與習題。

關於英鎊、先令、便士的計算，在英國兒童也是一種困擾的課題，但因為在市面上流通，他們整天看到碰到這些貨幣，自然容易學而學了也就有用；但對香港的兒童來說，則實在是一個憑空的折磨。當我看到那些教科書上畫著鎊紙，以及各種硬幣——法新、克郎、先令、便士種種，使我覺得是要「凡人」去學「冥國幣制」一樣的好笑。

如果冥國真有幣制的話，學了倒還有用，因為這究竟是人人必去的地方，可是英國，豈是普通香港居民容易去的世界？

這種數學教育上怪現象，大概是過去沒有合適的教科書因而沿用了英國本土的教科書的緣故。時至今日，香港人口有了四百萬，香港的人才輩出，難道就沒有人編一套合乎香港兒童用的數學教科書麼？

當教育司不想到這個問題，當市議會的議員們無人提出這個問題，我們似不得不在這裡請大人先生們注意這件「小事」了。

一九六八。

觀中共九代大會紀錄片

一九六九年四月一日中共九代大會在北京隆重謝幕。我們從紀錄片看到這漪歟盛哉的大會，各人有各人感想。像我這樣沒有政治修養的人，看到道樣偉大的場面，第一感到的則是政治真是不饒人。想到許多八大的英雄們，如今都是死的死，敗的敗，有的變成叛徒，有的變成美帝或蘇修的走狗，似是還不出「成則為王，敗則為寇」的原則。

第二感到的則是時間不饒人，那裡坐在主席臺上的英雄們，除了江青、姚文元以外，幾乎都是六十甚至七十以上的人了。在中央初初統治中國時，當權者的平均年齡同世界各國的當局比較起來顯得年輕，現在則比任何國家的當局都老了。

我看到人們叫「萬歲」、「萬萬歲」。想到，中國歷史不過四五千年，如果被人民叫過萬歲的人都活到萬歲，那麼大概堯、舜、禹、湯、文、武、秦始皇、漢高祖等都會活在世上了。這該是多麼熱鬧的天下呢！

歷史的發展是經濟決定的，至少馬克斯、恩格斯是這麼說的。但是中共現在所宣揚的，似乎歷史是英雄在決定的。

但是歷史也在決定英雄。

當毛澤東數秦皇漢帝，而想到「俱往矣」，那時大概還是四十左右吧。現在匆匆三十多年過去，毛氏已經是七十六、七歲的人了。那麼能挽秦始皇、漢武帝於衰老與死亡的方士巫女，恐怕也無法挽毛氏於老死。未能壽唐太宗、宋太祖與成吉斯汗的萬歲萬萬歲的呼聲，恐怕也未能壽毛氏於九十歲與一百歲吧？

當人們以最紅的太陽來讚揚毛氏時，我竟在這熱鬧的群英會中感到：「夕陽無限好，只是近黃昏。」

那麼，我們也只有：「數風流人物，還看『明』朝。」了！

一九六九。

「擠牛奶」的悲劇

悲劇雖可引起觀眾流淚，但並非會使觀眾流淚的就是悲劇。我是一個很容易流淚的人。孤獨地對一朵早枯的花，或一瓣早凋的落葉；清晨在沙灘漫步，對著渺茫的海；黃昏在樓頭，望著黯淡的落日，以及冬夜看到冷落街頭的游妓與田野中碰到孤苦的兒童哀號母親，都能使我泫然鼻酸。而對於電影中，特別是中國電影的那種故作駭人的凶器與血淚造成好像孤苦淒涼的戲，竟毫不為動。這個原因，我想前者是因為我的心神被環境所融化，我處在一個忘我的境地，後者則是我始終覺得那個電影在逼我流淚，我像是一個被雇佣來哭的人一樣。

我發覺編劇與導演，或多或少地串通了在擠演員的眼淚，而間接地想擠觀眾的眼淚。眼淚究竟不是牛奶，可以用「擠」的方法來使它外流。我自然看到許多人的確被擠出了眼淚，但這只是證明廉價的眼淚與藝術的距離是多麼遠呀。

感傷主義雖是低廉，但可以與美感相攪混，如果沒有美感，則連感傷主義都不存在了。我想感傷主義之所以可與美感在一起，是作者自己真有感傷，他並不是存心想叫別人感傷。所以他們的感傷與讀者或觀眾有一個距離，這個距離正是美感的來源。現在則是編劇與導演自己毫不「感傷」，則是不斷地叫人家感傷，因此人家真的聽從而「感傷」起來，美感則完全消失了。

這正如我們看到一個喪親的孤女的嘆息，我們可被感動，而對於拉著你，號啕大哭，訴說她如何悲傷的姨太太，則覺得可笑而討厭一樣。

雖然世間有不少的眼淚是像牛奶一樣可以被擠的，但擠出來的眼淚，正如無緣無故打小孩，去叫他莫名其妙哭一場出點淚水一樣。除非你想要這眼淚去充藥料，否則有識之士只看出其無聊與空虛。

一九六八。

世界胸襟與美國眼光

在這篇稿子發表的時候，美國的太空人大概已經把一個金屬的世界地圖與美國國旗留在月球上了。我們應該向美國祝賀他們這次旅行的成就。

但我們心裡為美國惋惜的則是美國竟知道在月球上樹兩面美國旗以為光榮，而沒有想到帶一面聯合國旗上去。

我在《悲慘的世紀》一篇小說裡，寫三大強國在月球上各建立一個原子彈的基地保持世界均勢的想像，原是對國家主義、民族主義的一種諷刺。而美國在月球上先豎他們國旗的意思，也正是向世界尤其是蘇聯與中國誇耀美帝國的光榮，而這則正是一種賽霸——即使不是挑釁——的象徵。

第二次世界大戰後，聯合國成立的理想與努力是和平，是協調，是富強的國家協助開發落後的地區，共同向人類的和平幸福自由平等的目標邁進。在全世界的人類眼光裡，美國是一個領導的國家，因為他是打倒法西斯極權最有貢獻，最富強的一個國家，美國始終以世界和平人類自由平等相號召，而多年來，美國在聯合國所堅持的原則，隱隱的至少代表了世上多數人類的希望。那麼，至少應具有一個較寬大的胸襟了吧。

現在，當人類「征服」了太空的旅程而得以優先登上月球之時，我們第一想到的是地球的渺小與人類原早應和平相處，成為一家才對。而聯合國至少是我們人類四海一家的象徵。那麼，如美國真是有領導和平與人類和諧共存的理想，第一個帶往月球上去樹立的應是聯合國的旗幟，這也正是美國可表示自己的足以代表地球上人類的資格的一個機會。

而現在美國只想到美國的國旗，這可見美國的眼光的淺短了。

對政客與軍人，我們原不敢有過奢的要求。那麼美國的思想家、詩人與學者們呢？

一九六八。

傳記裡的人物

台灣有一本很好的刊物叫《傳記文學》，裡面有不少好文章；香港許多刊物也有傳記，如《明報月刊》的《張國燾自傳》，《展望》半月刊的《楊子烈自傳》。但是讀多了我就覺得自傳這個東西也真是不容易寫。因為寫來寫去總是不免為自己宣揚與掩飾。我反躬自思，如果我自己動筆寫一本自傳，恐怕也一定無法不蹈此弊。當然，我的一生平淡庸俗，無足標榜。或者，如好好地寫出平淡庸俗之生平，倒是可以避免自我吹牛了。

自傳以外，就是為人寫傳。這雖然比較可以客觀，但喜惡之情，公私關鍵，要有隱惡揚善之德，也就難免有「廣告」之嫌。而這是作者與被傳者愈接近愈易犯的弊病。

我可以舉兩個例子，來說說我讀後的感覺：

譬如張國燾先生的自傳，當然是材料豐富之作了，可是越讀越覺得裡面的張國燾是在香港時代的張國燾，而不是歷史事件中之張國燾。如果張國燾早是香港時代的張國燾，那麼他早就應脫離共產黨而另外組織一個加拿大型的民主政黨了。

譬如沈亦雲女士的寫她的丈夫黃膺白，當然也是材料豐富，文筆細膩之作，但我越讀越覺得黃膺白一生，竟是什麼都沒有成就，什麼都沒有表現。為政而未想到芸芸的老百姓，為國謀而並無高瞻遠矚，對敵是委曲求全的退讓，為友謀也並無旁觀者清切中時弊的忠告。我實在看不出亦雲女士想為黃先生標榜的是什麼。

倒是亦雲女士，我們在傳記中讀到的，是一個賢惠的可敬的夫人。

多讀「傳記」以後，對我自己最大的益處是再不敢動筆寫自傳與親人的傳記，要寫，或者還是寫寫歷史上的人物吧，而這材料又竟是這樣不容易找！

一九六九。

登月漫想

當人類已經進入太空，登陸月球，一個新時代已經開始。我想第一步人類應該冷冷靜靜地來反省自己。大家坐下去談談以後的計畫了。

月球上已經證明是荒漠一片了，這也許是人類的幸運，也許是人類的不幸。我設想月球如果也有像人類一樣的或相仿的動物，也許比人類進步，也許比人類落後，我們由此而開始交往。

月球上的社會組織也許是民主，也許是獨裁。也許也不是民主，也不是獨裁，而是更進步的一種組織。那裡的居住者，人人豐衣足食，個個快樂。他們從來沒有戰爭，不從事戰爭冒險的研究，所以沒有太空船駛向地球。但他們有更進步的文物，到處是音樂繪畫，遍地是芬芳花草。男人風雅，女人美麗，熙熙攘攘，弦歌之聲不絕。

當然，人類第一步是與他們互通聲氣，交換使節團來往。人類或者請他們看我們海軍陸軍，原子設備，大炮飛機。但他們看了以後，對人類的社會不感興趣。回去後，議絕不與地球來往。一因人類野蠻，怕擾亂他們月球和平寧靜；二因地球骯髒落後，細菌太多，怕傳染到月球。

這時，人類對他們將取什麼態度呢？是從此各不相犯，僅在聖誕新年打打賀電，互問太空氣候？還是派太空軍去叩門撞戶，要求通商通婚，交換學者呢？

如果月球上的社會是一個鐵血社會，殺人利器，遠比人類進步，聽說地球上有人類，搶先發動攻勢，千萬太空軍遠征地球，一夜之間紛紛下降，控制了華盛頓、莫斯科、巴黎、倫敦，掠奪財富，殺戮嬰孩，強姦婦女。

這時，人類對他們取什麼態度呢？是屈膝投降，甘心把地球作他們殖民地？還是團結一致，焦土抗戰，與月球爭一日之短長呢？

如月球上是一個礦產豐富，遍地黃金，而居民稀少，淡泊快樂，天真落後，但和藹可親，好客不倦。

這時，人類將取什麼態度？是侵占他們土地財源，還是教導他們開發建設？

如果月球上動物早已過了太空時代，或正在與火星上的動物進行太空戰爭，用死光細菌以及不知名武器在互相防衛攻打。

這時，人類將取什麼態度呢？是參加他們的戰爭？是研究他們的戰術？還是挺身而出，為他們調停和平，仲裁是非呢？

……

不管如何，只要月球裡有另一種人類，地球裡人類就會發覺地球上的人還是一家，應當聚一起，研究怎樣同他們交往吧。

而，現在，月球是一片荒漠。

人類，人類是多麼寂寞的人類啊！

台灣的抄風

台灣陶唐教授的《宋詞評注》，被揭發係抄襲大陸中華書局出版的胡雲翼的《宋詞選》的，鬧得打官司，由地方法院而高等法院，令我們想到另一個教授的《中國戲劇史》被揭發是抄襲大陸周貽白的《中國戲劇史》的風波。這的確是台灣學人們的可憐。

現在報上又揭穿教育部通過的第七位文學博士的論文「東抄西襲」與「南剽北竊」了，我們間接讀到這個消息者，沒有看到所謂「博士論文」，自然沒有資格說話。但台灣的文學博士或者說漢文文學博士之來海外者，令人失望的早已有過了。

有一個是在這裡的大學裡開一課陶淵明詩，有學生把一首陶詩抄在自己作品一起請他看看，他竟把那首陶詩改了許多，貽笑一時；還有是寫了幾篇極普通的語體文，竟是文不對題，幼稚非凡。最令人不解的是台灣的博士據說有兩種外國文的「要求」，我認得的是一位考英文、法文的，他的英文竟連極普通的信都看不懂，法文則竟是一個字也不識。我並不是說弄漢學的人一定要懂洋文，而既是法定的有這個「要求」，又怎麼可以如此馬虎的被通過，這則是我百思不得其解了。

教授如此，博士如此！道失求諸野，台灣之「學」其在「野」乎？

枷鎖

好久沒有聽到捷克的作家與知識分子們的聲音了。想到他們現在是在什麼樣的心情下生活，殊令人關懷不置。

當蘇聯軍隊侵入捷克後，捷克的作家協會在他們名叫《通訊》的刊物上發表過一篇〈捷克作家宣言〉。這篇宣言是在高壓下，委曲求全地用低沉莊嚴的聲音在抗議。還有一位詩人叫做綏佛（Jaroslav Seivert）的寫了一篇文章，文章裡說：「我們憤怒而堅決地否認對捷克作家的一切污蔑和懷疑，我們否認如某些人所說的在捷克作家之中有反對共產黨或勾結西方帝國主義的企圖。……」又說：「當我們看到一切社會主義的觀念被人用粗魯的教條來詮釋，而對我們為加強社會主義觀念的努力，則被稱為反革命，我們真覺得啼笑皆非了。」

我在讀了這些話後，久久不能忘記；原因是這位詩人，正如中國前兩年中紅衛兵鬥臭鬥垮的許多作家一樣，對所謂社會主義與共產主義的了解，似乎總是跳不出書房的門檻。

所謂社會主義、共產主義是政治的玩藝。政治上所說的名詞，儘管是從書本裡來的，可是意義從來沒有相同過。五十年來，中國的知識分子，幾乎每個人被這些名詞所迷惑。以為名詞所指的方向是東就是東，那就是失望的根源。

有人以為這是「理想」與「現實」的矛盾，這說法也還是書生之見。名詞本來不過是一個稱呼，指桑罵槐可行，指鹿為馬也沒有什麼不可。搞政治的人知道知識階級要的是名詞，他就送你名詞，這不是輕而易舉的事麼？

你在書房裡說：「要進步就要革命」，他就說：「我就在革命」，你不就該擁護他麼？你在書房裡說：「無產階級是新興階級」，他就說：「我就在領導無產階級」，你不就該引他為同志了麼？

「堅決否認捷克作家中有反對共產黨與勾結西方帝國主義的企圖。」那麼也正是承認捷克作家都是擁護共產黨與勾結東方「帝國主義」的人了。

共產黨這個名詞，我覺得是蘇聯的就應該送給蘇聯。

「帝國主義」的含義當然有「侵略」的意思，誰有侵略的意圖與行為，誰就是「帝國主義」。這樣把名詞與事實劃分清楚，那就不必再同床異夢了。

三十年代、四十年代的中國作家們始終掛著許多沉重的名詞的枷鎖，覺得不跟「政治」走，就是背叛自己所信的主義與觀念，結果做了獨夫的奴才與走狗而不覺。一回頭，看所走的路和所期望的事和完全不對，想問一句到底到哪裡去，就變成了是「反動分子」，那時什麼都來不及了。

捷克的作家，背著「共產黨」這個偉大的「名詞」的枷鎖，而要求詮釋社會主義觀念的自由，這正如把汽車頂在自己的頭上，而怪汽車不載他走一樣的可憐。

好像馬克思說過，無產階級革命來的時候，無產階級可犧牲的祇有自己身上奴隸的枷鎖。現在的知識分子，為什麼如此珍惜這些加在自己的可憐的意識中的枷鎖呢？

法西斯的舊調

美國心理學家競生博士（Dr. Arthur Jensen）發表了一篇關於智力的論文，引起了國內外激烈的批評。

競生博士的理論並不新鮮，他認為人的智力是遺傳的，所以智與愚是先天的東西，教育與環境並不能改變智力。因此人不必施以平等的教育，正是不同消化能力時腸胃不能吃等量的食物一樣。

他認為種族的平均智力也有顯然不同的事實，黑人的一般智力也都低於白人。

這一種說法，顯然就是法西斯的舊調重彈，無怪受到了全國心理學家與教育家的抨擊。

人的智能有高下是人人都知道的事情，一個家庭裡的孩子就可有許多不同。所謂遺傳與環境的因素如何，科學並沒有確切的證明。最複雜之處，就是一代有一代的環境，一個所謂智能較低的孩子，他的上一代的智能則正可是環境所決定。例如貧窮可憐穢污的家庭中的孩子，他的智能如果低於世家子弟，歸因於遺傳，但是其祖先與父親的智能，則又是他祖先與父親的環境所造成。如此上推，遺傳與環境則是一個循環的問題。

到過美國南方的人，都可知道黑人的生活環境是什麼樣的環境，他們的職業是什麼樣的職業，這些低賤貧窮的環境中長大的孩子，同白人的高尚富有的環境中長大的孩子，其智能的懸殊是不必具有心理學的知識的人都可以看出；像中國窮鄉僻壤的孩子同大都市的孩子們相較，其所見所聞的世界之廣狹繁簡也已足為其任何智能高低的詮釋。所以，除個別的智能差別可作我們教育上參考以外，階級的種族的高低，除非是有五、六代完全平等的環境生活傳統裡出來的孩子才可作一個比較外，平常就現狀中的論斷往往不是客觀的論斷。

美國的心理學界，對於智力測驗一類的工作做得很普遍，這些成績在輔助教育上自有它的貢獻，但是我們始終沒有看到他們發表這些智商極高的孩子，最終的成就到底有什麼？而那些有成就的人，如近幾任的總統，近幾十年的大科學家藝術家，以及大企業家與富翁與所謂智商的關係是如何？與他們中學小學的學習能力，所謂I.Q.的分數又是如何？這也可見所謂智能的高低與成就的能量並不能完全一致，而學校裡的成就與社會上事業上的成就尤其是兩回事。

當全世界種族衝突如此緊張之秋，這種狹隘的學者迷信於這種瑣碎的測驗，再去彈法西斯的舊調，在我們外行人看來，總覺得是幼稚可笑與毫無「智能」的把戲。

發憤圖強的台灣

台灣香蕉案揭發了官吏的貪汙。許多貪汙的官吏已經被公訴。而且最高級的有權勢的人物，也被「撤職」，雖未「查辦」，總也表示當局有勵精圖治之振作了。

但是論者認為下級人員之貪汙，在台灣政府這樣微薄的待遇之下，還是情有可原；而豪富的上級，仍不斷地在香蕉農民頭上刮「黃金」，則實在罪在難赦。而下級人員之不法，也正是為上級搜刮之服務。今次處罰，仍是輕重倒置，還是「打蒼蠅不打老虎」的舊作風。

貪汙之調查在民主國家大半可依賴稅局。諸凡置產、匯款、轉帳買賣都逃不過稅局的眼睛。一個人薪給與消費如果超乎可能，稅局請其一解釋，無不水落石出。自然，如果是微小的紅包與小帳，別人往往無從知道，可是如因此漏風失手，也就因小失大，得不償失，一般有正常待遇的官吏，自不值得去冒險。

所以政府如有志於防止貪汙，並不是太難之事。

前在英文的《亞洲周刊》上，讀到好像是一位馬來西亞學者寫的一篇關於東南亞國家貪汙的文章，詳盡透徹，甚為可佩。惜作者雖未列出防止之法，但以一般公務人員之貪汙起源多為收入太微不夠生活，而政府也明知其不夠，而不為他們解決，則就有「鼓勵」貪汙的嫌疑，則甚為言之成理。

國民黨從大陸撤退後，很多有錢的官貴到了美國置地置產，開廠設號；現在子女都已長大，承繼大把產業，自己又回到台灣做官者有之。

自己撤退到台灣做官，把子女送到美國，再陸續把外匯套出去者有之。前幾年我在美國聽到這樣一個故事：

有一位從台灣去美國一個小城裡求學的小姐，第一次有匯款美金十幾萬，第二次是二十幾萬。那個小城裡的銀行通知學校當局，學校當局以為學生來這種小地方讀書，何必要這許多錢，而這個學生年齡又小，所以找她去問問。因此弄得大家都知道了。

從台灣去美國的中國學生，多數是刻苦耐勞，勤工儉學的青年。一有這種例外的人，自然引為新奇故事，傳播東西，消息也就不脛而走了。

現在台灣既有意發憤圖強，而這幾年經濟上發展成就，成績可觀。防止貪汙，俾農工商可以發揮功能，不受箝制中飽，當然為最首要的措施。

其實貪汙的官吏把財富投資於本島，變成民族資本家，還不失為有利於國家。如流到海外，讓只會洋文的二世祖揮霍，那是最傷人心之事。

有人說，台灣要富強，應該鼓勵窮人的子弟出國，因為他們一到外國，會像過去華僑一樣，奮鬥進取，賺錢寄回來。應該讓有錢的子弟留在台灣，因為這樣可以讓他們把父兄的「血汗」錢，用在國內。這話或亦不失為有心人的妙計呢，有足為當局參考研究之價值吧？

中文與國語

香港最近由學生們掀起中文官用運動，引起一個究竟這「中文」是指「國語」還是「廣東話」的問題。社會上顯然有兩種意見，議員間也有這兩種主張上的分歧。《南華早報》讀者來函中，我讀到不少篇為這個問題爭執的意見。我覺得這大概是中文兩個字，使大家用得越來越糊塗！

所謂「中文」，實際上是一個很不好的「翻譯」。在中國，我們向來稱中文為「國文」，自民國以來，大、中、小學的「國文」課都稱「國文」，商務、中華、世界三大書局的中小學教科書，都是「國文」，我所記得的有《最新國文讀本》、《新制國文讀本》、《標準國文讀本》等，大學裡的中文系都稱為國文系，不用說，「大一國文」即是「大學一年級必修的國文科」。到現在香港的中文大學雖稱為「中文系」，但「大一國文」並不叫「大一中文」；「大二國文」也並不叫「大二中文」。而中文大學新亞書院出版的「中文」講義，還是稱為「大學國文講義甲編」或「乙編」，不是「大學中文講義」。這國文兩字在小學裡後來改為國語，「國文」課改為「國語」課，教科書也稱「國語」。前兩年台灣忽然有人反對「國語」這兩個字，又提議應該改稱為「國文」。這裡很清楚，中國只有一種國用的文字是「國文」，而也只有一種國用的語言叫做「國語」。

所謂「國用」，意思是「全國最普遍通用」，所以「國語」我們也叫做「普通話」。大家都知道中國是五族共和的中國，裡面包括漢滿蒙回藏五族，這五族各有各的文字，我們選了多數共用的文字——「漢文」作為「全國通用」的文字，故稱之為「國文」。至於語言，則在五族之外，還有數以百計的方言——廣東話，福建話，上海話，四川話等，我們把「全國最普遍通用」的語言稱之為「國語」。

泰國、越南、新加坡、馬來亞、菲律賓等國，華僑的學校本來都用「國文」這個名字，後來改用「國語」，現在則各國政府把它改為「華文」、「華語」，這就變成意義上很不清楚，因為「華文」在中國可以有滿文、蒙文、回文、藏文，「華語」則除滿、蒙、回、藏外，更包括數以百計的方言。

以為「國文」、「國語」的名詞有中國沙文主義的色彩，那是不明瞭中國的國文、國語真正的意義。如果覺得要改，則改為「華文」不如改為「漢文」。而用在「語言」上，則「漢語」的意義雖不包括滿語、藏語、蒙語、回語，但仍包括了數以百計的各地方言，所以也並不清楚。可是大陸出版的一本很有名的字典，稱為「漢語詞典」，而裡面的注音則就是「國語」，這意義不難明白，即是「國語」就是「漢語」，其他各地的語言，不是語言而只是方言。

「國語」兩個字，記得是始用於民國二年（一九一三年）成立的「國語讀音統一會」。當時就議定了「國語注音字母」，這些讀音雖以北京話為根據，但是作為「語言」，在這半世紀多的演變與通用中，很自然地揚棄很多北京的「方言」，成為現在流行的「普通話」。北京話裡的「腔調」，在「普通話」中就很少人「用」。連會講道地北京話的人們也故意避免，怕露出「土氣」。至於「詞彙」，原來北京話裡有的，則許多都已自然的捨棄不用。——如「胰子」、「取燈兒」、「串門兒」、「掌櫃的」、「不賴」、「淨」……一方面則很自然地摻入了各地方言的

「詞匯」，如「一道」、「剛剛」、「通通」、「搭檔」、「幢」、「搞」、「面孔」……因此現在所謂「國語」，可以說是一種演變了很久的共同形成的「普通話」，如仍認為它是「北京話」那是很可笑的事情。至於「中文」（除了故意學作的，或專家們在賣弄的駢文，漢魏文，桐城派……一類文章以外），在我們日報上、刊物上、信札上以及書籍上所見的可說都是根據這個「普通話」而自然發展的文字。這文字，慢慢地也無所謂「文言」也無所謂「白話」，文言中許多詞語都變成了「白話」——如「醞釀」、「游擊」、「呻吟」、「養育」、「盤旋」、「徵兆」……英文、日文中的許多字也變成了中文——如「霓虹燈」，如「經濟學」，如「原子」，如「辯證法」……這是「國文」，是中國人中多數人普遍通用的文字。這是「國語」，是中國人中多數人普遍通用的語言。

香港如果要提倡「中文」官用，那似乎就只是這個「國文」（或者說是「漢文」），也就只是這個「國語」（或者說是「漢語」）。如果香港想提倡另外一種獨立的「港文」或「港語」，那則是另外一個問題，這裡自然可不談了。

一九六九。

蓋棺論定

中國有一句「蓋棺定論」的古話，說是人死了以後，是非好惡都有個定論了。這話大概可適用於普通小人物，三五個鄰居的評語就可以定論他是好人還是壞人。至於稍有一點地位的大人物，在歷史上稍有影響的人，這句話就再也無法通用了。這也是說明歷史不容易相信的一個原因。

蘇聯的黨史一改再改，最近的改版又引起老黨員提出抗議，究竟斯大林是神是魔，托洛斯基是革命的功臣還是罪犯？到現在還無法確定。中國許多次農民革命者李闖、洪秀全等之是非，也有很多兩極端的說法。

歷史事實，離我們太遠，是非功過，本難有「定論」。孔氏歸天不遠，生前官拜院長部長，下屬如雲，例應易有口碑，但最近我在一家酒家吃飯，聽到鄰席的議論，也竟有完全相反的論證。

一個年紀六十左右的人說，孔氏究竟是孔子後裔，他有中國傳統的道德，處事有一個原則。另一個坐在他右手的五十歲的人說：「孔祥熙把國家的機構一直當作自己的家，公私不分，用人紛亂，毫無規定。如他任中央銀行行長時，把尚在聖約翰大學讀書的孩子作中央銀行的理事，豈是儒家傳統的行為？」坐在對面又有一個老先生，忽然笑著說：「孔祥熙與孔子有什麼關係？一個在山西，一個在山東。」這於是引起了一陣爭論。一時小小宴席，竟分了兩派。忽然有一個人說他的論證是根據潘光旦的考據而來，說當時潘光旦寫過一篇孔祥熙家世的考證，說孔氏與孔子毫無關係。此文發表在一本叫《華年》的刊物上，《華年》的編者發表了這篇文章，《華年》不久也就停刊，原來這刊物是領孔祥熙的津貼的。此說一起，一時席上轉了話題，其中有一個說：「孔氏未免太小器了。」一個說：「其實，是不是孔子的後裔有什麼關係。」一個說：「想做孔子的後裔，總比想做斯大林的孫子好。」又一個說：「我們誰都是黃帝的後裔。」又一個說：「唯物論說，我們都是猿猴的後裔。」

大家大笑，我也暗覺可笑。

席散後，我才知道鄰席上竟都是當年孔氏掌行政院時的舊屬。雖是酒後茶餘的閒談，也足見「蓋棺論定」之不易了。

道聽塗說

新年無事，獨坐咖啡館，聽隣座談美國，甚覺可供寫博士論文者參考，因記而投《筆端》。

一位是約二十五歲的女子，穿迷你裙，著白花襪，留一頭長長的頭髮在看報紙。一位約三十歲的戴眼鏡的男子坐在她的右手。對面坐著的，是一位濃妝戴著假金剛鑽耳環的女子，不過二十二、三歲，穿粉紅色迷你裙，外披麂皮小襖。她的旁邊是一個戴一條紅領帶，露著高襯衫領的男子。另外，坐在那個男子旁邊的是一位蓄著鬍髭的，鬆髮濃眉的男子。

長頭髮的女子放下報紙，喝了一口茶，看看門口，又看我一眼，才扭轉頭去對大家說：

「夏夢到了美國。」

「怎麼？她應該去大陸？」戴假金剛鑽耳環的女子說。

「美國政府倒讓她進去。」那個長頭髮的女子又說：「我申請了多久都不批准。」

「你要到美國去，先要親共。這正如列寧的話，要赤化美國，先要赤化亞洲。」那個打紅領帶的男子說。

「你想美國怎麼會有朋友，擁護它，同它親近的人，它都不歡迎。歡迎的都是過去親共的人，比如說馬思聰。」蓄鬍髭的男子說。

「馬思聰不同，他從大陸出來，至少有的大陸的祕密或者特別的消息。」紅領帶的男子說。

「他有什麼消息？他又不是什麼老幹部，能知道什麼祕密？」那個年紀約三十幾歲戴眼鏡的男子說。

「就從他在《Life》上所發表的文章來說，他所知道的遠不如我的姪子多，——他倒真是一個紅衛兵，也是差不多時候出來的。」那個長頭髮的女子說。

「不過馬思聰總有是有名氣。美國人拿他來宣傳宣傳。」蓄鬍髭的男子說。

「那麼夏夢，也許也有點宣傳作用，至少可表示：『你們的人還是喜歡來我們這裡。』」那位戴眼鏡的男子說。

「可是親美的人，則被鼓勵去親共了。」那位長髮的女子說。

「這怎麼說？」戴假鑽耳環的女子說。

「因為這使我們親美的人寒心，覺得我們親美一輩子，幫他們反共，當我們流落海外，他們偏不歡迎我們，偏偏歡迎一直反對他們的人。那麼我們豈不是也該去反對它。」那個長頭髮的女子說。

「但是現在你我都已經做定是『漢奸』，他們知道我們不會去投共。」那個紅領帶的男子說。

「承認你是漢奸倒是好了，因為漢奸在患難時候還可有個庇護。他們只把親共的人當作走狗。走狗則是『狡兔死，走狗烹。』」長髮的女子說。

「可是狡兔不會死，後門走狗也大可『走』一陣。」蓄著鬍髭的男子說。

「只是走不進美國吧了。」紅領帶的男子說。

這時候。門口走進一個廿三、四歲，穿嫩黃色迷你裙，露著一段非常美艷的玉腿，著白花襪的女子。那個蓄鬍髭的男子站起來說：

「她來了。」

幾個男子都站起來讓坐。那個長髮的女子說：

「啊！怎麼這麼晚，我以為你也同夏夢一樣的去美國了。」

一九六八。

在舞台前

有一次，我睡在舞台前。我不知道為什麼睡在舞台前，但我在這個空隙外竟找不到能睡的地方了，我終於睡在舞台前。於是舞台上演出精彩的戲了。觀眾陸陸續續聚攏來。但是我實在太累，我沒有精神看戲，我只想睡眠。觀眾越聚越多，他們都在嫉妒我占了近舞台的地方。他們盯著我，詛咒我，最後，一個觀眾開口了：

「這家伙是幹嘛的，看戲還是睡覺呀？」

「看他睡得還很好呢！」另一個說。

「睡覺？他媽的，哪裡不好睡覺，到這個地方睡覺。」

「這樣好的戲不看，」一個沙喉嚨的聲音說：「他卻睡覺。」

「趕他出去，趕他出去！」許多聲音都叫了起來。

「哪裡不好睡？要睡在這裡！」有一個人用腳踏我了。我不得不開口了，我說：

「哪裡可以允許我睡呢？你的家麼？你太太的床上嗎？還是你們的外祖母的墓穴呢？」

「什麼？」那個人愣了一下，凶狠地說：「你難道沒有家，沒有床，沒有太太，沒有死去的外祖母麼？」

「都沒有！」我嘆口氣說：「我是一個遠道流浪來的旅客。」

「但是這是看戲的地方呀！」一個老年人用同情的目光看看我，和氣地說：「多少人想找一個站的地位都沒有，你怎麼可以在這裡睡覺呢？」

「但是多少人都沒有家，你們有家了；多少人都沒有床，你們有床了；多少人都沒有墓穴，你們有墓穴了。你們有了這些以外，還要看戲的地方。而我，我只想有一個睡覺的地方呀。」

「你沒有睡覺的地方不關我們的事，可是你占了我們看戲的地方，我們都有權來干涉你。」一個胖子鼓起圓眼走過來說。

「那麼為什麼不說你占了我睡覺的地方呢？你的家，你太太的床，你外祖母的墓穴既然不許我去睡，那麼我可睡的地方不是都被你們占盡了嗎？」我說：「你有權來干涉我睡覺，說是這是看戲的地方；我為什麼不能說這是你們睡覺的地方，所以我來睡覺了，請你們允許我來干涉你們看戲吧！」

「你這是什麼話？」一個養長頭髮，戴眼鏡的瘦子，用細長的手指指著我說，「你懂得藝術嗎？你知道今天舞台上演的是什麼？是偉大偉大的藝術家在幹偉大偉大的藝術。你看不懂，倒在這裡睡覺，你簡直侮辱藝術。」我聽見觀眾們鼓掌了。

「而且這藝術是救國救民，宣揚真理，教育人民的藝術。」又有人的聲音在嚷了。

「我並不妨礙欣賞藝術，可是你們為什麼要妨礙我睡覺，我沒有說你們睡覺的地方是我看戲的地方，你們為什麼要說我睡覺的地方是你們看戲的地方呢？」

「我倒不懂了。」一個矮小禿頭的老頭說了：「難道台上這樣好的戲你真的一點沒有看見聽見嗎？」

「我只想睡覺。」我哭訴著說。

「我想你還是出去吧，」一個老太太勸我了：「這是看戲的地方，台上正演著好戲，即使我們不干涉你，台上的藝術家們也要干涉你的。」

「台上的藝術家？」我搓搓眼睛說。

「藝術家呀！明星呀！舞台的經理呀！你看這傢伙竟在這裡睡覺，你們要趕他出去嗎？」

「這是一種侮辱，一種不可憤怒的侮辱。出去，滾出去！」

於是許多人就拉我推我從人群中出來。這時候我可真的清醒了，在我被推到戲場口的時候，我忽然回顧舞台，舞台上的女演員正對著一個躺在地上的男人，帶著悲痛的聲音在唸獨白：「親愛的，你睡吧，安安靜靜地睡吧，我……我不久就跟你來了。」

易被陷害於「文字獄」，「笑笑」則「不至於得罪別人」。其實這話也不可靠。一個人如果在一個隆重莊嚴的儀式中發出輕蔑的笑聲，雖不是法律所不許，也一定會「得罪了別人」的。再說，純粹的幽默好像是並不存在的東西，它不是帶著譏誚就是帶著玩世，再或者也混含著輕蔑、挖苦、厭倦、淡漠或自憐。有時候與諷刺也難分別。我們也不妨說許多諷刺是積極的幽默，而許多幽默則是消極的諷刺。下面我且隨便舉幾個幽默的故事，我們很難相信，這些故事是「權威者」所願意聽的：

在一九六八年，以色列盛傳一個「幽默」：「兩個以色列將軍在討論第二天早晨攻打敘利亞的事情。於是一個說：『那麼我們明天下午做什麼呢？』」這是譏誚的幽默。

有一個故事是這樣的：「有一個人第一次被總統召見。他不知道是什麼事。有一個近身的隨從官告訴他說：『如果總統肯罵你，那就最好，你就一定可以重用了。』『那不是很容易麼？』『怎麼？』『我先罵他不就是了麼？』」

這大概是假傻的幽默吧？

還有一個幽默是這樣的：「『在資本主義世界中，我們可以遠遠地看到共產主義在地平線上出現了。』『那麼地平線是什麼呢？』『地平線是天與地交接處一條想象線，你越向那邊走去，它越是向後退去。』」

這裡面自然是帶著挖苦。

還有一個「笑話」是這樣的：「有一個人在馬路邊想小便，被警察看見了。警察責問他說：『你難道不知道馬路上是不許小便的麼？』『我又沒有小便。』『那麼你要幹嘛？』『我拿出來看看難道不可以麼？』」

這可以說是玩世的幽默。

這些幽默，雖然沒有「打倒權威」的意思，但是其對「權威」者不恭則是實在的。這些「不恭」，也就足夠成為「文字獄」或是「反革命」的證據了。

我常覺得大人物不容易有幽默感。因為幽默感還是從謙虛與反省中修養來的。幽默感當然不一定見於言語，也可以見於行為。以前讀到報紙上一則新聞，好像在一個遊園會的一個場合，一個新聞記者走到草地，正是澆水的自來水放水，沖了他一身。皇夫費利浦公爵哈哈大笑，那位新聞記者罵他說這有什麼值得你那麼笑的。皇夫微笑地對他道了歉。我覺得費利浦公爵的確是有幽默感的。不久前，德國總理因為有一個親近的職員有間諜嫌疑，馬上自動辭職，這也頗有幽默感的行為。像尼克遜那樣就太少幽默感了。最近看到有一本刊物裡有一篇談到日皇語錄的文章，看到一些所引的幾段日皇的語錄。真想不到日皇竟是一個極有幽默感的人。我且引兩三條在下面：

一九四一年，有一位將軍向日皇保證三個月裡擊敗美國時，日皇提醒他那時與中國相戰已經四年了。那位將軍說，中國的內陸實在太大，所以要打了那麼久。日皇說：「那麼太平洋不是比中國更大麼？」

一九四二年四月十八日中午，美國飛機第一次轟炸東京，有人跑去告訴日皇。日皇說：「也許這是不該發生的事情，海軍部長剛剛來過，說如果有轟炸，一定是在晚上。現在東京已經被炸，我們也只好趕快遷移了。」

在珍珠港事變前，那是一九四〇年，在日本內閣開會討論與美國戰爭問題時，日皇說：

「聽說每次大學裡地圖上談論美日戰爭時，日本總是輸給美國的，不知道這是真的嗎？」

我們知道日皇是一微生物學家，他的冷澀的幽默感該是從科學修養而來的吧。

幽默雖是可以引人笑，但笑不一定就有幽默。羅素所見到的中國人見到女人在馬路上滑倒而哈哈大笑的笑，這是幸災樂禍的笑。這正是最沒有幽默感的人的笑。因為幽默感是一種反省的機能，一個人有反省的能力，就會設身處地想一想，對人家的不幸就再也不會笑了。

神魔綜錯

當我是個小孩子的時候，對於人的分類只有兩個，那就是好人與壞人。看戲看電影，也總愛問長輩，哪一個是好人，哪一個是壞人？以後看小說，很清楚，偵探總是好人，土匪是壞人；俠客是好人，強盜是壞人。看《三國演義》，劉備是好人，曹操是壞人。最奇怪看《紅樓夢》，也定了林黛玉是好人，薛寶釵是壞人。而小學歷史教科書，也是聖賢奸邪分得一清二楚。好人往往是一百個好，壞人則是一百個壞。好人就是神，壞人就是魔。

以後長大了，到了中學，對於這個二分法慢慢懷疑。但似乎下意識裡還存在這奇怪的陰影，遇到了對待的事物總是很容易把好人、好事神化，而把壞人、壞事魔化。我現在把它叫做「神魔綜錯」（G&D complex）。這個綜錯很容易使人對事與人盲目，我以後就兩次陷入了幼稚的陷阱。第一就是我戀愛了。我愛的對象是一個十八歲的女孩子，就算長得還秀麗，內心也還聰明，實在是同千千萬萬的女孩子差不多，可是一下子我就把她「神化」，她忽然變成了「天仙下凡」「沒有煙火氣」「至善至真」的女神……。不必說下去，結果當然是「幻滅」了。第二，我相信了馬克思主義，相信斯大林，我相信蘇聯是社會主義的祖國。它代表了真，代表了善，也代表了美。蘇聯有什麼不好，我先為它辯護——因為許多帝國主義妒忌它，圍攻它，恨它，所以它不得不「如此這般」；蘇聯有什麼不是，我先為它解釋，就是因為社會主義建設剛剛開始，反革命勢力還未肅清，所以它不得不「如此這般」。不必說下去，結果當然是幻滅了。英國有一位文學家，記不得是否是蕭伯納，好像就說過一句話：「一個人二十歲不相信共產主義是笨蛋，二十五歲以後再相信共產主義則是傻瓜。」我呢，實是比別人都笨都傻。我於二十一歲開始相信共產主義，而到二十七歲才不迷信共產主義。

現在，讀索忍尼辛的關於蘇聯自斯大林以來的關於集中營的小說，自己回想到那些「滿心是粉紅色的夢」的青年時代，真是不禁「面紅耳赤」起來了。我又想到我的第一個戀人現在也早該兩鬢如霜，皺紋上額，子女滿堂了吧？如果馬路上狹路相逢，想到當初認為她「天仙下凡」的幻覺，也一定會不禁「面紅耳赤」吧？

我想，當狹窄的種族主義，占有人類意識的時候，如十九世紀白種人，總是把自己神化──文明，高貴、聰明、慈善、雅潔……。把有色人種魔化──污穢、野蠻、落後、奴性……。當對峙的愛國主義佔有人類意識的時候，如這些年的阿拉伯與以色列的戰爭，也總是把自己神化將敵人魔化，以為正義之神一定站在自己一面的。當競爭的黨團鬥爭尖銳時，也一定要把自己神化，要把對方魔化。當政治的鬥爭凶烈時，也一定要把自己神化，要把對方魔化，如斯大林說托洛斯基為帝國主義的走狗，反革命，賣國賊……。在這些對峙的號召與宣傳中，很多人會接受這些「不顧事實」、「遠離常識」的幻覺，我想想或者正是因為我們人人都有「神魔綜錯」在我們下意識裡，隨時一呼喚就會起來呼應的緣故吧？

那麼這「神魔綜錯」是先天還是後天的呢？我想這是後天的，但是這是歷史的、傳統的，人類在長長的互相鬥爭中發展而形成的。自從部落的爭鬥到國家與主義的爭鬥，每個人自幼到大不都受「我神你魔」的教育麼？這也正可以說是「蠻性的遺留」吧。

一個《紅樓夢》讀者的紅學家

《中華月報》六月號，余英時先生的〈關於《紅樓夢》的作者和思想問題〉，是一篇以科學頭腦分析事理的學術文章，細緻縝密，清晰精到。可惜余英時先生是哈佛大學史學博士，新亞書院校長，而不是新亞書院《紅樓夢》研究小組的學生。

中文大學新亞書院設有《紅樓夢》研究一課，在潘重規先生指導下研究有年，而且新亞研究所裡潘先生也指導研究生研究《紅樓夢》。潘先生照例應該是紅學專家了，而這許多年來，莘莘學子中至少也該培養出來幾個紅學學者了，但是，說來說去還只是一個潘重規先生。那些研究員研究小組的成員，只是為潘先生對照新亞購置的各種版本，抄錄一段一段的札記，檢點一行一行的字句，細數那一回中林黛玉對白裡用「×」字有多少次，交給潘先生，讓潘先生去做紅學專家。但是潘先生是什麼樣的人呢？據他自己說：

其實我只是一個《紅樓夢》的讀者，對一部愛好的作品，讀不通時發生疑問；發生疑問後，便四方八面搜求證據，希望能夠得到徹底的解決，消除內心塞滿的疑團。看到別人的說法，可以解決問題，消除疑難時，我便歡喜踴躍採取別人的說法。在沒有別人的說法可以解決疑問時，才不得已提出自己的意見。彷徨求索，勞心苦思，只是想認清這一偉大作品的真意，接觸讀此書時的一切疑團，成為一個心開自明、興高采烈的讀者。我既不曾想歸屬於任何宗派，也不想發明任何學說。我雖然採用蔡元培諸位先生的說法，我並無意加入索隱派的舊紅學；我雖然會和胡適、趙岡諸位先生辯論考證《紅樓夢》版本和脂評種種問題，並從事校勘《紅樓夢》個中重要版本，我也無意自居於考證派的新紅學。我讀《紅樓夢》偶然也寫幾句批評，甚至主張要寫出純淨的國語文學，應該以《紅樓夢》為標準的範本，這也只是我個人的想法，更談不上是文學評論派的紅學。因此我應該供認，我是一個無宗無派的《紅樓夢》讀者。

潘先生的話如果是誠實的，如果真的光是一個愛好《紅樓夢》的讀者，那就不是一個研究者，如果不是一個「研究」者，那就不應該在大學裡開「《紅樓夢》研究」專科，去成立研究小組去領導年輕學者去「研究」了。既然在研究所領導一個研究《紅樓夢》的小組。怎麼又說「我不想發明任何學說」？潘先生口口聲聲用科學的方法要否定曹雪芹是《紅樓夢》的作者，這怎麼不是一個「學說」？或者不過只是想「發明」而限於牽強附會階段而未能建立而已。他又說：「我認為《紅樓夢》一開篇就申明它是將『真事隱去』而用『假說』說明真事的一部隱書，自然應該探索它『隱去』的『真事』。」既然這樣，則別人說他是索隱派不正是名副其實，為什麼又要否認呢？

我認為潘重規先生既然在新亞書院領導一個《紅樓夢》研究小組，就應該有一個研究方法，也應該有志於建立學說。索隱派也好，考據派也好，總之是應該有目的，有方法，有理想的研究。我想潘先生在新亞書院領導《紅樓夢》研究小組，少說前前後後也有四五年吧？現在忽然說自己是一個無宗無派的《紅樓夢》讀者，那麼中文大學新亞書院怎麼會開「《紅樓夢》研究」的課程，而讓一個毫無研究的潘某來指導呢？

潘先生說：「……甚至主張要寫出純淨的國語文學，應該以《紅樓夢》為標準的範本，」潘先生研究《紅樓夢》多年，純淨的國文學是怎麼樣呢？下面是潘重規先生《列寧格勒十日記》的第一段：「像一片雲，飄，飄，飄，從南海飄到北海。雲片中，鏤著字：石窟，流沙，紅樓，黑水，這些字，像電流似的，催動著這片雲，飄，飄，飄，飄向北海之濱的列寧格勒！」要不是具有潘重規先生的大名，我真將以為這是初中學生作文本裡的句子了！

情與理

九卷九期《明報月刊》有一篇吳森先生的演講詞，認為中國文化最寶貴的是「情」，而情是儒家思想的中心；西方的思想來自希臘，希臘的思想以理性為主。這種說法在五四運動時早有人提起過。不過那時候的思想界風行所謂「打倒孔家店」，整個的傾向是全盤西化，認為中國之積弱與落後都是太重人情，所以始終沒有走上法治的軌道。要中國政治清明社會進步，必須從人治走到法治，人人守法不徇情。但從五四到現在已經半個世紀，中國始終是在「人治」「情治」的階段。

住過美國這樣社會的人，到香港、台灣，尤其是「大學教授」，或者是「有身分與地位」的人士，甲請吃茶，乙請吃飯，很容易感到這是人情味。這是「溫暖」，這是儒家的「仁」的遺澤。但是你且一個人，穿一件破襯衫向陌生的人去「問問路」看，或者到麵包店去還還價看，你就會發覺中國文化的「情」早已在現在都市裡消失了。

儒家重視人情，是從家出發的。家是社會的基本單位，由家而族，而鄉里，而社會，而國家，而人情也就是由家而遠推。以至於「老吾老，以及人之老，幼吾幼，以及人之幼」。在「家」裡，中心的情是「孝」。「孝」是不但對父母，而慎終追遠，遠及死了的祖先。出發於家的人情味，家的一員必先照顧家屬，一個人發達了，第一就是光揚門楣。先是一家得救，再是一族受益，三則枝親家僕，個個分潤。挨不到的，也可把妹妹女兒獻給權要作姨太太，進為新的家族關係。至於「義子」「義妹」及「結拜兄弟」「過房女兒」，擠不進核心的「大家」，依附在旁枝外節的「小家」，也大可分得一點利潤。楊玉環做了貴妃，「姐妹兄弟皆列土」，魏忠賢當權，多少人做他乾兒子。民國以來，靠做了軍閥的姨太太的女子，渡引了多少兄弟做廳長、局長；裙帶關係正是中國政治舞台的特徵，凡是與權貴拉得關係，諸凡小舅子、外甥、奶媽的兒子、梳頭娘姨的侄子，都可由裙帶援引。一個不識字的人，也可由此而在政府衙門裡掛名專門委員而領乾薪。這就是吳森先生所謂唯「情」社會的「文化」。只要看看《紅樓夢》《金瓶梅》以及《官場現形記》所描寫的。

「人情」所籠罩的社會實際上只是官官相護，狼狽為奸，魚肉百姓。而行賄納賂，趨炎附勢，鑽營拉攏，正是那種人情味社會的產物。我們讀劉姥姥進大觀園，很容易發覺鳳姐頗有中國的人情味。（在美國哪有這種事情！）可是如果再看看她的納賄行賂，陷害良門，毒打小丫頭，請問人情味又是在哪裡？

人人都說台灣是一個充滿人情味的社會。但當凡事都靠人情，社會就變成非「情」不動的社會。你不靠人情，連買一張火車票都買不到，你托了「人情」，自然也不得不「人情」一番，不請吃飯也該送禮，這就是紅包的由來。但另一方面你試看柏楊、李敖之流，一旦身蒙屈辱，頓時眾叛親離，人情味至此才見情薄如紙，味同嚼蠟了。

大陸出來的人何嘗不是盛稱中國社會人情味濃，階級愛也好，同志愛也好，但一旦你如被戴上了右派帽子或被認為孔子同黨，則雖是狹路相逢，至親舊交，莫不低頭而過，連招呼都不敢打。人情味至此才見情淡如水，味苦如茶了。

儒家所主張的「情」，在社會變化中，後來其實也只有一些形式，我沒有研究其演變的過程，但只要讀讀《儒林外史》所諷刺的，所謂「人情味」，已是只剩了一套虛偽的滑稽的把戲而已。富豪之家，喪禮排場，弔客盈門，鞠躬以後，杯酒歡笑。「孝」子之「情」豈是如此？像杜月笙宗祠落成，萬人空巷，筵開千席，全國名優，齊集一台。其中難道有什麼「孝」的意義？

中國社會，為其重情，所以很容易發現「世態炎涼」、「人情淡薄」，「錦上添花」多，「雪裡送炭」少。這種社會現象早已是唐宋以來小說的主要題材。西洋社會是不是一定重理，也很值得我們思索。我個人認為，如果從文學上所表現的來看，西洋文化對於「情」，似乎都比中國看得重。希臘悲劇裡這種強烈的情愫，中國是沒有的；中世紀對於「神」的依仰之情，中國儒家是沒有的；莎翁所寫的羅密歐與朱麗葉的「情」，中國文學裡何曾有過？十八世紀十九世紀西洋小說所寫到的愛情，都是崇高偉大，也豈止限於「關心」、「顧念」，像吳森先生所說的。

如以對於大自然來說，希臘神話裡所顯示的那種體念，都是充滿著「情」。西洋哲學，特別是德國唯理主義以及後來新實在論一派，的確偏重理性，但如果你看看柏格森，看看梭羅，甚至現在的存在主義，都表現濃厚的重情的思想與趣味。

吳森先生舉大詩人如杜甫，當然是別有胸懷者，但這也不是中國所獨有，世界第一流詩人都有這種「情」。如唐君毅所舉的「孔子、釋迦、耶穌」為情在萬世天下者，則一個是印度人，一個是猶太人。可見世上大思想家、大宗教家、大詩人都不是唯「理」是視的人。即以科學家來說，科學雖可說出發於「好新」（wonder），但我以為當科學家全神貫注於一個問題與現象時，他對於所研究的對象實際上是一種情的交流與感應，往往是對於冷冰冰的「物質」或數字起了一種無限的深「情」。一個人只有靠這種「情」，才可以使整個生命對「科學」作無限度的奉獻。

其他對於學術、文學、音樂、繪畫的愛好，都同樣是「情」的契合，才可以使人不顧功利，鄙棄富貴而終身作無限度的奉獻。因此也不妨說，就是以著《純粹理性批判》的大哲學家康德，他一生在狹窄的生活範圍探索宇宙永恆的問題，其實也正是「情」有獨專之表現。從這方面看，對於宇宙，對於自然，對於抽象問題甚至技術上用情，中國人似乎不如西洋。我以為這種超乎功利的用「情」，正是西洋科學與藝術——繪畫、音樂等比中國發達的原因。

吳森先生談到「悼亡詩」。怎麼說西洋沒有？不過西洋悼亡詩有許多都是以死者靈魂在天國一類的設想來寄慰。吳森先生又說，在美國，太太死了，恨不得再討一個年輕貌美的。引元稹的「哀怨纏綿」的悼亡詩以為他是多情的人士，其實呢，元稹在太太韋氏死後，也很快地就先娶了一個姨太太，以後又娶了繼室裴氏。而且，他在娶韋氏以前，早已愛過雙文（鶯鶯），始亂終棄。還要說：「大凡天之所命尤物也，不妖其身，必妖其人，使崔氏子遇合富貴，乘寵嬌，不為雲為雨，則為蛟為螭，吾不知其變化矣。昔殷之辛，周之幽，據百萬之國，其勢甚厚。然而一女子敗之，潰其眾，屠其身，至今為天下僇笑。余之德，不足以勝妖孽，是用忍情。」其無聊無恥，何堪一提。而其所以棄雙文而另娶韋氏，完全是為升官發財之便利。像這種所謂「情」，如何同西洋文壇藝壇的愛情佳話，如但丁對他的愛人與勃朗寧夫婦的情操相較。至於《會真記》——《西廂記》，這種驚艷——相思——勾引——性交這類的中國艷情故事，怎麼可以與西洋的生死不渝、萬劫不移的愛情小說相比。以始亂終棄為題材的托氏之《復活》，其為情也是什麼樣一種境界？又豈是寫〈古決絕詞〉的元稹所能體會？反映唐代的進士娼妓的這許多戀愛小說，竟沒有一篇有《茶花女》一樣的高貴，我們有什麼理由可以稱中國人是重「情」的民族？坐坐茶館，請請吃飯，呼朋引類，介紹職位，提拔後進，你捧捧我是文壇才子，我稱讚你是學術泰斗，是人生一樂。但這正是歐洲十八世紀沙龍交際生活的一種情趣。在巴爾扎克的小說裡，我們不難看到此種生活，也正是巴結名門，攀搭生意，援引人事，排斥異己的朋黨集合。只要你一旦受到政治打擊，經濟破產，沿門托缽，淪落街頭，那時候還有什麼人情味可談。救濟你的恐怕就是社會服務處與街坊救濟會了。這種「情」的文化，又有什麼可誇耀？

孔子是一個大思想家、大教育家。他的思想已經維持了中國社會的平衡有一二千年。我對於孔子沒有什麼特別的研究，但知道漢以後有許多人對他的思想作各種的詮釋。究竟他本來面目如何，也沒有一個人能作絕對的確實的說明。他的「仁」「義」，他的「人情」，到後來只是被當權者的利用。披著「仁」「義」「人情」的外衣，在社會進步上起過無數的阻擾。

大陸現在正在批孔揚秦，我們固然很難同意，但遺留在中國社會上根深蒂固的這種人情的維繫，始終是建立法制的秩序社會的障礙，則是無可否認的事實——無論這個法治是獨裁還是民主。

吳森先生那篇演講，我想如果對象是美國青年，那也許會覺得非常新鮮有趣。我們中國人讀來，則覺得只是搬出五四時代的舊問題，說幾句牽強附會的話而已。如果中國文化的偉大處是吳森先生所說的這種層次上的「人情」，中國民族還有什麼偉大可言，我想恐怕早已亡了。

印度的不能接觸階級

印度是一個信仰最複雜，言語最複雜，階級最複雜的國家。他們的不可接觸的階級，往往不是異國人所能了解的。

印度的階級的劃分，起源於波羅門（Brahminism）的教義。波羅門為印度最初的宗教。波羅門的意義是「世界靈魂」。這個世界靈魂，也即是三位一體的神。這三位一體是：波羅麻（Brama）——創造者，佛西努（Vishnu）——保存者，錫伐（Shiva）——毀滅者。波羅麻創造了第一個存在，叫做默奴（Manu），人類就是由默奴而造。但人類雖是源出默奴，可是並不平等。出於默奴頭部的人類叫做波羅民，為最神聖與高貴的人類，即是僧侶階級。出於默奴手的人類為第二級的人類，是王與武士階級。出於默奴的腿股的人類為一切手藝工商的階級。出於默奴的腳的人類則為最下賤的人類。這就是印度階級的來源。以後由這四個階級又分為有許多數不清的階級。最不可思議的就是所謂「不可接觸階級」。

屬於這不可接觸階級的人民，都是最窮苦的人民，他們自然是沒有土地的，他們居住的地區也是同別人劃分開的。他們沒有資格進廟寺。如要敬神，必須通過不屬於這個階級的代理人。他們不許用公用的井，得求人從公用的井中汲水轉給他們，因為他們的接觸就是一種污濆。甚至於購物，也不能直接交接；須把錢放在桌上，等別人把錢收去，再把貨物放在桌上，才能去取。他們世世代代永遠做最低賤的工作，如清道夫、硝皮匠、糞夫等。屬於這個階級的人民，全國有五千五百萬。甘地叫他們為哈立健（Harijans），意即上帝的孩子們。

印度獨立後，憲法上特別制定對哈立健保護與鼓勵的條款。明確地說明「不可接觸」的習俗已完全廢止，如仍有強行此種習俗者，當根據法律科以刑罰。此外在許多其他部分，對哈立健這個階級，也有特別照顧與保護的規定，以免受傳統的剝削。在國會及省議會中都有特別的席位專為哈立健而設，以免他們被擠出於這些發言的場合，起初規定以十年為期，現在則又加以延長了。一九五五年國會通過「不能接觸」的法案，對繼續實行舊法規，如禁止哈立健進寺廟、用公用井、進店鋪購物以及進吃食店、學校、戲院等一切將他們歧視者將科以重刑。在任何政府機關以考試取才的場合中，每八個位子裡必須有一個留給哈立健，而其年齡與資歷也以哈立健教育水準為標準。政府的獎學金一類的設置，也同樣的為哈立健備留專額。總之，在立法上，我們覺得其鼓勵與保護哈立健的措置，可以說已經無微不至，但是哈立健的社會則進步甚緩，大部分的人還是同以前一樣過日子。在有些較進步的鄉村中，哈立健較可與別的階層的人混合相處，表面上好像舊習已去，可是沒有一個非哈立健的人會去從事哈立健的職業，而哈立健也從未希望其子弟作從事其他高尚職業的打算。這原因大概是在有龐大失業數字的國家中，放棄傳統的職業，往往是一種很冒險的行動。至於在南方偏僻的鄉村中，哈立健的生活則還是與一百五十年前一樣，他不能接近僧侶；除非為工作，不准進入非哈立健人的住區，不准戴首飾，甚至還不准睡「床」。

政府曾經用種種方法改善哈立健的生活。如哈立健清糞夫的工作，傳統上是一直頂在頭上的；現在政府提倡改用糞車，由中央政府津貼地方政府，叫地方政府遵行，命令清糞夫改用新法，可是許多地方的清糞夫竟不願意改良。這也可見習慣與傳統囿人之深，一切的改良都需要很長的日子，不是一朝一夕可以辦到的。

自從不能接觸法案實施以來，每年雖也有一二百件觸犯這法案的案子，事實上哈立健的經濟地位與社會地位很低微，他們為怕別人報復，有壓迫他們的事情，他們也往往不敢報警的。在中央政府與地方政府中，專為哈立健所保留的工作配額，有資格去擔任的哈立健還是不足半數，另外必須暫時補以非哈立健的人們，或遞用資格不夠的哈立健，這自然是對於工作本身會有妨害的。

雖說大部分的哈立健很少進步，而且進步很是緩慢，不過一切還是在演進，也許慢慢積儲到一個飽和點會起突然的變化也說不定。至少，現在有許多哈立健的孩子們都進了鄉村學校，而有許多政府的獎學金使他們升學；即使在鄉村學校中還有歧視，可是到了大學水準，這種分別就自然會消除。而且在大學的宿舍中，凡是有政府津貼的，都必須要接受哈立健的同學們的住宿的。許多畢業出來的哈立健學生，回到故鄉後起初一定覺得不慣，但正可鼓勵他為哈立健同胞努力改善自己。而如果在鄉村裡教書或擔任別的工作，也可慢慢地使哈立健的社會地位改觀。

在立院機關裡所保留的哈立健的席位中，哈立健慢慢地自然會有政治意識發展，五千五百萬的哈立健人的覺醒，其選舉票就是一個很大的力量。自然這是言之過早了。

要使哈立健很快可以進步，經濟還是最重要的因素，有人說如果哈立健可以有土地，他們自然可以擺脫別人的束縛。這也是許多印度人的想法，他們以為哈立健的進步是同印度的土地問題與社會問題聯在一起的，倘若土地問題，社會問題都有很好的解決辦法，哈立健的問題也就附帶的解決了。

個人主義與自我主義

曹聚仁先生在《熱風》上寫了一篇〈人不自私天誅地滅〉的文章，是針對著我在〈論個人主義〉一文中引證他的話而作的。可是，我倒覺得他也坦白地承認魯濱遜離群獨處並不是所謂個人主義，而他自己所遵循的，還有另外一套個人主義。曹先生所遵循的個人主義，也許並不叫個人主義；他所反對的個人主義也不是我所主張的個人主義。所可惜的是他對於我所說的個人主義，很有誤會或歪曲，所以我不得不說說明白。

「天下沒有完全的定義」，定義是概念解釋概念的短句，往往反而使問題糊塗。曹先生以為，「共同承認這一定義的正確性，那就不必討論。」我倒以為除非我們同意所討論的概念，有一個共同的內容（或者說是彼此同意的定義）我們才可以討論；否則往往是所談的各不相關，瞎扯以後，就是互輕與謾罵。這類筆墨官司，我向來是不理的。

要說明我所說的個人主義，是很容易的事情。

第一、這是從生物學出發，承認「人是有機的不可分割的動物」。

第二、這是從生理學、神經學、心理學出發，每個人有生有死，隨時可失常。

第三、社會是「人的聚居」，這人仍是一個個活生生的生物。

第四、因此每個人不得不承認與我們聚居的都是一樣的平等的人。

第五、不管人有美醜、智愚、賢不肖或後天的貧富、貴賤之分，其為人，其為社會的單位是完全平等的。

第六、個人主義是一種哲學的態度，用「人」的眼光去看每一個人，不是以「自我」的眼光去看人。

這裡我絕沒有說「人是白璧無瑕的動物」，「像蒸餾水一樣的」。個人主義者，因為從生物上認識人，所以認為人的「利己是自然的」，一切生物都是利己的。也就因此，所以個人主義者不相信組織，因為組織往往是強者智者抹煞別人的個人，而借組織擴張自我的個人。也所以個人主義者不贊成獨裁，因為人是一個生物，生理機構的不正常、心理歪曲都可以使他失常，他不可能什麼思想都對，什麼行為都於大家有利。我說「人類對於人的開始認識是不到兩世紀的事情，但對於公民國民的認識則已有幾千年的歷史」，這是因為對於人的認識是從達爾文開始的，達爾文是第一個以人為生物的一種來認識的人。接著就有費希納奠定科學的心理學，才認為人也是可以科學地來研究的對象。這裡特別要注意的是「人的認識」，由「人的認識」，才有「個人主義」。

個人主義，談的是「人」——每個人，不是「我」。曹聚仁所謂「爾當自知」、「自我覺醒」，都是「我」。「我」的認識，曹先生追溯到「希臘」，似乎還太晚，達爾文同時的生物學家，早已證明脊椎動物都有「我」的認識了。小孩子出世，很快就建立了「我」。從「我」出發的思想，固然也可有「我」的擴大，為利己而利他，曹先生說的我都同意。但從父母家族，擴大到公民國民，這是一個長長的歷史。所謂由「小我」到「大我」，也就是擴大而已。中國的道家哲學，所謂「與世無爭」，也是「我」與世無爭。楊朱所謂「為我」，墨家所謂兼愛，儒家所謂

「親親」、「仁民」、「愛物」，都是由「我」出發而推開去的思想。所以他們愛把「人」分作很多種，聖賢、君子、小人、士大夫、庶人。由「我」出發的思想，講「我」的完成與「我」的修煉。即如何使自己道德高、胸襟寬、人格完善，能愛人如愛己。因此自負為有修養的人。儒家所謂養浩然之氣，對販夫走卒，看作低於自己，取愛憐的態度。佛教、道家所謂不戀執現世，與世無爭，對芸芸眾生，不能脫輪迴，謀因憐而度之。理學家則是綜合儒、佛之修煉而完成自我的思想。馮友蘭講境界，所謂與天合一之天人等分類，也只是總括前人之說而將其分為高下。但是這些由「我」出發的思想，我們並不稱它為個人主義。

自我主義則正是由文藝復興「自我覺醒」而起的一個支流。本來基督教用天主的眼光看人，早已有普遍的「人」的概念，但有代表神權的僧侶與常人的分野，其次「人」是上帝所創造，而所創造的人有智愚強弱之分，那麼其不平等也是上帝所承認的，所以這個「人」是參差不齊的。加之當時思想統制，社會黑暗，政治腐敗。文藝復興喚起「自我覺醒」，這本是一種解放。可是由於「我」的解釋，「我」的發揮，「我」的意志，「我」的力量，「我」就成為一切的出發點。這個「我」的發揚，正是以後浪漫主義潮流的淵源。但是浪漫主義只是自我感情的奔放，到叔本華的意志哲學、尼采的超人論，這就是所謂意志的集中力的發揮，這就成了自我主義。易卜生，就是尼采的一派。（不瞞曹聚仁先生說，我當初也以為易卜生是個人主義的，但多讀易卜生著作以後就懷疑了，當魯迅在《奔流》上出易卜生專集的時候，我很想寫一篇關於易卜生的東西談談我對於易卜生的英雄主義與自我主義的本質，可是就在找資料的時候，我發現羅素早已論到此點，我就覺得我不必寫了。）

一切獨裁極權的思想也就發源這個自我主義。在革命狂飆的時代，大概總是由「我」的覺醒，而成為情感的奔放，慢慢地轉而為意志的集中，「力」的崇拜。這二者都是自我主義的發揮。五四所接受的是自我主義，以後發展下去，就成為英雄崇拜，權力迷信，由紀律組織而成為黨力了。所以自我主義的人很容易相信組織。把自我融化在組織裡。因為個人的力始終有限，有了組織，方見力的真正發揮。

魯迅是五四運動的人物，在反抗舊社會中，他變成自我主義者，使他的思想接近尼采，這是很自然的事。但是當他與後期創造社的人們論戰的時候，他知道通過組織才可使力有充分的發揮，於是他就轉到組織裡面去了。五四運動可以說是自我主義的運動，當時世上還沒有人在提倡個人主義。在歐洲，雖散見於少數人的著作，但也無廣大人在注意。所以當時中國的新人物，可以說都是自我主義者。曹聚仁引的胡適之先生的話：「世上最強有力的人就是那個最孤立的人」，可以說就是自我主義者的自白。但是現在胡適之是怎麼樣呢？他由相信社會主義以後，覺悟過來說：「資本主義只是每個人勤儉而已。」所以自我主義是屬於狂熱的與意志的，個人主義則是理性的。

個人主義是平實無奇，不空想的主義。大概人對人的求了解起初都是由「我」的反省出發，所以希臘與中國並沒有分別。西洋有了宗教以後，用上帝的眼光看人，「人」的概念比較客觀。但一到社會上不平等，黑暗腐敗之時，人的反抗又必須從「我」出發。從人出發的思想雖從未絕跡，但不會風行而受人歡迎。個人主義思想最早可說發源於洛克的人性論，發展到康德已很清楚。可是康德以後，費希特的國家集體觀念，黑格爾的絕對觀念，個人就變成了集體。達爾文所了解的人，到了社會的形成，馬克思就只看成階級。以後因人類學、生理學、神經學、心理學的發達，才又發覺了個人才是真正不變的社會單位，這才是具體的個人主義的思想。所以個人主義的思想也可以是二十世紀的產物。

第一次世界大戰以後，有些思想家如羅素之類，對於「力」與「集體」一類的思想，覺得太有害於社會，大聲疾呼，個人主義思想開始發揚起來，但還不能使世界對於個體的人有真正的了解。直到第二次世界大戰以後，人之個體才與民主思想結合，而成為原則上基本的單位。此精神即在聯合國的普遍人權宣言所發揚者。希臘的民主，只限於「公民」，奴隸雖是人，但不在民主之內，所以我說只認識「公民」沒有認識人。美國的民主，黑人是不在內的；英國的民主，殖民地的人是不在內的。但第二次世界大戰以後，美國及英國都已經逐漸地在改進。

個人主義思想與民主思想的進展原是不可分的。民主思想如沒有個人主義的基礎，這民主往往不會是普遍的民主。由個人主義出發，一定是贊成民主自由；由自我主義出發，一定會贊成極權。這是無可避免的發展。個人主義可以說平凡主義，承認人是生物的一種，有欲、有自私，有生、有死，但認為人人都是一樣。個人主義者不妄想什麼，不謀成仙成佛，不信英雄聖賢，並不胸懷大志，想治國平天下；但做一天人，就切切實實做一點自己想做與愛做的事，痛痛快快圖一些可享受與能享受的享受。並不企圖做「強」者「有力」者，也不圖做「最孤立」的人。也許也是為「利己」而「利他」，但我的說法，是謀諧和。愛社會而討厭組織，愛自由而遵守秩序。

個人主義當然也不反對別人求仙煉道，圖做英雄聖賢，但這是他個人之事，正如他愛好音樂，圖做音樂家一樣。如果要侵犯別人個人的尊嚴，威脅別人的自由，那就不是個人主義者能容忍了。

個人主義者一不以為自己可以一心為人民服務，也不相信有人可以終身一心一意為人民服務，二不以為自己「不雜泥沙，純潔得很」，甚至也不信人可以鍛鍊或修練到此境界。所以個人主義是科學的、常識的產物。

作為思想的研究與討論，我想曹聚仁先生是不必曲解侮蔑個人主義是《魯濱遜漂流記》式離群獨處而還是要依賴社會在生活的主義。但是，在曹聚仁先生從論儒家，道家以及易卜生主義以後，我深深地了解他以「魯濱遜」的生活來譏笑個人主義，或者是另有政治的用意。那就不是我敢與曹先生討論的問題了。可是既然曹先生承認自己對於個人主義的了解不是真的《魯濱遜漂流記》式的離群獨處的主義，而是楊朱、墨家、儒家、道家以至於易卜生主義的那些思想，那麼對於我所謂的個人主義相混淆，那是不足為怪的。

近年來，聽到談思想的人很多。常常一談到民主，愛說中國古已有之，道家如何，儒家如何……；一談到唯物論，又說中國古已有之，法家如何，墨家如何……；一談到醫學，又說中國古已有之，《傷寒論》如何，《本草綱目》如何……。我發現這些人都是我的前輩，他們對於中國舊文化的迷戀正如對於家鄉的迷戀是一樣的。許多人談到食物，常常有同樣的態度，譬如說橘子吧，我們家鄉的橘子比這要甜得多啦。鹹肉麼？我們家裡以前自己做的比這個不知要香多少。這態度在比我再年輕一輩的人聽來也許會覺得討厭，要同他們力爭，可是在我的年齡，則覺得這是很可愛的。但是前輩的曹聚仁先生竟仍知道五四運動時候還有易卜生的「一種個人主義」從西洋進來，可是為什麼當時不啟用中國的「個人主義」，而要從西洋搬進易卜生的「一種」呢？曹先生並不想了解。曹先生對於魯濱遜離群獨處起到易卜生式止，裡面包括道家、楊朱、墨翟、儒家……各種思想，一律都稱之為「個人主義」。五四到現在，幾十年過去了，當時的人物老的老，死的死，落伍的落伍。時代是這樣的無情，能夠從當時的自我主義，經過社會主義到個人主義的信仰，那是曹先生後一輩人的行程。能夠追隨這時代的前輩，像胡適之一樣的，怕是並不多了。一定要把自我主義稱為個人主義倒並沒有關係，概念的定義是一件事，內容與形象又是一件事。汽車這概念沒有變，但是四十年只乘過一次汽車的老祖母，對於汽車這個概念的記憶，同我們坐過現代汽車的人所知道的是多麼不同呢？不過事實上，聰敏如曹聚仁先生，如果肯平心靜氣想想他日常所過的生活與其處世接物的態度來說，恐怕還是接近於我所說的平凡的常識的個人主義吧？

「行乞者」之歌

亞洲電影公司的第一部片子《傳統》在台北獻映，製片人徐昂千兄要同幾個演員到台灣。監製張國興兄，因是由我的小說改編，邀我同行。我因為很想念許多朋友，很高興藉此走走，但是生活在這裡，手頭上許多事情，也無法擱下，所以始終遲疑未決。可是亞洲電影公司的宣傳已經出去，台北的許多朋友都知道了，紛紛寫信給我，大家都是很熱誠地表示對我歡迎。異地遊子，接到友好這類的信，就如以前求學時接到家裡姐妹兄弟的信一樣，回家一趟，所以每接到一封信，就想試試安排這裡手邊的瑣事，其中最要緊的就是印刷所的債務同校樣。人不離開香港，印刷所對我還放心，人要離港遠行，那就可能遙遙無期；人在這裡，拉拉扯扯，他需要錢總可以問我向別處收點錢來還他，人不在這裡，就變成非等我回來不可。其次就是校樣，印刷所並不能把鉛字排在那裡等許多時候。他的鉛字不是做我一個人生意，我一離開，可能一月、兩月，他排在那裡的鉛字就要凍結在那裡，這在他是太大的損失。因此，雖然許多自己的事情可以擱下，事關別人頭上，就非常為難。雖盡種種努力，終無安排方法，因而未能與昂千兄等同往。

最近，台灣方面友好寫信來，對我未能為各報寫稿，頗有責備之意。說各報邀我寫稿，上次返港之後，竟成黃牛。為了這點，我真應該跟隨徐昂千兄一道來台，向這些愛護和關顧我的好友們叩頭求饒，才是道理。可是偏偏我在無法擱下的許多事情以外，我的齒疾又發了，因此又須多一重考慮。不過有許多話我是不得不加以申說的。

上次到台灣，承許多朋友看得起，約我寫稿，我都說「好，好」、「待我努力」……這是不錯的，因為我是賣稿為生的人，沒有理由不寫稿子。但並沒有訂約，也沒有收受人家稿費。有幾處知道我窮，要先支一點稿費給我，我因交卷無把握，都謝絕了。所以「黃牛」兩個字，就談不到了。

流亡到海外，四年來靠賣稿售書為生，我對於自己的感覺是「……行乞的事業……向你們唱人間的悲歡與我心底的歌曲，求善男信女一點捨施，謀在擁擠的英雄高僧間，得卑微的生存與呼吸」。

我既不是豪門，也不是富商，別人拉稿並不是「拉廣告」，我賣稿也不是「刊登廣告」，我又何必吝惜？別人看得起我，要我寫稿，我都是感激不暇，絕無不想寫的道理。問題就在我是否寫得出。

我在二十歲的時候，一天可以寫一萬字，但寫出去沒有人要，如今有人要我稿子偏偏我一天寫不到一百字，有時候竟幾個月寫不出一個字。這是一個悲劇！假如我還能像二十年前一樣的寫法，有時候我想，恐怕寫了一個月，以後也要沒有人要了。這原因很簡單，以前是膽大妄為，覺得什麼文章都可以寫，現在則覺得自己眼高手低，看看別人的文章都是可寫可不寫，自己拿起筆，也寫不出什麼一定要寫的文章。如果為稿費而硬寫，東拼西湊，也許一天也可以寫幾千字，但是竟提不起興趣。而我也做過編輯，知道像這類稿子，多投總是不受歡迎的。

但是拉稿的朋友，並不能了解，有人說你架子大，有人說你驕傲，這真是天曉得，我有什麼可以驕傲？有什麼可以搭架子？活到四十歲，沒有一天過著安定的生活；東西流浪，一事無成；

上未能養父母，下未能安子女，對鏡自問，覺得自己低能可恥還來不及，還談得上驕傲自大！

流亡到香港以來，有人問我有何打算，我說「毫無」。人問有何願望，我說：「無疾而終」。後來想想「無疾而終」這句話，覺得正是沒有自殺的勇氣者的幽默。誰知這句話在朋友間真的成了一個「幽默」，好像好些人都有我同一個「願望」，這也可見人間之苦了。

寫文章的朋友，一到賣稿市場中比較，優劣快慢，真是立見分曉。我馬上發現從寫作出身的朋友，一到靠賣稿為生，文章越寫越慢，稍微寫快一點，就可以壞到不能相信是他寫的。而新聞記者出身的朋友，則真是個個有倚馬之才，翻翻報紙，寫幾千字；坐坐咖啡館，寫幾千字；聽異地來客一席話，一揮就是兩三篇。文章雖不一定特別好，但都過得去，而至少可以吸引一部分讀者的。偶一高興，也隨時可以寫小說，雖談不到是文藝佳作，但也頭頭是道，刊在報上連載，天天可使人看到一點引人入勝的花樣。

有一個時候，我編雜誌，約一些朋友寫稿。約到寫作出身的朋友，總是橫拖豎拖，好容易交來一篇，偏偏不是你所需要的。約他寫小說，他寫一篇考據文章；約他寫掌故，他來一首詩。但約到新聞記者出身的朋友，那就完全不同了。他第一問你要什麼性質，第二問你什麼時候要。真是要什麼有什麼，隨時要，隨時有。這還是其次，最奇怪的還是字數，寫作出身的朋友，字數不能控制，也毫無把握。你說要三千字的文章，他會給你三萬字；你說要兩萬字一篇小說吧，他會交你八千字。可是新聞記者出身的朋友，則字數完全可以預約，要多少就多少，偶爾有點出入，他還會說：「要是不夠，我可以加一點。」或者說：「要是太長，我可以刪去一點。」

這是我以前完全不知道的。因為以前在大陸，編一個文藝性一類雜誌，從來碰不到新聞界的朋友，新聞界的朋友各有專業，沒有空寫與他興趣無關的東西。到香港，新聞界失業的朋友也不得不靠寫作為生，因為其交稿準確可靠，反而較寫作出身的朋友為刊物所歡迎了。

有了這一份編輯上的經驗，到賣稿的世界來，就有了新的了解，那就是文藝刊物的編者比較會了解作者的苦衷，而報紙的編者則很難諒解。他們以為約你寫小說有什麼難，你每天在寫，分幾百字過來，不是很容易的事情麼？實則，我真是無日無夜不在想點什麼，而約過我稿子的報紙與刊物，我永遠像庵堂感激施主一樣在感激，也永遠在想寫出一點什麼寄去兜售。（因為這無論如何比上「大押」典當衣服為好！）只是我從上次回到香港以後，的確沒有寫些什麼。如今香港的報紙多已入台，請問那裡面可有我的文章？前幾天《星島日報》的編者說我還透支二百元稿費，因最近沒有稿子可交，只得拿了現款還他。

到香港以後，真是無日不想改行。原因是看到寫稿的朋友都是機器生產，而我則永遠是手工業的速度，各地稿費，都以字數計算，並不以勞作時間計算；深感以此為生，必淘汰。

上次到台灣，見台灣文友，都有業，寫作不過是副業，不禁羡慕不止。回來以來，更是戰戰兢兢，立志要找一個小事，但竟是不太容易。而禍不單行，病從愁來，先是腿病，繼以齒疾。本願「無疾而終」，偏是「不終而有疾」。回憶童年時，作文寫不出，被老師打幾手心，終於逼出了幾句。如果責備也是「幾下手心」之意，則深願馬上飛台，面就「不滿」「各報」打幾下手心，以便逼出幾句，交卷了事。

台灣各報都負有復興民族的責任，大敵在前，竟有暇責備一個「行乞」的歌手，而只因其唱不出歌的緣故，這也未免太幽默了。

末了，除了我該感謝台灣的友好以外，還得對約我寫稿的各報，致我深厚的謝忱歉意。

口號的邏輯

標語是一種宣傳的武器，在中國，它的出現大概是國民黨北伐的時候。那時候我遠在北方讀大學，記得何容兄曾經寫過「標語」研究的書，頗為一般人所欣賞。以後標語、口號、大字報越來越風行，但是專門作這項研究工作的人似乎沒有再出現。我在這方面是絕對外行的人，平生既沒有寫過標語，也沒有喊過口號，更沒有貼過大字報。但是生在這個時代，看到的，聽到的實在也不少。

最近聽到的口號中有兩句，覺得實在很突出，第一是「造反有理」，第二則是「反潮流」。關於「造反有理」應該是革命的口號。在劉邦、朱元璋興兵的時候，「造反有理」當然是再對也沒有，但當他們得天下登皇座以後，「造反」自然會認為沒有理了。

在紅衛兵蜂起之時，「造反有理」這個口號是毛主席叫出來的。這當然不能曲解對「他」造反有理。如果真是「造反有理」，那麼高崗、劉少奇之類，以及後來林彪，不都是意圖「造反」之徒，其「理」又何以不能存在呢？

第二個是「反潮流」，據說是：「一個真正的共產黨員，就要出以公心，不怕撤職，不怕開除黨籍，不怕坐牢，不怕殺頭，不怕離婚，敢於反潮流。」毛主席還特別指出過：「反潮流是馬列主義的一個原則。」

既然如此，那麼那些二十年來被撤職，被開除黨籍，「不怕坐牢，不怕殺頭，怕離婚」的文人如王實味、胡風、吳晗、田漢等；政要如張國燾、高崗、劉少奇、林彪不正是堅守馬列主義教的這個原則的真正共產黨員麼？

所以「造反有理」，實際上是「有理」無處訴的；結果終是「無理」下場。而「反潮流」，則是要反「反潮流」才對。

據說：「要注意一個傾向淹蓋一個傾向。反對陳獨秀的『一切聯合，否認鬥爭』的『右』傾機會主義，掩蓋著『一切鬥爭，否認聯合』的王明『左』傾機會主義。糾正王明的『左』傾，又掩蓋著王明的『右』傾。反對劉少奇的修正主義，掩蓋著林彪的修正主義。這種一個傾向掩蓋著另一個傾向，一種潮流來了，多數人跟著跑，只有個別人頂住的事，在歷史上多次發生。」（周恩來：在中國共產黨第十次全國代表大會上的報告）

但是，歷史實在太長了，左的「潮流」來的時候，「反潮流」的右傾分子想去「頂住」，就被「撤職」、「開除黨籍」、「坐牢」、「殺頭」。右的「潮流」來的時候，「反潮流」的左傾分子，想去「頂住」，就又被「撤職」、「開除黨籍」、「坐牢」、「殺頭」。

在「左」潮流與「右」潮流一個掩蓋一個的時候，歷史上被淹沒的謀臣猛將不知有幾百幾千。李斯是怎麼亡的？韓信是怎麼死的？不要說彭德懷、劉少奇與林彪了。

造反可成有「有理」的人實在不多。武王伐紂以下，也只有劉邦、朱元璋幾個人。現在當然只有毛主席。

在「左」、「右」潮流中，個別人「頂住」的事，在歷史上也只是這幾個人。現代，在中國，也只有毛主席。連周總理，長長的革命生涯中，也只是或「左」或「右」順著潮流走，一直沒有「出以公心，不怕撤職，不怕開除黨籍，不怕坐牢，不怕殺頭，不怕離婚，敢於反潮流」過。

一九七四，六，四，晨二時。

中文大學的中文

全世界只有一家「中文大學」，到香港不得不參觀中文大學，參觀之而不得不觀其「中文」，此中文，乃〈香港中文大學中國文化研究所落成記〉也，撰書者中文大學校長及中國文化研究所所長李卓敏也。原文謹錄如下：

香港中文大學中國文化研究所落成記

香港中文大學校長兼中國文化研究所所長李卓敏撰並書

余自一九六四年來香港忝長中文大學幸獲社會賢達支持及國際友人合作教學與研究二者喜得順利推行一九六七年有中國文化研究所之設其工作旨趣乃依據中國傳統學術與現代人文學科及社會科學之學說結合印證以致力於中國歷史文學語言思想美術之研究並探討現代中國及中國與東南亞關係諸問題本所基址位於大學校園之內一九七零年杪落成承學之士舉欣欣然相告曰中華文化自五嶺以南延一脈於斯地不亦宜乎余因之有所感矣治學之道貴能兼通既不抱殘守闕以陷故步自封之途亦不削足適履致貽數典忘祖之誚而在方法與態度上將恪守盱古衡今廣徵博采之原則以從事研究此余所兢兢業業悉力以赴之鵠的也諸君子有志乎是相與優遊其間商量舊學培養新知不其盛歟所址仰挹馬鞍山俯接吐露港群峰螺粲烟波百變

知者樂水仁者樂山非山水之能娛人彼知者仁者之所以常低回於此而不能去者固別有所在也本所籌建之初利希慎置業有限公司慨捐全部建築費用藉以紀念其創辦人利希慎先生而司徒惠議員義繪圖則聯益建造公司祇依成本承建俱足感也　余既記其事又從而歌之曰：

巍峨高閣　四時登臨　宛彼山川　遊目開襟　融會東西　揚搉古今

博文約禮　邃密深沈　楩楠杞梓　俯仰成林　芃芃棫樸　悠悠我心

以文論文，這篇文章可說有三大毛病：第一，嚕囌。第二，不通。第三，不知所云。

茲謹逐句評改之如下：

第一、「幸獲社會賢達支持及國際友人合作教學與研究二者喜得順利推行」，這句話的不通處，是「教學」不是可以「推行」的對象，「研究」也不是可以推行的對象。而「教學」與「研究」是教授們的工作，校長也不能對「他們」推行。

我們可以「推行義務教育」，也可以說「推行大眾教育」，勉強也可以「推行教育」；但說「推行教學」，則是絕對不通的話。我們可以說「加強研究」，「從事研究」；也可以說「敦請專家來研究」，「鼓勵大家來研究」，「號召大眾來研究」，但說「推行研究」或「推行同事來研究」，則是絕對不通的話。

第二、「一九六七年有中國文化研究所之設」。這句話毛病是生硬與嚕囌，簡明一點說是：「一九六七年設立中國文化研究所」。

第三、「工作旨趣乃依據中國傳統學術與現代人文學科及社會科學之學說結合印證以致力於中國歷史文學語言思想美術之研究並探討現代中國及中國與東南亞關係諸問題」這句話是嚕囌兼不通又不知所云。主題已經是「中國文化研究」了，自然是研究中國文化。中國文化是什麼呢？一、中國哲學，二、中國科學，三、中國歷史，四、中國文學，五、中國語言，六、中國美術，七、中國音樂，八、中國建築，九、中國醫藥，……總之，中國文化是中華民族五千年在生活思想學術發展累積的總和。凡是學科上有的名目，中國文化都可是有的，都值得研究。所以說「研究中國文化」已經說清清楚楚，為什麼又嚕嚕囌囌要列舉中國歷史、文學、語言、思想、美術呢？而把「思想」放在「言語」「美術」中間，尤其不倫不類。其次，什麼叫做「中國傳統學術與現代人文學科及社會科學之學說結合印證」，所謂「中國傳統學術」也正是中國文化，不正是研究的對象？

至於現代人文學科與社會科學學說，當然也是包括中國的，那麼不也是「中國文化」麼？這不也就是中國文化研究所的研究對象麼？所謂「結合印證」，不過是研究程序或方法之一，放在這裡，可說是不知所云。如果李所長以為「現代人文學科」「社會科學」學說只有西洋才有，且不論這是「是」或「非」，如果假定是「是」，我們也就必須包括哲學、數學以及自然科學的學說了，難道不是更應該與中國傳統學術「結合」、「印證」麼？

第四、「治學之道貴能兼通既不抱殘守闕以陷故步自封之途亦不削足適履致貽數典忘祖之誚」。這句話，嚕囌不清楚。所謂「貴能兼通」是指中西兼通。上面沒有指明，所以下面「抱殘守闕以陷故步自封之途亦不削足適履致貽數典忘祖之誚」，就不夠清楚。以文言文來說，兩句話也太嚕囌，而且對偶如「陷故步自封之途」「致貽數典忘祖之誚」不但不工不整，而且酸腐不堪。勉強改寫，不如：「治學之道，貴能中西兼通，既不應抱殘守闕，亦不宜削足就履。」

第五、「而在方法與態度上將恪守盱古衡今廣徵博采之原則以從事研究」。此句與「第三」

重複。「第三」句中已經說一大段「中西古今」結合印證，現在又說「盱古衡今廣徵博采」，這是修辭贅瘤，必須劃除，否則也須併入「第三」點概括之。

第六、「諸君子有志乎是相與優遊其間商量舊學培養新知不其盛歟」。這裡所說「商量舊學培養新知」，又是談到「研究」，可說是床上加鋪，鋪上加床。其實全節可刪除，要勉強改之，則「……相與優遊切磋其間不其盛歟」也就夠了。

第七、「知者樂水仁者樂山非山水之能娛人彼知者仁者之所以常低回於此而不能去者固別有所在也」。這裡「別有所在」，可以說真是不知所云了。

第八、「本所籌建之初利希慎置業有限公司慨捐全部建築費用藉以紀念其創辦人利希慎先生而司徒惠議員義繪圖則聯益建造公司祇依成本承建俱足感也」。此句「其創辦人利希慎先生」的「其」字，頗不清楚，指是「本所」的創辦人呢？還是利希慎置業公司的創辦人呢？

如果所指是利希慎置業公司的創辦人，那麼這句話應寫作：

「利希慎置業公司為紀念其創辦人利希慎先生慨捐本所全部建築費……」

如「其」是指「本所」的創辦人，則這句話應寫作：

「利希慎置集公司為紀念本所創辦人利希慎先生慨捐全部建築費……」。

上面幾點只是就文論文，至於內容，就所談的第三點來看，李所長對於文化及中國文化概念之糊塗，也實在令我詫異。這似乎需要另外寫文才能論列。我不是什麼文章家，只是一個中國人，但知道怎麼樣運用中文的中國人。以前嚴又陵先生說翻譯的標準是信雅達，其實文章的標準也可以說是信雅達。信就是說得正確，雅是說得漂亮，達是說得清楚通暢。李所長這篇「落成記」，可說是不信不達，當然更說不到雅了。

李所長有何指教，不佞都樂於聆聽。如願意在中文大學大禮堂或電視台與不佞公開討論，不佞自亦樂於接受。身為中國人，自不得不奉陪李校長兼所長「推行推行」中文也。

一九七四，六，八。

國家意識與民族意識

我在《明報月刊》九卷八期寫過一篇〈兩個中國〉的隨筆，只是說明兩個中國是既成的事實，要變成一個中國──無論是解放台灣或反攻大陸──都要經過戰爭流血，人民死傷受罪可能遠不止一千萬。所以我不贊同。我認為維持現狀的兩個中國，沒有什麼不好。

因為這個「兩個中國」的現狀，存在了已有四分之一世紀。百分之九十五的居住台灣人士，已經建立了一個國家意識。大陸中國如果不與台灣合一，對他們可以說沒有什麼影響。同樣的大陸中國的人的國家意識一直沒有包括台灣，台灣是否與大陸合一，對他們也可以說沒有影響。

國家是為多數人民最有利生存的條件下的一種組合。所以不同的民族，可以是同一國家，產生一個共同的國家意識。相同的民族，可以成為兩個國家，他們也許有共同民族意識，但有不同的國家意識。廣東人同黑龍江人，在形跡上雖可說沒有血肉的聯繫，但他們早已建立了一個共同的國家意識。這個國家意識在他們永遠是一致的。為什麼，因為他們在一個政制下生活，可以隨時來往交接，談到共同的生存條件與現狀，緩急相濟，貧富相繫，一個地方有旱荒，另一個地方會馬上去解救，所以是血肉相關的。新加坡是一個獨立的國家了，那裡百分之八十人民是與我們福建、廣東在形跡上是有血肉的聯繫的。許多傳統同廣東、福建的同胞是一致，我們彼此一見面，馬上就有共同的民族意識，但就有不同的兩個國家意識。──因為政制不同，法律不同，好尚不同，幣制不同，生活方式不同，所以可說沒有血肉的聯繫。

中國的偉大是文字的統一。但當國家意識分裂之時，反映在文藝作品中有我們不能否認的現象。

如果你拿大陸黑龍江、新疆的作家的作品，與廣東、福建的作家作品來並看（甚至以國內的小數民族以他們的文字所寫的作品來並看），我們馬上可以看出他們有一個共同的國家意識，他們的呼吸與脈搏是一個韻律，很顯明的，他們有血肉的聯繫。

如果你拿台灣中華民國作家的作品與大陸任何地區作家的作品相較，你就會發現它們間，在形式與內容間毫無共同的東西。台灣作家的那些文藝作品可以說完全代表另外一個國家的意識型態。他們呼吸脈搏完全是另一種韻律，這所以我說，兩地的人民是已經沒有什麼血肉的聯繫的。

在文藝作品上是如此，在繪畫、在舞蹈、在音樂、在社會上流行的歌曲，所表現的亦莫不如此。無論在形式與內容上，都反映大陸與台灣得生活韻律，意識形態，完全是兩個國家的分歧。

在一九七四年八月號的《中華月報》上，有一篇魏鏞著的〈中國政治體系之分裂與統一〉文章裡有一個關於整個中歷史的統計，發現統一的年代是一九六三年，分裂的年代是一一三一年。前者佔全部年代百分之六四・四，後者佔全部年代百分之三六・六。也正所謂天下大勢，合久必分，分久必合。我不是反對「合」的人。但我覺得如果「合」於大部分人民有利，則合；「分」於大部分人有利，則分。現在已經是分了，在目前狀況下，分可平安無事，合須戰爭流血，所以我主張分。

如果大陸的政策修正，台灣的政治演變有不得不合之勢，有可以不分之利時，我自然主張合。一個人如果不願意在一個政制下生活，他可以脫離這個國家，改籍為另一國家的公民。這在西方自第一次大戰以來是時常有的事情。有的是脫離自己的民族像義大利人之移民美國；有的是回歸自己的民族，像蘇聯的猶太人移民到以色列。這都是個人的自由。

如果中國既成的兩個中國，在兩種政制和平共存，而又能個人自由選擇不同的生活方式，這當然是一個開明合理的辦法，我想不出有什麼待別理由一定要把兩種方式的生活統一成一個。

這只是一個說明。對認為我〈兩個中國〉文有謬誤之處者如龍田先生，也許會發現正是對我誤會之處了。

一九七四，九，十。

友與敵

共產黨有一句教條是「劃清友與敵」，可是他的友與敵天天有不同的劃法。用術語來說，這是辯證的劃分。今天的友可是明天的敵，明天的敵也可以是後天的友。這因為友與敵有矛盾的統一。

其實，以黨為中心，友與敵是很容易劃分的。服從黨的為友，不服從黨的為敵。可以被黨利用的是友，沒有可以利用的就是敵。在與黨利害一致時是友，在與黨利害對立時是敵。是友是敵，無論如何變化，不出這三四個原則。

可是在民主陣營中，想劃分友與敵，這就不容易了。

有人也是以黨為中心，倣共產黨之法來劃分，可是偏偏標的是民主的旗幟，並不能像共產黨一樣的響響亮亮叫出來。因此他的友敵之分非常不明朗。

也有人以個人利益為中心，哪裡給他錢，就認為是友。友之敵人即為彼之敵人。他的友與敵永不固定，隨錢的來源而定。

也有人以個人之主張為中心，合於他主張的為友，不合於他主張的為敵。因此，他的友敵之分，隨時隨地不同。

也有人是有敵無友論者，他認為一切現存的各黨各派各種主張者都是敵人，無法合作。因此他自己以為是最正確，最清高，最超然。

也還有人是有友無敵論者，他認為一切現存的各黨各派各種主張者都是他可以利用的友人，混水摸魚，在他們彼此對待摩擦之中，他可以無往不利。他以為自己是最聰明，最強者。

要這群民主人士團結，我們對團結大會裡的情形是不難想像的。你說反共的都是友人，親共的都是敵人麼？有人就說，他雖是反共，但也反我，所以我不認他是友人。有人就說，我雖反共，但要吃飯；但吃飯第一，反共第二。你先給我飯吃，我再同你反共。有人就說，我雖反共，但我的反法無法同你一致。有人就說，我在反共，有人給我支持，你要同我團結，可是想分我的津貼麼？不如各幹各的。還有人要說，團結是對的，但有了某派或某人，我就不想參加。……

民主陣營實則並無陣營。團結不易，因此就成了「大家是友，大家是敵。」

如果以文化陣線來說，當日大陸上自由文化人之所以未能阻抑左翼文化運動者，正是自由文化之「大家是友，彼此為敵」之態度也。

此時此地，別的都談不到；自由文化人倒是需要一個原則上的共同綱領，雖不是積極的友的團結，至少也是消極的敵的劃分。

願區區此意，可得各報各刊反應。那麼或有熱心人士，會起而共商擬此項原則上的綱領了。

台灣的獎金

在台灣，我碰見過不少可愛的藝術家、小說家、詩人。他們的作品雖不敢說個個是怎麼成熟，但有的已經確乎顯露了他們獨特的風格與有可期的成就。他們的生活多數非常清苦，教書寫稿，終日孜孜碌碌。社會對他既不重視，大家只有小圈子互相鼓勵，甚至互相陶醉。

這些藝術家、詩人、小說家唯一的希望是到「美國」去。除了想進修以外，他們希望美國的社會人士會欣賞他們。這固然是因為經過美國人欣賞後可有國際地位，但最主要的還是只要美國有人（哪怕是第三流官吏）喝采後，中國人以及政府才會承認他們的成就。

半年前台灣有一些現代畫派的藝術家的作品在「雅苑畫廊」展覽，我不知台灣政府給他們有多少幫助，但是除了我以及少數人收到「畫廊」的請柬，得有緣參觀以外，多數人幾乎都不知道。《香港時報》好像都沒有宣傳，更不必談到有人寫文章作報導與評介了。偶爾同《香港時報》的朋友談到。那位朋友幽默地說：「我們《香港時報》辦的是為給台灣的老闆看的，又不是……。」我當時很想寫一篇介紹文章，給他一幽默，我也就沒有勁了。

台灣行政院每年有莫名其妙的獎，什麼尤敏四萬，秦羽四萬，凌波四萬，李翰祥四萬……之類。

如果以藝術來說，像尤敏、凌波這樣的演技，秦羽這樣的編劇可得四萬元，那麼像劉其偉、劉國松、呂壽琨……的畫，於梨華、姜貴、聶華苓、林海音、馮馮……等的小說，至少要獎四十萬才對。至於如溥心畬的畫，于右任的字……則就應該每年獎四百萬了。

但是四萬元，在香港的這些「名」導演、「名」編劇、明星來說，不過是多做幾件衣服，多買幾雙鞋子，或付一個月房租而已。可是在台灣：

普通公務人員不過四、五百元一月的薪水。

大學教授不過一千幾百元。

一個空軍陣亡，撫恤金二萬二千元。

徐昂千兒的「梁紅玉」一片，也是獲獎四萬元。這次他從台灣回來了。我在恭賀他成功之餘，對他開玩笑說：

「你等於收到了兩條空軍的性命。」旁邊有人說：「錢穆先生才祇得到過一條空軍的性命。」

原來錢穆先生得過學術獎二萬元。

鄒文懷希望願收凌波做乾女兒的人多收一個孤兒，此言很可愛。

但雷門在申領紅星名角領獎時，未能倡言將此項獎金培養或鼓勵台灣街頭的真正藝術家們，也足見「現」名「實」利的一關之不易過矣。

一九六五年。

西班牙的報導

政治上的獨裁，到了共產黨的統治，已到了頂峰；如今世界上除了共產政權外，不會再有其他獨裁形式的國家；有之，一定就是腐敗墮落萎懦無能的政府。

西班牙佛朗哥的政府，就是一個日趨腐敗的政權。

西班牙是歐洲最落後的一個國家，較之義大利也要落後五十年。覺悟的西班牙知識階級，鑒於鄰國的躍進，渴求西班牙在經濟、社會及文化方面的變動；可是代表腐朽的，傳統的，極權的佛朗哥政府則堅決地反對西班牙之「歐化」與進步。據最近赴西班牙考察的拉狄沙（Prof.Bogdan Raditsa）說，支持法朗哥的人大概還是過去幫助他得政權的一些舊人。當然軍隊為佛朗哥政權最大的支持人。那些當年內戰時的將軍，足以與佛朗哥相抗衡者都已老死，新起的人物都是佛朗哥所提攜的，一個一個都是特權階級，自然不願有所變更。可是低階的軍人，則有一種新的醞釀，他們代表年輕人的渴望，所以很可能轉為反政府的力量。其次是守舊的教會，那些僧侶幾乎要西班牙逗留在中世紀的自大的愛國主義一樣，他們要西班牙不受西方自由的基督教的影響。除這兩大勢力以外則有新興的富豪，他們從貪汙、從投機、從利用外援而形成的財富，如今成為國內的企業家了。他們自然也不願國家有新的改革。除此之外，幾乎很少知識階級對佛朗哥政權是同情的。

最奇怪的，佛朗哥政權的敵人，並不是共產主義，而是自由主義與社會主義者。佛朗哥對那些自由主義與社會主義者壓迫與捕殺甚烈，而對共產黨則反而任其活躍。共產黨則並不熱心於西班牙政治經濟文化的改善，他們唯一的活動就是作反美的宣傳與驅逐美國在西班牙的基地，這與守舊的愛國主義倒反而沒有衝突。共產黨樂於看到佛朗哥壓殺自由主義與社會主義者，因為這顯然是替他清除了真正的敵手。

在一般人民中，大概四十歲以上的人，因為內戰的痛苦就在記憶之中，雖是對佛朗哥不滿，也不願有劇烈的變動，可是四十歲以下的人，則都希望這個腐敗的政府之崩潰；這些渴求變化的青年人甚至相信佛朗哥政權之所以可以不倒，完全是因為美援之故。這可說是對美援最大的諷刺了。

據拉狄沙教授說，進步的西班牙人都是反美的。他們認為美國把西班牙當作一個落後的國家；美國以為通過一個獨裁的政府比通過一個民主的、憲政的國家容易實現他們的政策，所以他們要支持法朗哥；這與一切關於西方民主政治原則與理論相矛盾。因此他們認為西班牙人民現在只有一條出路，即是反法朗哥同時反西方的援助以建立民主的國家。

西班牙的進步人士，無論是社會主義者、自由主義者、無政府主義者、工團主義者以及基督教民主主義者都是一面反法朗哥，一面反美，但同時有反對共產主義者。

可是共產黨則仍是一個最有組織的地下政黨，他們迷惑了不少青年學生。佛朗哥政府從未使青年學子瞭解共產黨的面目；西方流行許多訴述共產黨及鐵幕國家實況的書刊，在西班牙竟不易得到。法西斯的理論早已無法引人興趣，佛朗哥要宣揚獨裁之優點，有時候還要藉助於共產黨，如蘇聯在科學上、建設上的成就，佛朗哥往往就首先替其宣揚，以表示極權制度之優勝與民主政體之無能。

佛朗哥今年六十六歲，統治了西班牙已二十年。在法西斯蒂克全倒以後，他是共產黨以外少數的獨裁者。但是在他腐朽的黑暗統治下，他很奇怪的還在為共產黨鋪路。許多人說西班牙可能發展成一新舊衝突的內戰。如真的有這樣的內戰，則漁翁得利的一定是共產黨。

真正西班牙所期望的是一個君主立憲政府，但是佛朗哥政權存在一日，這希望越難實現。佛朗哥祇是為權位而權位的人，沒有理想也沒有能力滿足西班牙民族的要求。最近他又逮捕了好些自由主義和社會主義的知名的人士，這顯然是對世界上自由民主的理想一種挑戰。

如果西方國家不幫助西班牙人民有民主自由的享受，西班牙很難成為自由民主陣營的一員。在獨裁的佛朗哥治下，他僅僅是為共產黨肅清共產黨真正的敵人——自由主義與社會主義者。倘西方的國家不及早爭取，則一變化，取而代之可能又是共產黨了。

文字表達問題

把中文列為香港「官方語文」的事，有人反對。反對的理由之一，是中文的表達不夠明確。這是一位華裔大官公開發表的意見。此話的反面意思當然就是說，英文的表達才夠明確。

日前偶然在一位朋友家裡，看見一位十來歲的小朋友的文章，似乎沒有表達得相當明確，但不知用英文寫來，會不會夠明確。似乎值得大官及大官的同寅們研究一下。原文如下：

「昨天舅父、舅母帶著表弟到我們家。在門口剛碰著姨父、姨母也帶著表姐來了。他們一同進到屋子裡，剛坐下，姑父、姑母也帶著表妹來了。一會兒，叔叔、嬸嬸也帶著堂兄來了。原來他們約好了來我家打牌。叔叔、嬸母、姨父、姑母四人打麻將；舅父、嬸嬸、姑父、姨媽玩十三張。我就同堂兄、表弟、表姐、表妹在花園裡玩……」

如果因為打牌而吵架，由吵架而相打，打傷了人或打死了人，鬧出官司來，提這位小朋友做證人，他一定會把誰打誰，誰罵誰，誰先動手，說得清楚明白。譬如舅母先罵姨父，叔叔正在勸解，舅父卻跑過來動手就打，叔叔避開了，誤打到姑母的頭上，姑父就動手打舅父……。

真正的中國人一定會聽得一清二楚，假洋鬼子也許會責備這孩子表達不夠明確了。

具體的共相

讀《熱風》曹聚仁先生的〈談玄〉與白爽奇先生〈談馮友蘭先生的轉變〉覺得很有趣。這正表示《熱風》的精神與志趣，不同的意見可在一個刊物上討論。我們誰都不是「萬能」，誰都有不懂的學問與褊狹的見解，但是問題的批評都是對事對理，不是對人的。

曹聚仁先生在中國文學史方面有極深極博的修養，但他文章寫得太多，又博覽群書，往往不加深究地俯拾各種名詞，用他善於馭御的文章技術來編綴，好像說得頭頭是道，而又娓娓動聽，使許多罵他的人也始終未抓住他的辮子。有的甚至於信口罵街，對他作人身的侮辱，這反而使人同情曹聚仁了。白爽奇先生能以學術上、理論上合於論理的來討論，這裡是很好的態度。實際上在內行人的眼中，脫去曹先生巧妙的文章外衣，仔細分析他對於科學上、哲學上名詞的運用，是馬上能露出他的馬腳的，譬如關於「具體的共相」，他說：

「具體的共相，就是共相與具體的結合，也就是一般與個別的結合。」

這句話，好像頭頭是道，而細看一下，就覺得曹先生對於「具體」與「共相」的概念有沒有弄清楚，都是很可懷疑的。

所謂具體，是個別的東西。個別的東西，如曹聚仁、如白爽奇，他們的共相則是「人」；如白雪、如白羽、如白粉，它們的共相是「白」。所以所謂個別之中本有「共相」，或者說，「共相」原是由「個別」提煉而來，他們早已「結合」在案，還要什麼「結合」？

共相與殊相問題是哲學上一大問題，歷來哲學家對這個問題都有一個從他哲學體系出發的主張，我在這個短文中無法一一介紹。但要說明黑格爾的所謂「具體的共相」，倒不得不先說明康德對於「共相」的意見。

照我們的感官經驗，我們能認識的祇是個別的具體的對象，如曹聚仁、如白爽奇。如白雪、如白羽、如白粉，我們可以憑視覺和觸覺……種種來認識。可是「人」、「白」這些「共相」，我們是怎樣認識的呢？康德以前，有人說這些「共相」原是存在在「個別」裡面，也有人說，個別不過是共相的具體表現。康德則以為這是我們內心有一個格式，在感覺接受了外界許多材料以後，由這種格式使他成為條理。因此，當我碰到曹聚仁、碰到白爽奇……這些個別的人以後，我們就整理出「人」的共相；碰到白雪、白羽、白粉以後，我們就整理出「白」的共相。

黑格爾根據康德的思想，補充了一點，就是他以為這些個事實是活動的。

為避免許多專門理論與名詞的解釋，我可以舉例來說：譬如我們整理書籍，以內容來分類，我們把歷史放在一起，把小說放在一起，這「歷史」是前一組的共相，小說則是後一組的共相；但是如果以開本來分類，則二十八開本放在一起，三十六開本放在一起，則這時候「共相」就變成「二十八開」與「三十六開」了。當「內容」是「共相」時候，「開本」是「殊相」，「開本」是「共相」時候，「內容」則是「殊相」。因此「共相」「殊相」就可以變動了。以人來說，可以分白種人、黃種人；高個子、矮子；資產階級、無產階級。當以黃白或高矮來分時，階級是殊相，以階級來分，則黃白高矮都是殊相。譬如蘇聯，第二次世界大戰時在國內以「民族」注意號召。這就把人分為二類，一是蘇聯人及幫蘇聯的人，一是侵略蘇聯的人。大戰以後，又用社會主義國家與資本主義來分類。在別人的國家裡，他用統治階級與被統治階級來分類。在自己及他所統治的國家，則又以老大哥小弟弟一家來歸類。這就是所謂具體與共相的運用。

馮友蘭弄哲學有多年，對於黑格爾這點小玩意不懂活用，還要到土改學習才恍然大悟，也實在太低能了。曹聚仁不是弄哲學的，對於這問題不甚了解，這是難怪的，但似乎還不應以不解為神祕的來嚇人。

再其次我可以告訴曹聚仁先生，所謂「具體的共相」並不是完全「個別」與「一般」。在英譯中作concrete universal，如譯作「凝固的共相」，也許曹聚仁先生就容易了解了。

曹聚仁先生似乎因馮友蘭講了一句「這名詞是自相矛盾」，於是就硬套辯證法「矛盾的統一」的公式來給他解釋，殊不知矛盾的統一，是要在情形的變化發展之中來把握，用辯證法術語來說，這裡則是「對立物的轉換」。殊相可變共相，共相也可變殊相。資產階級在以前是革命的，後來變成反革命，這也是對立物的的轉換。

《熱風》出版後，外面有許多謠言，說是我們同人有什麼組織；看了曹先生文章，以為就是《熱風》的立場，看了白先生的文章，有一位說這是《熱風》的立場，其實這都是太小看《熱風》了。《熱風》篇幅雖少，胸襟是很寬闊的。《熱風》同人也有寬宏的態度來接受彼此的批評的。而問題的討論也正是《熱風》的精神。這熱諷的精神則是《熱風》同人的「共相」，意見思想的不同，為學專長的不一，則是《熱風》的殊相。而《熱風》也是「具體的共相」的表現了。

秋天

秋天到了。雖是在香港，秋天的景象也多麼不同於夏天呢？許多樹葉落了，許多紅花萎了。代替這已落的綠葉，代替那已萎的紅花，將是新的綠葉與新的紅花，絕不是那舊的復活與新生。

這是新陳代謝的鐵則。

如今我們已經看到紅遍大陸的毛澤東思想已經枯萎，五年到如今，它已經過了輝煌的盛夏。當它還在春天的時候，我們這輩四十歲以下的人，誰不被它新鮮的色澤所眩惑呢？可是一到紅遍了大陸，上四十歲的人已經感到它垂老的氣息，在五年輝煌的盛夏中，只是被年輕的一代在欣賞了。

可是一到秋天，驕豔的盛日已過，二十歲以上的人已經覺得它的腐朽與枯萎。大陸上竟出現了青年反共運動。許多青年在被殺在流血，還有無數青年在預備被殺與流血。

秋天本是新陳代謝的季候，然而在人類社會，已老的、已腐朽的思想永遠要壓抑新的活躍的思想的產生。

五四運動到如今，這已經不是一次兩次的蛻變了。可是繼續下去的還是新的、活躍的、青年的生命，而老去的，總是埋在歷史裡去的。

了解這一點，我們當知道代替那已腐朽的，一定是更新、更年輕、更活躍、更具有生命的。

民族的生命正像一株大樹，我們無法離開那根。可是那樹根，卻正需要埋在地下，努力吸收，使它的生命澎湃，繼續生長新芽新蕾。

我們知道許多樹木的落葉往往就做了樹根的肥料，而使明年春天又有茂盛的綠葉與紅花。因此，還是讓新的思想、新的意念、新的口號、新的標語、新的呼聲暢快而自由地吐露吧。這枯萎的、陳舊的就很快的全變為泥土與灰塵了。所可憐可怕的倒是在他們變成泥土與灰塵以前，不知道要有多少青年的鮮血要為它殉葬呢！

從馬克思想到英國當前經濟實況

十九世紀馬克思在英國看到工人階級之困苦，被剝削，他認為資本主義再發展下去，工人階級必將淪為除了鐐銬之外一無所有的無產階級。如今資本主義國家的工人階級，竟都非「無產」階級，但是宣稱無產階級專政的共產主義國家的工人階級，永遠是「無產階級」。最大的諷刺是，共產主義的國家裡，工人並無獨立的工會組織正如作家沒有獨立的組織一樣，它們完全是為黨者御用的機構，只准為「政權」服務，不能為工人爭取權益。而資本主義國家中，工會真正在為工人爭取利益。當年馬克思所看到的英國，代表工人的工會，現在已經成為一個國家最大的實力。一九七三年民意研究中心舉行過一次測驗，這測驗列舉了女王、法庭、首相、內閣、上下兩議院、新聞界、選民、三大政黨、工會、以及工商金融團體，要比較他們對於國策決定影響大小，測驗結果是：工會第一，首相第二，新聞界第三。

工會成了一個舉足輕重的力量，因為他們動不動可以罷工，這也就使英國這些年來經濟情形，越來越差的一個重要原因。最近煤礦工會要求自今年開始總工會領導人傑克瓊斯，在蓋洛普民意測驗中，百分之三十四（現任首相加拉罕則只有百分之二十五，保守黨領袖不過百分之五。）公認他是擁有全國最高權勢的人物，因為全國運輸總工會有會員一百八十餘萬，都是聽他指導的。

一個這樣的國家，每一次罷工，損失之大，是不可想像的：要宣慰工人，就要不斷地提高福利。而國家又從哪裡去增加收入，以抵充這些支出呢。

現在英國政府最大的支出，是社會福利措施，包括退休養老金等，占國家開支百分之一六點四，其次是國營工業投資於補助經費，占百分之一四點四，教育經費則站百分之一二點五，公保營業社會服務占百分之一二點三，至於國防與外交兩項，只佔百分之一〇點八。社會福利之優越，往往使人情願早點退休，甚至願意失業。而這些福利的支出，原是經稅收而來。一個人因工作收入而這遇到稅務的壓迫，常使人情願失業而去領救濟金，所以這種福利的社會促使國民不想努力與上進。

一九七七年開始，國際經濟學家都擔憂各國的通貨膨脹與失業問題，英國自然也面對這兩大問題。國內樂觀的看法是：第一，他們獲得國家貨幣基金會貸款三十九億美元，用以建設英鎊的地位；第二是北海的油田竟不斷有新的發現，具有商業價值的油田，現在有十四座，其中七座已開始生產，一年約可產油二千萬噸，預計今年可增至四千萬噸左右，可供全國三分之一的消費，節省外滙可達二十億英鎊之巨。

政府要努力的是，如何使資方與工會結合，了解國家困難，促進經濟快速成長，一方面自然還要開拓海外市場。

英國所面對的問題，是資本主義社會的問題，在共產主義的社會中，工會是沒有的，有的，也是黨所御用的，如果是罷工，那一定會被指為是受了資本主義或「走資派」的煽動。

想到馬克斯生前所致力的「革命運動」，為工人的種種利益設想，如果活到現在，其「革命」的對象，恐怕反而是共產主義的國家，而絕不是資本主義的國家了。

話劇運動

香港最近有話劇的活動，這當然是好的現象。但新上演的都是靠攏文人在所謂「統一戰線」時代的戲。這些戲當時在上海重慶演得很熱鬧，但是在所謂解放區是不許上演的。如今全國被解放了，這些戲都在檢討修改之中，而且已經不再上演了。

所謂統一戰線時候的戲，所提倡的反封建、反資本家這類的口號，原是共產黨在別人之下的一種反現實的煽動，而正是他們對於外圍文人的一種要求。如今在他們自己治下，「封建」、「資本家」都已為共產黨所包辦，但是不許人「反」，而只許人「歌頌」了，因此這些外圍文學，正如這些靠攏的外圍文人一樣，一律需要「改造」了。

如今在非共產黨治下的區域，如有話劇運動，而仍是用這些外圍文人的那些淺薄的反封建與反資本主義這些劇本，則無異是在為共產黨作文藝宣傳，像當初上海與重慶時代一樣，我們不能不懷疑，這些話劇運動的人，到底是有什麼樣一種背景與企圖，是什麼樣的立場了。

最奇怪是以祖國為念的《祖國周刊》與《中國學生周報》不斷的做莫名其妙的宣傳，而且據說美方津貼機構還在支持這類話劇運動呢！

有人以為大陸所不能演的戲，在自由區來演出正是「反共」，這真是幼稚可笑。共產黨不許在他的統治下暴動，但希望在別人統治下有暴動，你說在自由區的暴動是反共麼？

反共與擁共是各人各團體的自由，但我們不希望這些表面反共的團體作共產黨外圍的工作，更不希望實際「擁共」的人在「反共」的團體中拉攏無政治頭腦的文化人，以「藝術」的口號做虛榮的誘騙，為共產黨做外圍的文化工作。

藝術的生命與政治的生命

從西歐到北歐，從太平洋東岸到西岸，思想界、文藝界似乎還是都跳不出馬克思主義與佛洛伊德主義的範圍。諸凡藝術家、文學家、詩人所表現的，儘管自己怎麼否認，溯本窮源，都還是逃不出馬克思與佛洛伊德的影響。

馬克思主義所想解決的是社會問題，社會不平等，貧富懸殊，牽涉到戰爭、革命、階級鬥爭、民族解放等。

佛洛伊德主義所想剖析的是生命的問題，性的壓抑，死的威脅，牽涉到個性發揚、心理變態、人的限度與社會的束縛等等。

馬克思主義分歧甚多，有各種的解釋，佛洛伊德主義也是如此，但反映在藝術文學的，我們似乎很容易識別這兩者的區別。

也有許多藝術家、文學家、詩人，他們在創作上完全受佛洛伊德主義的支配，可是在社會問題又想信奉馬克思主義的學說。這種人本身上就有一種無法解決的矛盾，他可能對於馬克思主義了解極淺，以為所謂共產主義只是一種努力於人類經濟平等的主義；可能對於自己的藝術太有信心，以為他是可以超越政治思想的。

還有許多藝術家、文學家與詩人，他們想調和這兩種影響，希望自己的作品可兼括這兩種內涵。但結果，其作品往往在馬克思主義者看來是小資產階級的空想，在佛洛伊德主義者看來是淺薄。

真正馬克思主義者，覺得文藝不走到政治，文藝是沒有意義的。但是從文藝的內在生命看起來，文藝的生命就應是人的生命，沒有表現人的生命，文藝是不會有永久性的。

最有趣的有兩位文藝家。一位是畢加索，他在社會思想上相信馬克思主義，可是在藝術上他要表現自己的生命，不斷的變化的生命，或者說是他的天才。還有一個是沙特，他在社會思想上相信共產主義，在文學上又要表現存在主義。這兩位，都是以「天才」自居的人，但他們竟不了解馬克思主義是不承認天才，共產主義的社會裡是更不需要藝術天才的。如果他們活於蘇聯或中國大陸，他們還能有畢加索這種豐富的畫幅，與所謂存在主義的「存在」麼？他們不能放棄自己的藝術天才，而要有一個不要天才的社會，這是什麼樣一個有趣的課題。

這個課題是共產主義黨性與人性的課題。在自由社會中稱讚共產主義，是人的個性的自由；但在共產主義社會中不允許你藝術的創作的自由，這是黨性的要求。於是畢加索後來再不敢提出他的社會思想，他逃避地鑽到他自己的藝術裡面；而沙特則只好放棄他文藝上的努力，試求社會思想上的安慰。

藝術家如果想保留藝術的生命，則只好放棄政治的生命。

但每個國家可有一個例外。如蘇聯的史大林與中國的毛澤東。他們政治的生命就是藝術的生命，藝術的生命也就是政治的生命。

徐訏文集・散文卷08　PG2380

街邊文學
——三邊文學之三

作　　者　徐　訏
責任編輯　許乃文
圖文排版　莊皓云
封面設計　王嵩賀

出版策劃　釀出版
製作發行　秀威資訊科技股份有限公司
114 台北市內湖區瑞光路76巷65號1樓
電話：+886-2-2796-3638　傳真：+886-2-2796-1377
服務信箱：service@showwe.com.tw
http://www.showwe.com.tw
郵政劃撥　19563868　戶名：秀威資訊科技股份有限公司
展售門市　國家書店【松江門市】
104 台北市中山區松江路209號1樓
電話：+886-2-2518-0207　傳真：+886-2-2518-0778
網路訂購　秀威網路書店：https://store.showwe.tw
國家網路書店：https://www.govbooks.com.tw
法律顧問　毛國樑　律師
總 經 銷　聯合發行股份有限公司
231新北市新店區寶橋路235巷6弄6號4F
電話：+886-2-2917-8022　傳真：+886-2-2915-6275

出版日期　2020年3月　BOD一版
定　　價　480元

Printed in Taiwan

國家圖書館出版品預行編目

街邊文學：三邊文學之三 / 徐訏著. -- 一版. --
臺北市：釀出版, 2020.03
面；　公分. -- (徐訏文集. 散文卷；8)
BOD版
ISBN 978-986-445-379-5(平裝)

855　　109001219

讀者回函卡

感謝您購買本書，為提升服務品質，請填妥以下資料，將讀者回函卡直接寄回或傳真本公司，收到您的寶貴意見後，我們會收藏記錄及檢討，謝謝！
如您需要了解本公司最新出版書目、購書優惠或企劃活動，歡迎您上網查詢或下載相關資料：http:// www.showwe.com.tw

您購買的書名：________________________________

出生日期：________年________月________日

學歷：□高中（含）以下　□大專　□研究所（含）以上

職業：□製造業　□金融業　□資訊業　□軍警　□傳播業　□自由業
　　　□服務業　□公務員　□教職　□學生　□家管　□其它_____

購書地點：□網路書店　□實體書店　□書展　□郵購　□贈閱　□其他

您從何得知本書的消息？

□網路書店　□實體書店　□網路搜尋　□電子報　□書訊　□雜誌
□傳播媒體　□親友推薦　□網站推薦　□部落格　□其他__________

您對本書的評價：（請填代號　1.非常滿意　2.滿意　3.尚可　4.再改進）

封面設計____　版面編排____　內容____　文／譯筆____　價格____

讀完書後您覺得：

□很有收穫　□有收穫　□收穫不多　□沒收穫

對我們的建議：________________________________

____

____

____

請貼
郵票

11466
台北市內湖區瑞光路 76 巷 65 號 1 樓
秀威資訊科技股份有限公司 收
BOD 數位出版事業部

（請沿線對折寄回，謝謝！）

姓　名：＿＿＿＿＿＿＿＿　年齡：＿＿＿＿　性別：□女　□男

郵遞區號：□□□□□

地　址：＿＿＿＿＿＿＿＿＿＿＿＿＿＿＿＿

聯絡電話：（日）＿＿＿＿＿＿＿＿（夜）＿＿＿＿＿＿＿＿

E-mail：＿＿＿＿＿＿＿＿＿＿＿＿＿＿＿＿